全域旅游·精品美游

行程相知

常熟文化旅游随想录

郭勇 著

古吴轩出版社

图书在版编目（CIP）数据

行程相知 ：常熟文化旅游随想录 / 郭勇著. -- 苏州 ：古吴轩出版社, 2021. 12（2022.8重印）
（梦江南）
ISBN 978-7-5546-1856-1

Ⅰ. ①行… Ⅱ. ①郭… Ⅲ. ①散文集－中国－当代 Ⅳ. ①I267

中国版本图书馆CIP数据核字(2021)第245034号

责任编辑：胡敏韬
装帧设计：韩桂丽
责任校对：李　倩　闫毓燕
责任照排：韩桂丽　晴　天
封面题字：王伟林
封面图片：钱伟春

书　　名：行程相知：常熟文化旅游随想录
著　　者：郭　勇
出版发行：古吴轩出版社
地址：苏州市八达街118号苏州新闻大厦30F
电话：0512-65233679　　邮编：215123
印　　刷：苏州市墨利印刷有限公司
开　　本：889×1194　1/32
印　　张：12.75
字　　数：275千字
版　　次：2021年12月第1版
印　　次：2022年8月第2次印刷
书　　号：ISBN 978-7-5546-1856-1
定　　价：68.00元

序

情怀常熟

在当代人的生活中，旅游已成为高频出现的热词。这从侧面反映出经济社会现代化发展的水平，从中也可看到国家、民族或区域的文明程度。作为个体的行者，人们对旅游有着种种的向往、体验和认知。就我的经验而言，理想中的旅游是一种物质性与精神性兼具的双重生活。行路与心路相伴，眼福、口福之外，可得一处对话交流、倾听私语的山川江湖甚或草木虫鱼，心灵的世界得以随物赋形、自由飞翔，乐享物我两忘的诗意栖居。这是我心向往之的行旅境界。

“世界那么大，我想去看看。”也见过了国内外的一些好山好水好地方，屐痕处处，那里确实有不少悦目赏心、已经融入自己精神世界的胜地。但是别处风景再好，也只是他乡，我们不过是过客而已。真正能一生相依相伴的地方，我想可能还是生于斯、长于斯的家乡。这不只是肉身的出生之地，更是灵魂本真意义上的精神原乡。我在心底一直感恩先祖不知在哪一朝代将后代安置到常熟，感激含辛茹苦的父母在此把我养育长大。常熟这个看起来很朴实的名字，验证了江南福地洵非虚言。农耕时代，

“常熟”是民生之大本，更何况这里还有天赐的流溢着诗情画意的秀山丽水以及历代贤人雅士耕耘生成的一方文化沃土，可以润泽、滋养我们的心灵。年少时期，我站在村边北望尚湖与虞山，湖光山色，令人心旷神怡。大暑天气，乘船纳凉湖中，清风明月拥我入怀，一梦天晓，惬意难忘。在后来的时光里，我得闲便喜欢行走在穿湖大堤上，阅山聆湖，仿佛行走在抒情的美篇之中。我曾接待过去国多年来学校讲学的刘再复先生，第一次到常熟的他，大赞常熟是一个未被发现的美丽的地方。我心欣然。

但人就是这样，忙忙碌碌之中，宁可“踏破铁鞋”远走他乡异域作旅游状，却常常忘了“得来全不费工夫”的身边的风景、家乡的精彩。这样的情状可谓相当普遍。郭勇先生的新著《行程相知——常熟文化旅游随想录》，大可以帮助我们纠偏这种对家乡之美的熟视无睹，让我们在重新打量大美常熟的“行程”中，召唤起对江南福地常熟的初心和曾经的激情。

这部新作内容的大要已由题名标明，其主题词是“常熟”与“旅游”。但郭勇的书写不是说明书体的旅游小册子，书中没有具体景点的推介，也没有文创产品的直接广告。这是一部基于“常熟文化旅游”的随想录。“随”有赖于经验的丰富和内心的开阔以及由此生成的思想能力；“想”有具体的对象物，有感而发，及物而不虚空。这样才可以达成真正的“随想”。我想这些大概就是随笔写作的核心要义。郭勇的“随想录”共分五辑，每辑各有二十五篇，所写中心和落点是常熟，向读者分享作者的旅游体验、文旅理念与心得思考。在作者的笔下，关于常熟文旅的林林总总，大端与细节同在，但又不局限于常熟一地。作者的视野是广角的，举凡中国与世界有所关联的材料多有采入，给人以琳琅满目之感。作品具有丰富的知识性、信息量和相当的专业性。郭勇并不是以旅游为业的，但读他的这部新作，我们可以感受到他似乎已经入乎其内，对文旅很是熟稔，心有所得。

当然，我更感兴趣的是郭勇新作中有关常熟物景与文化的叙写文字。这些文字中有的篇章可当作美文来赏读，有诗情画意充盈其间，显示着作者的文学修养。《精致江南的儒雅生活》是其中写得有滋有味的一篇。“浅深绿水琴中听，远近青山画里看。”常熟遇合了儒雅的江南，正是在这里，我们遇见美丽中国的典范。作者通过“常熟的精致，是工笔画的存在”“常熟的精致，有通古今的布局”“常熟的精致，为食烟火的世俗”这三个义项，展开对常熟山水与人文的特质的刻画。其中有工笔，也有写意，这里有着作者用心的体验和美的发现。语言之美与对象之美，美美与共，将常熟作为江南文化形象代表的内质与气韵表现得淋漓尽致。只有心怀深情者，笔下才会有大美。郭勇是一位江南文化的深情歌者。

我记得马克思曾在《1844年经济学哲学手稿》中说过，社会是人同自然界完成的本质的统一，是自然界的真正的复活，是人实现了的自然主义和自然界实现了的人道主义。这是对生态文明最为简明的阐释，而常熟的山、湖、城的共融相生，是对人类生态文明愿景的现实标注。从这个意义上说，《行程相知——常熟文化旅游随想录》是常熟生态文明建设成就的一种实录，是新时代中国生态文明建设示范区的生动解读。

我与郭勇先生相识于二十世纪八十年代。他先后在常熟市总工会、市委办公室和研究室、常熟日报社、乡镇党委、市委宣传部、市科协等处担任过领导工作。工作之余，始终不忘文学初心，勤勉于写作，多有实绩。老友出新作，我得先读之便，写下读后随想。致敬郭勇！

丁晓原

2021年12月于常熟山南水北

作者系中国报告文学学会副会长、鲁迅文学奖评委

目录

第三辑　神 游

第四辑　仰 俯

第五辑 遥 思

第一辑

如梦

只要进入常熟，旅途的劳顿、生活的烦恼皆能忘却。这里是灵秀江南的福地，让你我与机缘比肩同在，和吉祥相撞满怀。

把出发的初衷演绎成静好岁月，把城市之魂活成经典的日常。

花木是景，山水如梦。

出发的感召

刚为匆匆那年翻篇，转身就和新来的年份撞个满怀。有跨年的礼花和“微友”的祝福，点亮了整个人生之旅。面对新的单元，无论作为旅行家还是游历者，老常熟还是新市民，心绪的淡定渐行渐远，久酿的期盼开始发酵：守望着经年的灵秀家园，浸润于弥新的山水画卷，性本爱丘山，四顾看不够，游常熟和走天下，都将凝聚成一种简单的共识——向着地平线，我们出发。

带着情调出发，走进江南。在细雨之中，在微风之前，我们心情湿润，一路前行。绿色打底，蓝色衬景，有人高歌；墨色置远，烟色贴前，有人低吟。于远足中增长见识，在出行中延伸视线。要领略巍峨的山色，行程蛮拼的；要亲近浩渺的水波，感悟你懂的。但因为有了情调，看什么都养心养眼，玩什么都有章有法，不管有没有到达顶点，是否时不时占据“C位”，旅游都能改善生活，滋养品质，健全人格。

带着感动出发，走进山水。山水本来静止，互动才有回响；风景本来沉默，遇合才会精彩。从“跟风旅游”起步，经历“到此一游”，我们渴望受到陶冶，期待享受陶醉。心怀感动才能心旷神怡，胸有坐标才能风雨兼程。可在书吧里埋头神游，可在网络中号令江湖，也可尽情感受山水的魅力。有谢灵运的“昏旦变气候，山水含清晖”，王观的“水是眼波横，山是眉峰聚”，游人的心中产生了升华的欢愉和积淀的庄严感。有时玩得轻松狂放，有时也要沉静积淀。旅游，无论热闹还是冷清，都考验着你对生活的挚爱和忠贞，平日里的场景也许落满灰尘，征途上的空气却是清新怡人，出发的感召竟然那么迷人。

就在这趟出发的队伍中，飘扬起《常熟旅游》的旗帜。从它诞生以来，这一本纸质的读物，经历多年打磨，已经成为业界平台、公众读物、游客窗口。和景区指路牌、游客口袋书一样吸引目光，和手机二维码、电子显示屏一样方便快捷。面对增强旅游发展动力，优化旅游发展环境，旅游业转型升级的新格局，《常熟旅游》，如同踌躇满志的攀登者、整理装备的背包客，将始终围绕旅游资源的整体开发、旅游产品的打包推广、旅游人物的彰显弘扬和旅游效益的协同双赢，做成精神需求的美术橱窗、文化价值的山水画卷、了解常熟的精美名片。

自然，我们选择了出发，便再也不会停下，脚步虽未迈开，思绪却早已启程。眼帘中的竞相追求，舌尖上的诗意回味，都让我们将探索的初心、奋进的情怀充分表达。也许，很多地方一生难以涉足；或许，很多地方此生只可仰望。但我们清脆嘹亮的歌声和欢快活泼的谈笑声始终在道路上传播。万山之宗、万水之源，有我们共同的所爱。出发的感召，已经开始放飞心灵，当然要展开腾空的翅膀。约会也好，party也罢，走起！让旅途变得轻松，让人生由此充实，这正是感召的魅力和力量。

给心灵放假

每一年迎候春节，众多游人都要以真挚的渴望、热切的等待，想象着狂欢一次，“夜嗨”一回，找到自己的感觉。要么是狂扫年货，品尝故乡与家的味道；要么是走亲访友，说说老底子的人情往事；再有就是走集市、看民俗，享受那种古今混搭的仪式感和幸福感，在新春的起始讨个彩头。再看那大街小巷的对联和“福”字，映红了半边天，人们都祈愿着开门红，都想着在新的一年中，争取做个最好的自己。

就在这春节的假期里，本来是欢天喜地迎春来，却因为太满的日程、太多的应酬，弄得劳累不堪。不知道是计划过于周密，还是亲友过于热情，整个假期眨眼过去，而玩兴正浓还不想放弃。酒是喝了，想想还算尽兴；牌是打了，并未计较输赢。伸腰打一个哈欠，想起了数年前曾经疯传的短信：饭吃够了吧？钱花光了吧？人玩累了吧？老实上班吧！不由得一丝遗憾飘上心头：这个春节，或许还能有更好的安排，假期可以有精彩的去处，让节奏放松，给心灵放假，休闲旅游，为人生的行程减速，还原假日的本来意义，使喊不应的岁月听你安排，让过完春节的我们焕然一新。

新旅游时代的行程中，可以遇见山水，可以遇见朋友，可以遇见爱情，也可以不想遇见什么，和往日的满负荷工作来一次封闭性的割断。这让人想起盛传于世的罗马假日——全城离去，集体休闲。这是一种出尘脱俗的气象，每一树繁花绿叶，每一处古砖旧窗，都隐隐有了风度。发自内心的冲动应当是把假日的日程精简许多，迫不及待地走在路上，在这个叫作春节的时光里，进行旅行。

给心灵放假，有很多的方法，最简便易行的就是甘于淡泊，乐于寂寞，在大自然的怀抱中尽情地吸氧，温暖过冬。想一想那些入城山水，傍屋田园，林木魂色，湖水玲珑，满满都是细节，处处都是春意。玩转虞山、尚湖七天乐，有烧头香、观水鸟、摸福石、登城墙等诸多选项，而在沙家浜景区，湿地气象飘在水面，映在空中，烟波点染，满地都是能够用脚步翻阅的诗篇。此时此刻，放了假的心灵就是生活在自然中的倒影，就是江南女子手腕上的香串，就是文人墨客吟咏的清泉，就是古城区的花窗游廊和曾赵园的亭榭池塘，一步一景的闲情岁月，就这样悄然来临。

这个春节，如果本想热闹，结果却很悠然，那是因为别具风情的常熟旅游，给你的心灵放了一个假，无论是近是远，都成就了境界的转化——在同一座城市，找到不同的美好。

去哪儿的纠结

现代旅游的基本特征，就是交通便捷，说走就走：可以是一机在手，智慧旅游；也可以是跟团出行，食宿无忧。在平时，年轻人能够装得世事练达，老年人可以表现出青春犹在，然而在旅游目的地的选择上，不仅是年龄无可遁迹，甚至连性格也暴露无遗。

本来是让人心情舒朗的旅游，因为去哪儿的纠结，意外地凝重起来。也许是每个人心中的诗与远方各有千秋，出行的指向也就各不相同。本来以为自己算是走过了不少地方，谁知某日上网一查，苏州出发的高铁半日内到达的城市，竟然大多并未去过。这一惊非同小可。算起来旅游的热情近年来已然高涨了许多，却依旧在出行大军中排列靠后。对标找差，自我检点，去哪儿的纠结是重要的原因：曾经想去海边，因为朋友们都是刚从海风中归来，节奏上慢了一拍；曾经准备出国，因为路线的选择和同行者出现了分歧，热情上降了一半；曾经想试水自由行，尝试东张西望、走走停停的感觉，却又因为没有了中国式的喧闹而最终放弃。于是便知道，一直想着去哪儿，旅游才有新期待；内心明确去哪儿，出发才有新动能；无论别人去哪儿，自己坚持去哪儿，生活才有新鲜感。说走就走，是由于一直想走；招手就来，是因为未来已来。把旅游当作生活的一部分，将出发作为人生的起跑线，去哪儿的纠结会变少许多，目的地的选择会独一无二，路线图的检索也会瞬间清晰。置身优质旅游的新时代，旅游的体验度和幸福感本来就是一种生活质量的反映。随时有放松身心的机会，时刻有摆脱焦虑的决心，总是在紧张的奋斗之余突然激情四射，大喊一声“我要旅游”，此时，不管去哪儿，这世界是不是真的很酷？

读过不少地域介绍的精美册页，看过许多旅游推介的盛装晚会，感觉到所有的名山大川、风景形胜都在向我们招手，要让“去哪儿”变成“来这儿”。为此，我专门认识了一位旅行社的业务经理，让她做我们“去哪儿”的顾问。想不到，自从有了顾问，出行更加纠结。我要去杭州，她说人太多；我要去西北，她说条件差；我要去北欧，她说价格贵。想来这是真心为我们着想，考虑得特别全面。然而，“去哪儿”的问题仍然没有解决。直到有一天，和友人闲聊为什么在找对象的问题上父母与子女的想法往往相差很大，这才发现，原来家长为子女的将来考虑得过于全面，而年轻人却发现了对方突出的优点，激情一经点燃，再不回头。旅游，与此很是相像。

德国哲学家海德格尔有一句话广为流传：人，诗意地栖居。旅途中的诗意形态如何，去哪儿的选择怎样恰当，本来没有标准，总是因人而异，但每一次选择、每一次出发都会收获不同的风景。显摆一次，天真一回，跟风一日，无论什么样的纠结都会烟消云散，因为全域旅游的真谛，就是无论走到哪里，你都会发现自己享受着美好状态，沉浸在美丽天地。

精致江南的儒雅生活

长三角地区的苏南城市群，泱泱大国的江南腹地，坐落着以富庶之乡闻名、以地理形胜纳福的历史文化名城常熟。这里尽管已经成为现代化城市，车水马龙，但仍然透露出她的灵秀气韵；城乡连绵的成行绿荫中，无不散发出她的千古风雅。众多的旅行者，进出大画卷，背包走天下，风尘仆仆、风雨兼程来到常熟，能一扫旅途的劳顿，大呼“柳暗花明”。因为在这里，不用寻找，旅游的境界了然在目，心灵的安顿已得其所。不像戈壁大漠金戈铁马，不如群山连绵绝壁千仞，常熟，以自己厚重的历史步履、地域性的生活方式，当然还有许多故事和传说，展示着山水与人文、传统与现代、继承与创新的薪火相传以及和谐共存，展示着不徐不疾、不忧不惧的精致江南的儒雅生活。

在虞山南麓的影蛾池，亦即琴川河的源头，流动着淙淙文脉，守望着家乡的儒家圣贤言偃，永远端坐在市民的心中。22岁游历求学，60岁时返回故乡，作为“孔门七十二贤”中唯一的南方弟子，言子布道“弦歌之治”，推颂“大同小康”，他把礼乐留给了常熟，成为精致江南儒雅生活的渊源。在常熟，我们今天遇见的精致江南，让人驻足流连，“浅深绿水琴中听，远近青山画里看”。

常熟的精致，是工笔画的存在。早晨，去望海楼看日出，花木繁茂，农舍入画，满幅常熟田，犹如神来之笔；中午，在维摩山庄喝茶，水好，心静，茶香，好似置身桃花源中；傍晚观辛峰夕照，听兴福寺晚钟空灵悠远，禅意绵绵。人已走出虞山，心还留在那里。你会觉得，这山，精巧雅致，美丽空灵，和江南般配，与水乡同源。在尚湖的水光山色中，有太公精神，有钱柳佳话，有一代画宗黄公望从西郭门外驰来的轻舟。曾有人将尚湖与杭州西湖相并论，现在一想，也对，同有“烟柳画桥，风帘翠幕”的精致，常熟的山水，自然也是“淡妆浓抹总相宜”，自然也有“三秋桂子，十里荷花”。常熟山水的精致，是小楷狼毫的工笔，是渗入骨子里的气韵。不过，在旅游者的眼中，精致的还不仅仅是山水。城市的精致，重在民居：前街后河，坐北朝南，平面布局，注重采光，构成常熟民居的鲜明景色；木梁承重，砖石护院，格局紧凑。青山入城处，民居如纸叠。琴川七弦，微风轻抚；粉墙黛瓦，如诗如画。工笔，不仅在自然，更在人文。山、水、城一体，是常熟的一个基本配置，而穿越久远年代，沉淀下的是匠心的独到和艺术的形制。在每个旅游的黄金季节，行走在仍然保持明清时期街渠并行格局的常熟古城区坊巷中，沿瞿桥南到言子专祠，从阁老坊到县南街、跨塘桥，古韵今风，扑面而来。再随着静静琴川流水，沿河东街、阁老坊到青果巷、焦桐街，一千多米走走看看，对岸屋檐下的爬山虎满墙苍翠，老树与花格窗、红栏杆散漫组合，不经意间，你就沉浸在传统江南的烟雨中，忘却了平日里对繁华都市生活的向往。也许，这正是精致的魅力。而倘若在荷香馆、醉尉街、书院弄这些散发书卷气的街巷，邂逅了一位江南女子，看着她的裙袂飘扬出的快乐色彩，真的是醉了风月，媚了流水。原来，工笔的构架中，滋润着写意的魂魄。

常熟的精致，有通古今的布局。作为精致的代表，园林的形态，集江南风韵之大成，是在几十亩的土地上，费尽心机，兼收并蓄，营造了360度无死角的“样板房”，将偌大的山水收纳其中。尺度变换，层次配合，对比衬托，小中见大，亭台楼阁错落有致，泉石花木融为一体，四顾不够，欲说还休。你在花径走着，在廊下歇着，旅行的劳顿消散于无形，赶忙用手机拍下美图，有古砖的画、枝头的歌，“伺候”着你的微信朋友圈，再去赴一场“摆谱”的约会。其实说起来，常熟的园林，以明代为盛，东皋草堂、拂水山庄等闻名遐迩。有学者说，大部分的旅游者不会在意历史的风尘，而是追求情绪的释放。那么，可以拿出时尚背包客的范儿，沿着开阔的地势，葱茏的林木，逶迤的小径，直接走向虞山公园。倚晴园中，海棠桂花，小家碧玉；“晚晴”“归飞”，双亭翼然。红枫园中，有奇石卷云，神气不凡；湖心亭九曲桥，则承载了众多常熟人童时玩乐的记忆。如正值秋季，吾谷枫林，红叶纷飞，百般红紫斗芳艳，无意之中，你已和浪漫撞个满怀。大众化的新公园已是如此，更莫论厚重的翁氏彩衣堂和优雅的昭明读书台。而名满江南的曾赵园，不可不去。归耕课读庐、君子长生堂、先春廊、能静居，无一不是精致的范本、美学的案例。那满池荷花，取香入茶，入口难忘。即便不是当夏的节令，也总有飘飘欲仙的意境，让人生出止步不走的念头。通古今的布局，大手笔的线条，想象无限，意境无限，从园林延伸，向生活渗透，幻化为艺术殿堂般的建筑。自然，和园林一样不动声色却内涵丰富的，便是市民可以自如欣赏的场馆。时光隧道中的1899年，常熟图书馆创办。精致的人文理念，在治学藏书的岁月里无数次得到印证。作为全国首批古籍保护单位，奠定了其在同业中的地位。在大开架、大空间的图书新馆，修篁疏影，流水哗哗，走上一遭，你既是旅行家，又成了穿越史册的文化人。在这里，你可以信手借助网络，点击别样风景的多个窗口。而在常熟博物馆，各类文物如鼎之镇，崧泽文化、良渚文化的玉器历经五千年岁月，不变精致的质地；六朝和明清瓷器至今闪烁光辉。此时，唯有放慢脚步，放松心情，你才能与历史面对面，与岁月话沧桑。而一旦夜宿常熟，你就应当前往江南文化艺术中心，在有风情的台阶上，在半通透的灯光下，见证江南传统建筑的精华要素与现代风格的渗透融合，看一场杨丽萍的孔雀舞或是俄罗斯的《天鹅湖》，也许还能欣赏到德国交响乐团的新年音乐会，在《拉德斯基进行曲》的高潮中连说不虚此行。一古一今，常熟的精致在这里表现得前后呼应、气韵连贯。至此，无论你是否还有时间逛一下美术馆、古琴馆、体育馆乃至“江南第一书码头”的虞山书场，情调江南，精致常熟，已经给你留下了抹不去的印象。

常熟的精致，为食烟火的世俗。经年富庶，世象悠闲，常熟人用喝茶、爬山、听琴这些看似无关紧要的喜好，编织了自己的慢生活，享受着人间烟火的快乐。比之宜兴把玩的紫砂壶、乌镇大气的木雕展、杭州柔滑的软丝绸，常熟的精致儒雅，有一种实惠的理念秘藏其间。诸如已有70多年历史的常熟花边，由单一的雕、绣、抽、包等发展到具有浮雕效果的影绣、写实的抢绣、虚实结合的编结绣。260多个品种，2300多种花色，洋洋大观，目不暇接的背后，是做成台布、被套、窗帘、床罩等具有实用价值的家纺产品，而且荣获国家金质奖，列为非遗项目。也就在精致的江南民居里面，常熟人造就了精致的红木家具。东张西望，边走边看，你可以沿着家具上那一种绕来绕去的“拐子纹”，走进常熟的红木雕刻史，认识明故宫的设计师蔡思诚、核雕名匠王毅。而拐子纹的千回百折中，由缠枝纹和龙纹为基础纹样，形成了简洁明快的装饰意趣，直至遇见如意纹，那种祈求安宁、向往富足的红木文化应运而生。

幸运降临之时，“吃货”马上出现。假如能坐在顾连元的百狮台边，来几道老字号的传统菜，便可领略到常熟特有的美味。“酒多按节倾家酿，花不论钱遍地栽”，带着悠然的心情，伸长期盼的脖颈，看到的是精美的小盘、小碗，尝到的是常熟传统菜的原汁原味：有四时应景的“蒸功夫”，有精致美味的私房菜，有百年历史的叫花鸡，有绿野流露的桂花酒……目不暇接的菜单，不一而足的美食，当然让人鲜掉了眉毛。而一杯虞山茶，一碗蕈油面，因为葱花、香菜、姜丝的最佳组合，因为大排、爆鱼的浇头，因为茶芽的舒展和松树蕈的咬劲，更因为其将常熟的精致体现在满口余香与入口不忘之中，让人们口口相传。当然，那山下的农家乐、近郊的生态园，都是你闲庭信步的所在。也许就这样，忘了喧嚣，忘了奔忙，你也成为慢生活的常熟人，儒雅一回、风流一回，无意中也可以世俗起来。

关于常熟，许多人当然知道虞山，有卧牛山的传说，有半入城的形胜；许多人也知道尚湖，有姜太公垂钓，有山水城一体。虞山十八景，尚湖多春色，这是宝贵的自然馈赠，是美丽的城市印记。而精致江南的儒雅生活，是一种把自然和人情构建得无比巧妙的生态环境，是一个让旅行者走遍天下寻找真我的过程，是一抹“日暮乡关何处是，烟波江上使人愁”的乡愁。常熟，也就理所当然地成为你的旅游目的地。

愿景里的时光

福地常熟的景色源于造化，千变万化，因地而异，因时而变，因四季而丰泽，因维度而炫目。那些街巷夕照，河岸曙色，依序践约而来；那些山麓雪景，石桥月影，换季方见真容。曾记得常熟花边，绣出江南的风雅颂；今见到红木雕刻，打开浑厚的山居图。是时光远了，还是生活近了，有些蒙眬，有些微醺。耳边，清晰听见乡音软语；梦中，用手触摸情调乡愁。也许，这就是愿景里的时光，谁都有一种迎新的快感，谁都想释放出行的冲动，每个人，都是人生之路的旅行者。我们寻找远方的未知和身边的乐趣，好奇心和想象力，充满每一次即将到来的旅程。

辞旧迎新的意义，在于看一看愿景里的时光实现了多少，想一想生活中的承诺落实了几分。在这个创新和改变的时代，旅游、生活比肩而行，赚钱、休闲可以兼得，走跨国界的线路，去想不到的城乡，看不一样的风景，秀个性化的观感，都已成为新常态。旅游的唯一不同，就是处处不同。与此相对应的，常熟的旅游业正在转型升级、改革发展中崛起，体现出旅游业态的整体品质和综合效益，构建多业融合、全城联动的大旅游、大产业、大空间格局。于是，在愿景里的时光中可以看到："资源+融合"，旅游品质进一步提升；"产品+创新"，发展后劲进一步增强；"服务+管理"，旅游市场进一步规范；"热点+平台"，品牌影响进一步扩大；"公益+惠民"，公共服务进一步完善。在全民行动的新旅游时代，游客的缘来常熟，出行的说走就走，模式的各取所需，催生着旅游业态积极谋变。愿景里的时光，也就变得清晰可见，生动感人，变得充满风情和魅力。

天地有长风，心神自浩荡。当年的孔子，倡导人们要"志于道，据于德，依于仁，游于艺"，他的学生曾皙，说出了自己心中的愿景：在早春三月，换上春衣，敞开心扉，唱着歌谣，踏青归来。古人的理想在今天已经变得微不足道，互联网改写的旅游版图诠释着生机蓬勃的无限可能。走与不走，心都系着远方；来或不来，情都连着江南。青山当户，流水到门，每个旅行者愿景里的时光，总是那么百转千回，离不开自己的精神故乡。

无论是休闲之途还是追梦之路，总是共同指向如梦的所在，这就是愿景里的时光。

再忆江南

穿过诞生梦境的季节，经受了风雨兼程的历练，我们已经感受到城市的脉动：以“弘扬江南文化，打造休闲名城”为主题的常熟江南文化节暨沙家浜旅游节，履行约定，不负众望，风姿绰约地走来。文化大戏锦衣翩然，旅游盛会隆重开场。

大江之南，鱼米之乡，喻示着繁荣发达的文化教育和美丽富庶的水乡景象。面对杏花春雨的江南，有文人按捺不住文思泉涌，潇洒地写道：天堂胜景，世外桃源；鱼米乡，佳丽地；三秋桂子，十里荷花；遍地绮罗，盈耳丝竹。如此的美好意象，成为描写锦绣江南的名篇。浸润着芳香四溢的文化资源，坐拥着底蕴厚实的历史遗存，常熟人视野广阔，面向全国，敞开胸怀，搭建起江南文化展示和交融的大平台。应运而生的江南文化节，包含诸多节庆内容，历经数载运营打造：以文化特色塑造城市形象，以山水魅力感召天下游客，以活动惠民满足百姓需求，打造了文化与经济、建设与环境互生共荣的盛典。每经历一次这样的节日，我们总是感受到传统文化的精神熏陶和心灵教化。超越功利的审美特质与诗性眼光，催生了现代名城的想象空间和创造潜能，提高了城市的文化影响力、旅游吸引力和品牌美誉度。

每一年的江南文化节，传承精华，方案出新。全新理念贯穿项目始终，系列活动承载不变主题，内容设置体现亲民举措，表演形式展示地域风情。在清晨的沙家浜湿地拍群鸟起飞，在夜色里的尚湖看彩灯闪耀，让悠然的古琴声凌空划过心境，去百姓生活休闲汇逛街购物，在图书馆感受书香文气，都是简约舒适而又称心对路的上佳选项。它们都能让你重拾内心好奇，引发无尽诉说，领会“越名教而任自然”的独特风情。此时此刻，你会想起白居易那首耳熟能详的名篇：“江南好，风景旧曾谙。日出江花红胜火，春来江水绿如蓝。能不忆江南？”

忆江南，是忆那一种光影，光影中的城市创意变迁；忆江南，是忆那一种建筑，建筑群的风格坚守传统；忆江南，也是忆那一种美味，美味下的舌尖尝遍新鲜。然而，这里不会拥挤得摩肩接踵，这里不会紧张得脚步匆匆，在季节之间自由穿越，在城乡之间随意品鉴。江南之美，可以说成地域风情，可以说成人文滋养，也可以说成习以为常、温故知新的情愫。当文化旅游在城市客厅锣鼓激荡，礼花飞扬，再也藏不住的江南，终于亮出唱腔，惊艳登场。

再忆江南，再来江南，你总是能看到不铺张、不拥挤、不逼仄，如情似梦构建日常生活，大大方方敞开一派山水的现代江南名城——常熟。

学会逛街

科技发达、物质丰富的现代生活，是一种节奏加快、互动提速的运行格局，与之前那种焚香静坐、安闲惬意的旧式生活相比，具有革命性变化。当年苏东坡被贬后曾在室内题诗：“无事此静坐，一日似两日。”而现在，那句“世界那么大，我想去看看”之所以走红，则是因为迎合了众人心理。可以精心准备，可以说走就走，或者有精准的路线图，或者是任性的自由行。而最为便捷又现实的选择，莫如逛街。

在生活中，逛街是一种冲动，也是一项运动。在周末假日，茶余饭后，相约好友，携手全家，无目的逛街，有目的购物，总会成为不经意间的享受。想一下，在形似散步的行程中，总是有最新上架的特色产品迎面而来，总是有城市综合体的小店等你刷卡。行于所当行，止于所当止，左顾右盼，东张西望，不断寻找自己感兴趣的东西，为新鲜而更改计划，为喜欢而不断纠结。旅游和逛街融为一体，自我和环境不离不弃，肯定逛得舒心。

然而，同是逛街，男女不一样，老少有差异。男士购物，目的明确，到手就走；女士则把逛街当成了娱乐，疯狂试穿，反复掂量，尽管腰酸背痛，还是越战越勇。有项来自英国的研究表明，逛街对健康有益，在女性身上尤为突出，而男性往往对逛街兴味索然。据说是原始社会以来养成的狩猎习惯，让男性以捕获猎物为目标，游荡式的寻觅、无目的之转悠、走着瞧的习惯未免浪费时间。而在街上，书店、电子城易为男性首选，服装店、化妆品和小吃摊则是女性心仪的对象。其实，尽管指向不同，心思各异，逛街的整体性融合和娱乐性穿插，让众多家庭的出行选择趋向一致，让青年男女的业余生活有滋有味。于是我们看到，在方塔步行街、海虞路印象城，在大润发、常客隆等各大超市，在中国服装城，逛街的人潮涌动，愈见繁华。在这里，线上、线下融合，有形、无形一体，静态、动态互换，有吃有喝有玩乐，宜商宜居宜逛街。也许你兴高采烈进去，大包小包出来；也许你斗志昂扬进去，精疲力尽出来。但你不会感觉后悔，只是意犹未尽，那是因为，逛街的乐趣，超乎你的想象。或许，平时争论不休的生活观点，未曾统一的审美眼光，有待决定的家庭大事，就在走走停停的逛街中，轻松搞定。

逛街的乐趣其实很多。诸如在讨价还价中了解市场，在似懂非懂中体会流行。出门前，你把逛街当成美好的旅行，享受过程中带来的惊喜。美国经济学家谢林认为，讨价还价是一种非零和博弈，当事人的利益对立，但在效率曲线上必然有一点利益相同，于是成交，皆大欢喜。而在逛街中面对时尚，又开始考验你的眼光。置身江南织造之乡，理念前卫，视野开阔，会让人大开眼界：下一个口袋开在哪里，有几种色彩如何搭配，明天的街上什么亮眼，你都会有所思考，收获满满。逛街的兴奋，由此不亚于游览景点的所得所感。为之，不妨关注常熟的服装服饰博览会和江南时装周，那每年组织的丰富多彩的活动，让人感受时尚，亲近江南。山水的灵性、城居的精巧、花木的艳丽都成了服装服饰的创意性元素。有此资源，恰似凭栏临窗，“平常一样窗前月，才有梅花便不同”，逛街，让你亲身体验地域文化的魅力。

作家海明威曾经遗失过一只旅行箱，承载着他和第一任妻子在巴黎生活包括逛街的回忆，近40年后才被找回，据此，他写出了后来成为巴黎文化名片的随笔集《流动的盛宴》。作为今天的常熟人，我们在经常或是偶尔的逛街中，是不是有所感悟？那就在灵感出现的时刻，赶快写下来，发到你的微信朋友圈，众多的点赞马上会如期而至。

“江南织造”的蝶变之路

春起三月，守望夏长。又一届江南国际时装周暨常熟服装服饰博览会如约而至，盛大举行。在中国服装城这片制造创业神话、演绎传奇故事的热土上，开启了常熟服装产业面向世界的窗口。运用全新思维，整合政商关系，发挥市场优势，引领行业方向，常熟服装产业的转型升级之路坎坷波折却又前景广阔。而每年举办的服装服饰博览会，时尚登台，潮流涌动，锦衣翩然，五光十色。这是旅游的好去处、购物的新天地。精彩的展会在经济发展的新常态下体现出“江南织造”的核心理念，展示着行稳致远的基本特征。传统服装产业与现代江南名城互荣共生，站到了上坡过坎、由大变强的新的历史起点。

作为传统支柱和重要民生产业，常熟数千家纺织服装企业在地方经济发展、财政增收、出口创汇、稳定就业和繁荣市场等方面都做出了重要贡献。鲜明的产业特色、厚植的传统优势、可观的市场份额，使之成为三大千亿级产业格局的重要构成部分和引领带动转型升级的基本抓手。谋创新，谈升级，求提高，纺织服装产业无法忽视。要实现传统产业的转型升级，站到高质量发展的时代前列，“江南织造”的蝶变之路任重道远。

在繁花迷眼中保持对传统产业的热情。深入实施制造强国战略，加快发展现代互联网产业体系，我们面临着制造业崛起的新时期。一场新工业革命，以数字经济、智能制造为核心，向着绿色化、服务化的模式变化，这对传统产业而言，是压力也是动力。常熟的纺织服装产业是优势产业也是情怀产业，历经碧溪之路、苏南模式等40多年的创新实践，成为华东地区乃至全国范围内有影响力、辐射力的产业。在当下经济结构发生变化，新兴产业层出不穷的环境中，是忍痛割爱还是咬定青山，是面对裹挟必须做出的回答。谈起纺织服装业，往往让人涌起带有年代感的温情。它凝聚了几代人的奋斗，历经时代变迁和岁月冲刷。但传统产业正面临着命运抉择，需要浴火重生。事实上，无论是企业现状还是发展需要，它都是挥之不去、无法舍弃的经济实体和人文情结，更重要的是这样的产业一旦裂变转身，重塑辉煌，依然充满了巨大潜力。纵观10多年前，当某些西方国家欢呼进入后工业时代，德国人对制造业的忠诚曾经受到别人的嘲笑，而正是德国工业4.0改变了世界制造业的格局，展现出蓬勃兴旺的前景。

在多元选项中注重对第一动力的开发。创新是引领发展的第一动力。而要让纺织服装产业真正强起来，获得新动力，跑出加速度，就要使科技创新和产业升级紧密结合，让创新驱动战略真正落地，构建纺织服装产业新体系。事实上，常熟的纺织服装产业正在加快改造提升，不断加大技改投入，重点项目有序推进，全盘规划科技研发，加之“机器换人”改造项目，清晰展示了传统产业在阵痛中的脱胎换骨。而要让创新投入更多元、转化更高效、模式更多样、覆盖更宽广，保持中高速，走向中高端，必定是以推进智能制造为核心，加速新一代信息技术与纺织服装产业的融合，先进地区已有此类成功经验。由于常熟服装行业中小企业居多，集聚程度不高，管理模式滞后，推进创新必然要优化结构，重组资源，全面提高产品技术、工艺装备、能效环保等方面的水平，促使纺织服装行业向时尚创意产业转型。为此，调结构、提质量、创特色势必成为有效手段。

在优化管理中坚持对品牌内涵的丰富。曾几何时，出国购买智能马桶盖引发热议，由此产生的品牌效应问题再次引起关注。企业的无形资产，竞争的核心要素，在企业家中自然形成共识。但在新的产业形态下，围绕“区域+企业”品牌战略，推进自主品牌和原创品牌建设，提出新课题，要做大文章。运用贴牌生产、名牌专卖、连锁经营、协作配套等方式，不失为有效途径。同时，创牌能力更离不开综合实力。在知名纺织服装品牌百花竞放的舞台上，需要以先进理念调整业态定位，以精细管理提升企业效能，以工匠精神演绎时尚创意，以专业平台引领行业潮流，从而持续不懈地对品牌内涵进行丰富；而规划引领、升级改造、政策落地、完善机制，均成为多管齐下的有效良方。

与此同时，得天独厚、凝聚人气的休闲服装之都，正开拓服装品牌的会展天地，线上线下的互联版图、公共服务的集成平台，成为“江南织造”的绿色通道和蝶变温床，成为文旅联手、共同发力，展示历史文化名城魅力的新窗口。常熟的纺织服装产业也将在明天的太阳升起时，闪耀别样光芒。

融合文商旅　再现繁华图

福地常熟，山水相依，底蕴深厚。踏上这片土地的旅行者，无不惊叹于青山入城、溪水过廊的江南风光，民居枕河、小桥玲珑的岁月留存。在常熟的古城区溯源吴文化，一览山水城，在文化遗产前增长见识，在怀旧时光里走走停停。常熟的古城游，恰是一条精品线路，值得徜徉于此，沉醉于斯。

1993年4月，在常熟西南罗墩村的一处高台墓地，良渚文化早期的玉龙重见天日。这件传神玉器形制独特，对称厚实，犹如常熟的古城图，坐拥虞山，龙头昂首，象征着福泽绵绵、年年丰收。作为具有典型吴文化特征的江南水乡，常熟古城区是虞山城墙与护城河所围合的区域，面积约2.4平方公里，分为8个街坊，涵盖西径岸、南泾塘、琴川河三大保护片区。这里面积不大，尽存历史格局；地域集中，彰显特色风貌；街巷幽深，建筑有岁月沧桑；遗产丰硕，随处是人文履痕。60多处重点文保单位，包含了方塔、燕园、仲雍墓、言子墓、辛峰亭、读书台等区域中的著名文化景点和旅游胜地。想一想，总是令人神往；看一看，便会沉醉其中；走一走，就有了穿越的感觉。民居神秘古老，道路纵横交错，低头一脚跨进，半晌转不出来。但眼里的景物，不仅古朴，也很厚重；心头的底气悄然积淀，成竹在胸；曾经的阅读变成故事，鲜活灵动。文化的提醒和思索功能，在这样的古城旅游中，被又一次激活和撼动。

众所周知，建设历史文化与现代文明相融合的文化旅游城市，只有基于战略思考的卓识远见，科学规划的践行落实，全面保留、重点保护、普遍改善、局部改造的精心管控，保护历史遗迹、弘扬古城文化才能成为现实。而南门坛上复苏改造工程的顺利推进，山前坊“网红”文化空间的精心打造等一系列举措，将成为常熟古城区延续繁华的新亮点。从市政、民生基础设施建设入手，保护现有的文物和历史建筑并进行重点修复，打造常熟文化旅游新商圈，指向明确，预期准确。显然，这也正是常熟古城区保护发展的方向。

在现代城市演进拓展的过程中，古城区的存在常让主政布局者费尽心思，既要展现质朴建筑、陈旧房屋内呈现的历史光泽，又不能让此等表面上的破落与城市光鲜的外表产生冲突。那些蕴含在历史街区里的文化元素，虽然历经风雨的冲刷，却能顽强地体现出自己的不同凡响。旧，要旧出当年模样；新，要新得文理恰当。把古城保护得更像古城，把旧物修旧如旧，占据视线中的主场，考验着人文情怀、专业智慧和商业眼光。父辈提及的童年回忆，闹市深处的静谧时光，要在文旅融合、商旅结合的境界中再生，注重坚守和促进繁荣，两者皆不可忘。

在今天的旅游中，旅行者不再是山水中的匆匆过客。他们心中对美好愿景的追求总是以文明开道，向历史求教，与自然和谐。每一个旅游目的地都应是文商旅的深度融合、繁华图的现世再版。常熟古城区，历经多年的积淀和准备，已经具备这样的资质，向世人敞开了宽阔的襟怀。

创意节庆的初心

常熟旅游，从20世纪80年代蹒跚起步，到如今的福地品牌名扬天下，走过了混沌岁月，经历了风雨洗礼。其中，创意节庆的统筹谋划、精心安排、强势发力功不可没。从尚湖牡丹花会悄然开幕，到后来的江南文化节、虞山文化节盛装登场，揭开了各类旅游节庆活动繁花迷眼、美丽纷呈的序幕。或是惊艳得光耀四座，引人入胜；或是质朴得有原野本色，含泥土芬芳。名不虚传的内容、常办常新的形式、坚持多年的努力，使得以江南文化常熟品牌为标志的旅游节庆系列活动先声夺人，在众多的宣传推介中脱颖而出，人们在互动参与的兴奋之余，对常熟这座千年古城印象深刻。旅游节庆，让每一天都变成了节日。

在这座城市栖居，就是感受三维空间的组合变化，亲历生活，寻找未知；来这座城市旅游，就是体验平行世界的别样存在，适应新鲜，释放压力。在岁月的轮回中埋下了秘密，在环境的变化中保持了常态，都能够成为在旅游中勇往直前的理由。赏花时踩着诗的韵律，登山时哼起歌的节奏，皆因为知道了又一次的节庆即将举行。因为在今天的时代背景下，每个城市都会以不同特色，形成自己的看点和亮点。一种称得上“出色”的城市发展，不仅要拥有令人仰视的高楼大厦和五光十色的商圈，还得拥有审美指数和人文情怀。也正是因为节庆活动兼容并蓄和包容多元的强韧存在，让历史和现实互动共鸣，让文化和商业支撑扶持，以一整套的系列运筹，引导游客和市民从吃喝玩乐走向文化体验和精神探索，走向表达现代江南名城的历史精神和时代愿景。

回顾起来，创意节庆从某一个节点萌芽，又渐渐拔节生长，当然离不开阳光雨露的滋养。沙家浜旅游节、服装博览会、虞山花朝会、国际风筝节、阿庆嫂民俗风情节、江南美食节、森林旅游生态观光节、虞山宝岩杨梅节等众多节庆你方唱罢我登场，不仅热闹，还让城市更有品格，让旅游更有内涵。找准地方特色，发掘历史底蕴，放大现实优势，也许是主办方的总体要求，但是要化为创意方案，变成实际活动，注入智慧元素，却是一个艰难的过程。在每一次成功节庆活动的背后，是创意和创新的高端融合，也是旅游发展的层级提升。联合国教科文组织于2004年创立了全球创意城市网络，致力于发挥创意产业对于经济社会的推动作用。同样对旅游业而言，节庆，正是焕发想象、释放文化、点燃情感的重要环节。作为一名旅游者，如果与之相遇，机会不可错过，那是因为结果已经预知——必定是醉了你我，美了时光。

有人说，艺术不仅是花花草草，旅游不仅是山山水水。其中的深意，仁者智者，各有所见。利用地域特有的文化传承和区位优势，举办具有吸引力的丰富活动，旅行者便有了更多的理由参与其中。“听了就想来，来了不想走”，正是对精彩节庆的生动写照。所谓的爱玩、爱新鲜可以更改行程，想“嗨”、想疯狂当然不拘小节。流量时代还需要朗诵唐诗宋词，刷屏日子也许离不开亲身感受。火了节庆，红了景点，亮了团队，乐了游客，节庆的功能，令人瞩目。

有一项荣誉或许并不显赫——常熟曾经获评“中国十大节庆城市”。对你我而言，如果在旅游的行程中，看到路边的彩带陡然增多，农家的民宿贴上了金字，喜庆的乐曲飘上了长空，迎面是传统的仪仗一路走来，花团锦簇、容貌动人，这才想到，我们又一次遇上了节庆。此时，新载体、新内容让人期待，好去处、好风光令人憧憬。鲜明张扬的主题、先声夺人的气势、共建共享的精神，让节庆活动设计严密、编排精美、亲近游客、引人入胜。快乐着我的快乐，幸福着你的幸福。

现在我们知道，创意节庆虽然有些煽情，但的确是拓展了通道，彰显了资源，汇聚了流量，让旅游普世共济，惠民利民。

节庆滋养新民俗

人在江南，自然是有千般的好处，游子心中的桃花源，总是天高气爽、清风扑面。幸运的是，晨光启，云霞开，端午文化节和宝岩杨梅节等因时而生的一系列活动，烘托了浓浓的新民俗，让常熟旅游的关键词转变为地域文化的新表达。每一个走在虞山、尚湖、沙家浜的旅行者，抹去微沁的汗珠，体验着崭新的变化——从那古装翩然的人群里和旗幡招展的仪仗中，悄然打上了历史名城的厚重印记。

正是体现着地域历史文化发展的集成，蕴含了丰富的社会内涵、本土特色和民俗风情，地方民俗文化成为旅游资源开发的富矿。因为满足了众多游客求新求异、求知求乐的心理需求，生活方式、传统习惯和风土人情成为新旅游时代的生存语境和审美对象。它们让固有的景点焕发活力，让参与的欲望更加强烈，也使得风尘仆仆的旅途富有魅力。浓情端午，龙舟竞渡、悬艾驱瘴，那是千年沿袭的保留项目；而太公祈福巡游、“钱柳”水乡婚俗乃至沙家浜船拳表演，在原生态的基础上历经发掘整理、策划包装，成为弘扬优秀传统文化的生动载体。无论是集锦荟萃式、复古再现式还是原地浓缩式，都能将江南民俗融入旅游行程，让水乡世俗变身文化景观，这样的努力充满了对高层次旅游的追求、对游客切身感受的体贴和对旅游主题的重视。在投资旅游设施、强化景区服务的同时，以节庆滋养新民俗，以符号带动大景观，那么，历史原来近在眼前，山水竟然真实可亲，玩乐居然各有异趣，个性游、秀观感可以成为现实，寻古迹、思前贤就在举手投足之间，如此的常熟旅游，真的是趣味十足、物有所值。

曾知道面山背水的常熟宝岩，为杨梅的生长提供了绝佳的生态环境，飞绿挂红，满园飘香。“看杨梅，烧莳香”成为历时九百多年的民风习俗。也正是等到夏日雨水的到来，浸润了果实的内外，牵动了游人的念想，宝岩杨梅才能摆上虞山人家的餐桌，或是在敞开的院场上，用杨梅招待远道而来的游子。咬一口，切身感受那种令人食指大动的酸甜美味。此刻，得到滋养的民俗变得引人入胜，让人们在古今混搭的仪式中释放世俗快乐，寄托对传统的热爱和人生畅想。

一阵雨丝拂过脸庞，看山看水看江南的旅游，因为民俗的淳朴和独特，让人身心放松、感官舒畅：却原来，似曾相识的常熟，还是没有玩够。

拥梦入怀的微旅行

在自我调节的安排中，旅行者如何度假，有志者怎样作为？这个问题看似简单，却是衡量时尚达人的重要标准。其实，有质量的旅行不一定非要心系远方，沉下心来，神态自若，少则数天，多则一周，选择认识城市的新方式，寻访经常走过但并未关注沿途风景的线路，发现身边不为人知却有意义的境遇，美就在那些普通的地方真实存在着。只要有发现细节的眼睛、聆听故事的耳朵，无论是原地住民还是外来市民，都可以尽去杂念，慢享本真，感知旅游寻梦的信仰所在。于是，拥梦入怀的微旅行，让人重新认识这座城市。

不能对我们原有的出发点有所动摇，因为未知的地域总是那么诱人；当然对时下的新潮流心有所系，同样因为有许多惊奇等待你的发现。安迪·安德鲁斯说过："人的一生中至少有两次冲动，一次为奋不顾身的爱情，一次为说走就走的旅行。"而同在这座城市——精致常熟，我们习惯了这里世俗画卷中的休闲和融入情感的诗意，品茶闻香，侍花赏画，偶尔郊野游，兴起则山中行。微旅行却在这一片跟风之中，开辟出新的天地。记得是星光璀璨的某个夏夜，有许多人在虞山脚下徒步，沿着跑道前行。其实，只要跨界一步，就能进入城市的记忆，了解感动的事情，开启慢游度假的品质养心之旅。此时，古城内、大宅里、街巷中，水乡景致隐于市井，历史故事秘藏其间，夜色中万家灯火，展现出世俗烟火的感人快乐。对自己所处的城市多一份感知，多几许了解，在行走中聆听岁月之声，可以徒步骑行，也能公交、自驾，更可滑板跑酷。总之用心看世界，在这个夏天，你就能掌握事关常熟旅游的关键词。

曾赵园的荷花美景怡人。始建于明朝万历年间的曾赵园，借景造园，格局精巧，塘内荷叶绿波相涌，荷花亭亭玉立，亭台多故事，楼阁有书香。綵衣堂的活动文创出新。在翁氏故居缅怀历史，在松禅书院听讲研习，从中可以看出文化传承的匠心运作、旅游产品的升级提档。书房里的中国纸寿千年。从郑振铎收藏的来自常熟的古籍说起，央视开播的纪录片聚焦常熟藏书；从南赵弄内的脉望馆起步，虞山藏书派走进了中国文化史。文庙的修复气势非凡。作为古代祭祀孔子的重要场所，文庙曾是许多地方的最高学府，经多次修复，理应是游人的心中向往。倘若朝着乡野而去，生态湿地的真性情，想必让人穿越千古梦境，感受江南风情。泥仓溇湿地公园、沉海圩乡村湿地，估计是很多人未曾到过的好去处。原来，微旅行并不单调，而是让你花点时间，再次打量置身的城市，在大致相同的世相繁华下面，找到这座城市的地域特色和自己的怀旧之心。平时很忙，也许疏忽，那就在慢节奏下做一次有氧运动，去探访城市的边缘和角落。于是你便会知道——哦，生活里的那么多精彩就在不远处安静存在。

山湖同城的境界

前不久，满城桂香的常熟举办了一次光影秀场——虞山文化暨沙家浜旅游节盛大开幕。本来，将已经连续举办多年的节庆活动做出创意，就是全方位的考验，令人惊喜的是，活动虽过，热点犹在。赋能文旅，融合聚变，开始迎来新境界。秋色之中，满目爽朗，一种成熟和丰收的体验感在整座城市流动。这里，已然获得了前所未有的整体性关注。

新境界的看点之一就是尽显山湖同城。虞山雄峙，湖泊簇拥，这是常熟特有的地理、历史和文化标志。一体化的山水城，形胜巧妙，搭配绝佳，造就了江南福地典雅秀丽的城市格局和自然景观。苍翠的虞山，钟灵毓秀，孕育了历史故事和人文传说。虞山之外，尚湖的精美秀丽，昆承湖的时尚灵动，沙家浜的绿色自然和南湖的乡野情趣深浅混搭，高低互映，远近共济，于是我们知道，山湖同城，首先是一种天造地设的存在。

大自然的禀赋，是福地恩泽，对山水的敬畏，则是文明养成。古往今来，常熟的山水打动了无数文人墨客，留下了历代传颂的美好篇章；城市的格局和构架，虽然经历年代的风雨洗刷，但是依然保留和散发出文化的光芒。山水城是江南乡愁的基本要素，也是天地恒昌的文明史诗。历来是山湖同城，却因为认识的变化和飞跃带来了截然不同的结果。在那些片面追求效益、盲目建设开发的时期，自然生态遭到了人为破坏，山湖同城的格局横遭打乱。正是“绿水青山就是金山银山”的生态文明思想，激活了山水之间、文化深处最具生命力的基因，一系列保护开发的战略布局和科学规划，使得自然生态恢复如初，山湖同城的专属优势得到保护和滋养。

山湖同城，也不仅是对于时光的怀旧和自然的敬畏。前尘往事中的古老智慧，在今天应当得到全新的表达。现在我们知道，城市的气度不仅在于大厦林立，更在于世俗生活；不仅在于格局恢宏，更在于细节精巧。翻动一下日常生活的集体回忆，感受一次山湖之间的任性穿越，解析一回意气风发的美学行动，前瞻一程布局严整的发展走向，感知江南福地的特殊情怀，感叹作为常熟人何其幸运。但是，我们也不能躺在山水之上睡大觉，而必须去努力实现传统与时尚的交相辉映、历史与现代的和谐共生，赋予山湖同城以时代的魅力。“百年形胜夸天设，一代文章属地灵”，文旅融合，创意介入，正是要着力打造文化引领特色，积极推进全域旅游，重点加强以虞山、尚湖为代表的旅游文化胜地建设。文体惠民、旅游乐民的明显成效，使得山湖同城的亮点，在时代的交融中激发新的活力。如今，以长三角区域一体化为契机，以“常熟虞山文化旅游度假区”创建国家级为引领，让文化和旅游相辅相成、互为交融，才能依仗地理优势，突破区域屏障，解析梦里江南的情怀密码，享受自在生活的文化魅力。唯此，山湖同城的意义，才会彰显特色，深入人心，展现出旅游目的地、“网红”打卡地的辉煌。

显然，山水城的关系充满了辩证互动，天地人的襟怀应当同样宽广。

城市群落的荣光

在优雅的乐曲声中，常熟旅游产品推广周启动仪式在苏州中心世纪广场和市民见面。在姑苏城的光影秀场里，精致常熟的文化旅游以流动的方式公开展示。这或许只是一场载歌载舞的普通晚会，然而，因为它的切入点是站在苏城，北望常熟，将常熟的旅游产品放到了城市群落的大背景中，打包推荐，立体呈现，所以，就有了非同寻常的立意。它如同夜色中高耸入云的东方之门，闪烁着梦里江南的整体光芒。

从本质意义上来说，旅游就是地理上的移动。从城市到乡村，从楼宇到山水，旅行者总是在旅途上探索风景，在行进中感受意境。为了激发旅游的热情，业界隆重推出了“诗与远方”的概念；而为了增强地方自身的吸引力，有人就说“原乡诗意浓，远方不再远”。于是，在旅游市场的分化中，各地纷纷打出特色品牌，展示不一样的旅游产品，推出有质量的旅游服务。常熟的旅游产品推介活动在苏州中心举行，精彩之处，就是看到了开放融合的进程中，常熟和其他城市之间的关系。放大常熟的声音，追寻文化的共鸣，彰显城市的特性，不仅要标新立异，还需要融合共享。常熟属于苏州的城市群落；虞山文化是吴文化的重要组成部分，是构成江南文化的常熟品牌。立足常熟、面向苏州的一系列特色活动，将着眼于苏州市民、外国友人等群体，提升常熟知名度。透过江南园林的漏窗，穿越姑苏城市的繁华，文化的记忆最江南。

记忆之中，福地常熟，水韵江南，湖光山色，流动带来了生命的活力；记忆之中，精致常熟，开放融合，海纳百川，包容带来了汇聚的资源。不因发展中的竞争拒绝融合，因为发展的需要而站到更高、更大的平台。置身苏州的城市群落，常熟隶属苏州也就和苏州同处幸福江南的美好空间，不期而遇，拥梦入怀。

旅游产品的推介活动，是对一座城市开放格局、文化传承、地域情怀的综合考量。众所周知，旅游业关联度高、产业链长、带动性强。旅游需求的增长会拉动交通、宾馆、餐饮、景区以及度假设施等一系列相关行业增加投资。据统计，与旅游相关的行业超过110个，而不断地更新旅游产品，持续地实现华丽转身，是一座城市推动全域旅游的重要手段和必然措施。把常熟文化旅游放到吴文化深厚瑰丽的底色之上和苏州城市群落的互联之中，彰显美美与共，焕发光彩活力，是一种浸润人心、增进体验的聪明举措。这非但没有影响常熟的知名度，反而在城市群落的荣光中，散发出凝心续文脉、“此城也江南”的凝聚力和影响力。

英国哲人罗素曾说，能否聪明地休闲是对文明的最终考验。从只顾玩乐的旅游时代进化到追求品质的休闲时代，一个十分重要的环节就是要提供方便而有意义的公共旅游产品，努力形成一城一品牌、一地一特色的旅游大格局。相同之中有别致，传承之中能出新，通过旅游产品的不断推出，以新业态激发新动能，才能打破旅游业界的传统模式，弘扬江南名城的城市品牌。

如此看来，在苏州的城市群落中亮出自己的旗帜，常熟旅游的眼界和气度迈上了新台阶。

高铁来临和非遗活化

这些日子，常熟人口口相传的新闻是高铁开通了。

江南的黄梅时节烟雨连绵，山水之间的潮气隐藏着美丽密码，而高铁以它的风驰电掣，让这一天的天空特别蔚蓝。裹挟而来的是千年古城发自心底的呐喊。山水形胜，由美而生；风雨交加，格局未变。常熟的风景不是泰然自若，就是惊艳世人。

对于高铁来临，人们心底的欢呼溢于言表：有人想象着城市距离的缩短，外地的游客蜂拥而来；有人担心着旅行的快捷，留不住如许奔走的脚步。这有点像旅游出行时，对时间与方式的纠结。白天出门看得清日出日落，夜晚逛街遇得见夜景夜色。高铁的开通，开始改变地理因素造成的陈旧观念，也改变着“从来如此”的生活方式。说走就走，随心而动，风景之中，游兴正浓。高铁无疑是美丽风景收割机，一路观景一路歌。从高铁下车的外地游客面临着由快到慢的适应性转变。在常熟的城市里漫步古城街巷，在江南的乡村寻觅绿野仙踪。现代生活在一座历史文化名城急剧拐弯、瞬间变速，穿越了山水之后，便要沉浸在体验之中，去感受江南的反转与新生。我们会问：快速的高铁承载着朝思暮想，宁静的城市如何挽留匆匆的步履。

古人云：“其本已立，其道一日千里。”这或许会成为快慢转换的金句名言。常熟地处江南，生活就是旅游。“清风明月本无价，近水远山皆有情。”常熟文旅融合的丰富资源隐藏在美轮美奂的城乡之中，隐藏在能工巧匠的手艺之中，隐藏在博物馆的橱窗之中。小巷尽头的历代石刻，转角处的古树名木，俯拾皆是的人文传说，都和杏花春雨、风帘翠幕牵手相约，营造出锦绣江南的温柔之乡。非遗之美，融入日常。

作为历史文化名城，这里不仅透露着优雅和从容，而且更具岁月的沉淀和沧桑。虞山草木苍翠，琴川之水细流。常熟的非遗年代久远，特色鲜明，记忆宝贵。白茆山歌唱出地域情怀，古琴打谱汇聚各路英才，花边演绎成国潮精品，红木连接了海峡两岸。艺重虞山的诗派、画派、琴派、印派，薪火传承，浸润古今。不像首店经济花开一时，不像带货直播风靡当下，从小众坚守到大众关注，非遗要留下来、传下去，首先要火起来、亮出来。比方说，每当我们品尝叫花鸡、蕈油面、松盛糕团、石梅盘香饼时，就知道这风味之中藏着人间百味。比起味道本身，那些钻研美食的故事、追求卓越的面孔、匠心传承的历史，才是非遗的主角。从家乡的味道演变成天下的味道，美食的魅力永葆青春。由此联想，地方非遗的活化过程就是要让传统技艺与民俗文化能够得到常态化坚持。非遗保护工作正由数量型传承保护向质量型活化利用转变。不久前开展的“文化和自然遗产日”系列活动，博物馆的藏品与市民见面成为话题；精心组织的塔弄商圈夜市活动，国潮精品令人神往。非遗产品的活化在不经意之间，成为文体旅融合的重要抓手，成为在高铁时代点亮眼神的另类神器。这就像参加考试，一种是用功在千日，一种是临时抱佛脚。非遗活化显然要靠我们日常的持之以恒，守望相助，把最江南、最常熟的美好元素，打理得整整齐齐，包装得精彩俏丽，运行得鲜活灵动。从飞快的高铁下来，游客的角色立马转换，快在高铁，慢在常熟。步履匆匆，目光停留，脚已经抬起，心留在原地。高铁来临和非遗活化，由此合二为一，辩证统一。

通过对地方文旅资源的挖掘、历史故事的梳理、非遗产品的活化，常熟的文旅环境会让慕名而来的旅行者流连忘返、不忍离去。旅行者觉得好，才是真的“都挺好”。

不妨在高铁的车厢上刷一条标语：这样的城市谁不想来？这样的城市等着你来！

含云文化

日前，友人拿本人笔名“阁云”蕴喻的“高阁含云”说笑，认为当今存在的一种现象，就是“高阁”科学，“含云”文化。意谓科学不普及，远离大众；文化如含云，故作玄妙。说是要想提高公众素质，建设精神文明，应当对这两种现象进行纠偏，以图明辨事理，正本清源。

想来也是，告别了凄风苦雨，告别了一帘幽梦，文化终于迎来了自己的盛世嘉年。得益于民族瑰宝的呵护传承和文脉家园的沃土滋润，底蕴深厚的精神产品在今天受到重视和关注，枝繁叶茂，硕果垂悬。现实和浪漫互为交融，古典和现代竞展风流，琴棋书画，辞章歌舞，都有了自己的宽广天地和表现舞台，靓丽的走秀，风雅的演出，在高歌猛进中抬高着身价，也日渐拉开了与普罗大众的距离。文化在丰富精彩生活的同时，变得场面热闹，云雾缭绕，让人摸不着头脑。诸如难懂的现代派诗歌、缭乱的书法家狂草、费解的西方式审丑、虚假的偶像脸影视等等，往往让读者或观众心生疑虑，不知所云。一味追求形式，讲究颜值，势必远离文化为民的硬核，忘却了精神生产的初心。由于物质利益、商业谋略、竞争手段等因素，渗透催生的含云文化，实质就是为了蹭热度、赚流量，可以模糊价值判断，抽空理性内涵，以各种花哨的火树银花和震天锣鼓，让表象光鲜无比，使方向产生位移。本应为人民大众服务的文化，故作深奥，变得隐晦，让人见首不见尾，这就在根本上缺失了责任感和使命感，丧失了文化因有的严肃之态和严谨之心。

高阁科学，是使科学远离民众；含云文化，是让文化走向另类。这二者都不是正确的导向。其实，在当今社会，科学文化和人文文化也是对立的统一。自然科学旨在了解自然的奥秘，使人类与自然和谐共处；人文文化旨在传播人类的理想，处理好人际关系。科学和文化，只能融合，不能割裂。拥有科技手段，文化才能覆盖广泛，传播迅速；依托人文精神，科学知识才会形象生动，深入人心。繁荣文化旅游，建设江南名城，应当使科学不被“高阁”，文化不再“含云”。许多城市建设科技文化中心，世博会、进博会用文化手段展示科技成果，都是科技与文化联姻的鲜活案例。

再说让人记忆深刻、始终心仪的江南文化，数千年斯文有脉，纵横间风月无边，从地理标识到心理认同，烟笼小桥，雨溅流水，梦落人家。江南文化并没有因为自己的精致优雅就拉开同芸芸众生和世俗日常的距离，相反，渗透力、亲和力、凝聚力不断提升，在文献典籍中延绵不绝，在诗赋辞章中浅唱低吟，在霓裳雅韵中缠绵婉转，在苏式园林中构建意境，在文人书房里融古通今，甚至在日常生活中，演化为举手投足、言语笑谈里的日常风情。“含云”的江南文化，出自江南，源于生活，也就没有流变成势利的拜金主义和精致的利己主义，而是坚持了崇文尚和、内敛出世、温婉包容、清淡娴雅的处世准则和美学追求，这里的“含云”，当然是瑞祥之云，唯美之云。

二十世纪中期，在霍克海默和阿多诺合著的《启蒙辩证法》一书中，首次出现了“文化产业”。尽管在以后的年代里人们对此给予了不同的解释，文化产品的精神性、娱乐性等基本特征不变，文化产品的生产、流通、消费活动方兴未艾。时至今日，我们审视含云文化，文化并非只能独守清高，不能走向市场，“文化创意产业”一直是风靡全球的流行名词，文化和经济融合，文化为经济包装，文化让寂寞的生产活动热闹起来，成为新的经济增长点，当是好事。同时江南文化也是一座富矿，开发利用空间巨大。反对故弄玄虚，唯利是图，走向歧途的含云文化，本意是倡导主流价值观，培育时代新风尚，追求人文财富和思想品行的统筹兼顾，打造风清气正的文化创新发展环境。

只要我们坚持正面引领，常有心灵感应，正确处理文化与生活、艺人与社会的关系，保持本色，保留本真，那些装腔作势、脱离大众的文化现象定会不断减少，精神文明才能更上层楼。以此借鉴，山水之城，灵秀之邦，就会在常熟文化旅游的前进征程上，在经典江南的振兴发展和优雅生活中，同时具备令人仰慕的高品位追求、务实性举措和现代性价值。

虽然是由笔名引起的一番思考，却也听风观潮，感受到寻道问策、众行致远、美美与共的重要。

美丽家园新理念

优化城市环境，建设美丽家园，是人们的共同期待。立足于基本现代化的要求、丰富城市竞争力之内涵，需要毫不懈怠的实干和持之以恒的期待。建设美丽家园，当然重在建设。宽阔的街道、林立的商铺、诗意的广场，是硬件到位、经济繁荣的标志，我们为此不断追求。随着科学的发展，理念思维的更新，众人皆知城市要“三分建设七分爱”的道理。马路建设好了，有人乱停乱放，占道为王；公交方便群众，有人非法营运，黑车宰客；小区环境怡人，有人饲养家禽，毁绿种菜；建筑统一规划，有人我行我素，违章搭建。此类生活中的所谓小事，出现时悄无声息，泛滥时林林总总，逐渐就影响了公共利益，贬损了城市形象，影响了市民群众的幸福感。人们熟视而无睹，正是漠然的表现。

城市，是人口密集、工商业发达的所在。《韩非子·爱臣》有言：“是故大臣之禄虽大，不得借威城市”。元好问有诗：“山腰抱佛刹，十里望家园。”把城市当作家园，是对居住之所的热爱和认同。常熟这样的湖山灵秀之地，是创新创业、安居乐业的心底向往。

美丽家园的管理，离不开政府的作为。规划到位，资源整合，政策完善，多方合力，在城乡一体化建设的过程中，城市的功能不断释放，城市的魅力与日俱增。从益民惠民、保障民生出发，城市经历了从经验管理到系统管理、从运动式管理到制度化管理、从灭火式管理到预防式管理的进化，以人为本，疏堵并举，宣传在先，技术跟进，城市的运行不断规范有序，执法的运作趋向温馨亲和，公民的意识开始复苏和自觉。

美丽家园的理念，有从上到下的营造，有公众人物的表率，亦有普通群众的参与。为了一己私利，不顾违章违法；为了眼前利益，跌破道德底线，甚至伤害共同的家园，是素质低下的表现。在城市环境的整治过程中，营造宜居环境，落实长效管理，需要注重宣传引导，推进重点工程，规范执法行为，坚持标本兼治，而作为市民，无疑当关注公共话题，检点自我行为，重拾天下情怀。在常熟的历史文化中，有诸多的圣人名言，教诲人们提高素质，襟怀家国。文明的传承，家园的美丽，使命最终由常熟人共同担负。如孔子曰："人能弘道，非道弘人。"在提升城市管理水平的过程中，难免会有一时的无奈和困难，但问政的渠道畅通，参与的形式多样，就看我们有没有承担起应尽的责任。可以从我做起，可以提出建议，匹夫的光荣，亦是社会的进步。

新加坡人把城市绿化、交通管理、公共秩序视为自己的生存之道，从精英人群到普通大众都有理念共识，因而小国宜居，环境优美。从我们的国情、市情、民情出发，强化管理大势所趋，城市美化势在必行。因为面对率先基本实现现代化、建设现代江南名城的总要求，弥补差距，不断前行，常熟的城市内涵和江南福地的经世盛名才能相符。当经济发展到一定阶段，城市的现代元素不断叠加，对市民素质的要求必然提高。此时，置身美丽家园的每一位市民，都会因此感到欣慰和自豪。

对向往常熟、情系江南的游人来说，城市的美丽优雅，市民的热情好客，是常来常熟的考量之一。城市美丽，才能宾至如归。

休闲遥指农家乐

虞山之麓，尚湖之滨，景区之内，城乡之际，农家乐式的茶庄饭店如雨后春笋不断涌现，成为江南乡愁的生动再现、虞山人家的休闲范本。去农家乐度假，既是新鲜事，也是新常态。友人就说，倘如邀请当代画家作一长卷，画尽农家乐建筑的千姿百态、各不相同，人物的举手投足，枫林翠竹的田园情怀，一定是山水之城的盛世图像。这很有些应了唐人孟浩然的诗句："开轩面场圃，把酒话桑麻。"

农家乐缘起休闲热。乡村的本色是什么？景区的亮点在哪里？城市的渴望有哪些？发展农家乐，人们时常会这样发问。其实，休闲之事，古已有之。通过休闲，可以解除体力疲劳，获得精神慰藉。而现代人因为生活节奏紧张，心理压力加大，更是对休闲情有独钟。通过文化建构，改变生存状态，培养闲情逸致，陶冶高尚情操，也是时代风貌、人民幸福的体现。而常熟的农家乐背靠虞山，竹林挖笋、茶园采茶、草地露营，山野风情在其中；面向尚湖，水边垂钓、临湖赏花、果园徜徉，水天一色任流连。而最经典的场面，是集中在农家乐里谈天说地，喝茶品茗，打牌竞技。一碗松蕈面，一杯虞山茶，美妙之处不仅留存于舌尖，那恬静处的美、香茗里的暖、阳光中的春，值得你神态轻松品读江南。而不急不忙的从容、不紧不慢的节奏，最真实地说明了常熟人的生活态度总是那么张弛有度，宽严得体。诚如亚里士多德所说："休闲才是一切事物环绕的中心。"

农家乐当为百姓乐。曾几何时，生活富足之余，旅游热潮兴起。此时，和旅行者的心绪相呼应，和自然界的情景相融合，与城市化的突进相互补，农人们发现了田园的价值，山民们注意到景色的灿烂。此时，在山水间穿行，在田野上漫步，春华秋实，金风扑面。枝叶肥厚浓绿，硕果悬挂林间，藤蔓顺墙攀延，全然是人见人爱的好去处。无怪乎明代温岭人黄孔昭写道："闲花落树鸣秋浦，晚稻含香入暮年。"而创新创造、增收致富，成为农家乐快速发展的原动力。乡村旅游在国外起步较早，20世纪60年代初，当时的旅游大国西班牙把乡村城堡改造成饭店，同时提供骑马、登山、漂流、农事等项目，首开全球农家乐之先河。而我们，从过去的乡村社会、传统城市和自然社区走来，那种对乡村生活的内在关切，对梦里江南的皈依眷念，对日常生活的自我更新，在农家乐这一载体上，演化为找得到的桃园，到得了的仙境，过得上的生活，看得见的乡愁。农家乐的盛行，顺应时势，主客双赢。

农家乐需要好创意。建设农家乐，打好江南牌，必须科学规划，合理配置资源；提升水准，打造休闲品牌；融入乡情，培育特色景观；防微杜渐，清理现存弊病。尤其必须纠正那种粗放原始状态的陈规陋习，代之以审美意识、特色创意和精致安排。国外有学者指出，要想达到城乡共荣，行之有效的办法有两个：一是在郊区营造设施齐全的社区，二是在城内扩大自然空间。我们的农家乐，也是朝此方向努力的一种尝试。

办起农家乐，不难做到；办好农家乐，并非易事。有人说，农家乐的发展，要以农为根，以家为形，以乐为魂。很是到位。因为当今的农家乐已不能简单复制，简陋经营。报载，在乡村旅游比较发达的省份，农家乐没有统一设计，不搞大拆大建，猪槽里可洗脸，牛栏里能品茶，农家乐演变成文化创意空间，很是值得借鉴。

“借问品茶何处有，休闲遥指农家乐。”20世纪80年代以来，我国的农家乐遍地开花。农家园林型、花果观赏型、景区旅舍型，不一而足，形态多样。顺势而发、乘势而起的农家乐，已经到了引人注目、面临转折的新时期。多一点规划，花一点苦功，办一点实事，为农家乐包装品牌，提升其服务，实现休闲项目的华丽转身，就会在江南灵秀之地建设成展示虞山形胜和风物人情的景观带。游客会说，比之别处的农家乐，这里果然不同。

书家心语

在常熟的城乡间漫步，无论黎明还是黄昏，无论晴天还是雨季，移步换景，扶栏低吟，辞章随口就来，故事俯拾皆是。团队也好，散客也罢，绕不过去的一个话题，就是书画。

从兴福寺的碑刻，到彩衣堂的条幅，书香淡雅，墨香犹在。虞山孕育的诗琴书画，千年艺苑，薪火传承，一路走来，延伸而去，渗透进常熟旅游的每一处履痕。态度虔诚的寻觅，漫不经心的走访，都会有意无意间触碰到书法的话题。那一管毛笔，一方砚池，从烽火硝烟起笔，到竹林涧流停顿，让唐诗宋词走出典籍，让历代名人咏常熟的名篇佳作，或沉静清秀，或酣畅淋漓地飞舞在文化旅游的队伍中。江南文化常熟品牌的当代内涵，同样离不了书画。

和数位当代常熟书家闲说文化旅游，他们从旅游到书法谈了一番感受：

傍依江涛焕新生。说起书法，这是凝结着纸和笔墨的奇妙组合，散发着美与诗性的空灵天地，一旦踏入，沉湎其中，必然忘我。我在“五两蓑衣百尺竿，碧溪十里足盘桓”的长江边学习、工作和生活，日夜感受着大江奔流、惊涛拍岸的壮阔景象，也由此明理书法，感悟人生。

想那滨江地区，远离主城区，虽然现代企业雄浑崛起，汽车新城创造奇迹，但总觉得与文化旅游关系不大。想不到何时起，先有现代农业园区吸引游客，后又有江南印象童心小镇“网红”打卡。沧海桑田的铁黄沙，从荒凉岛变成生态岛，成为常熟旅游引人入胜的好去处。滨江新区书法艺术馆，打开常熟书法家展示才华的新视窗。

在时代的潮流中，新兴娱乐和融合传媒正让年轻一代心旌摇动。要继承传统，创新文化，引领审美，必然要实现传统艺术和时尚文化的连接。书法的规范和风格来自长期的坚持、艰苦的训练和开放的交流。有所模仿也要有所创造，有所坚守也要有所突破，才能确保传统艺术的核心要素不断释放活力，丰富个体经验。笔底生情，墨池花艳，关键是有一种水性的流动穿越其间。亲近而温和，清新又润湿，水的净化作用感人至深。看那长江之水天上来，奔流到海不复回，了无痕迹却能浪淘万物，横贯时空但也紧贴当代，这自然就是对书家的启示。

沿着长江岸线的“绿色游”，竟然让书家和游客双双浸润其间。

风裁画书见真谛。记得当年初学国画，就为这精神天地里的田园山水、沧桑人物、繁花灵鸟所感染，仰慕于精致绝伦的工笔，流连于墨断神连的写意。开始懂得延绵至今的中国绘画艺术，每一处钟灵毓秀，每一种宽严疏密，都是艺术主张和年代价值的永续薪火，都是人生境界和美好精神的诗与远方，笔底向往自由岛，心中浮起桃花源。笔有情，墨无界，作为融哲学思想、美学精神、绘画理念为一体的民族艺术，中国画的时代风采，让人们汲取营养，陶冶心灵，感悟生命，坚定自信。

中国画重写意，自然中见洒脱，狂野中有章法；中国画显技巧，无意而得意，不为而为之；中国画讲过程，心有所思，情有所感，笔有所运，从而追求熟不甜、生不涩、淡而厚、实而清的效果。然而，要想突破固有限制，须得要走出斋室，拥抱自然，在高山大河、漫山遍野的真实境界中锤炼，方能凝聚精神张力，释放表达潜能。于是我义无反顾走进旅行者的队伍，向着快乐出发。多年的写真训练中，坚守绘画准则，形成特色画风，从构图运笔到线条着色，总是凝心聚力，全神贯注，不作他想，身心沉浸。花随玉指添春色，人因行进见品质。此时此刻，那一幅人生旅途的理想挂图，看着很远，其实很近。

强者恒强显功底。每当持笔凝神的那一刻，我时常会想，学书法，要的是清风徐来的洒脱自在，儒家浸润的书卷气息，正气凛然的文人境界。在不忘初心的书法家心中，都有着用理想和智慧构建的那一处桃花源。有的是“空山新雨后，天气晚来秋”，有的是“面朝大海，春暖花开”，也有的是“小桥流水人家”。无论曾经向往过什么辉煌，排除过哪些干扰，天光云影共徘徊，晋韵唐法得风流。所谓“养此胸中春气，方能含孕太和”，书法要纯正典雅，合乎规范，也要神韵飞动，形秀慧中。书法中的文意由线条涵盖，笔墨里的创意让性情走红。联想到国学书论或是书美研究，重视美感，强调体验，融入生命，生成强大，在精神和艺术的高地上树立标识，我终于懂得什么是强者恒强。

同理，旅行者的出发也不会是向着杏花春雨，求得心神安宁。在青藏高原和黄土高坡，我的朋友们踏响引擎，向天而歌，让人感受到征途的不易。当笔底气象与审美文化互为交融，时代背景和文人品质滋养情愫，书法，就会在每一处行程的节点上，亮出旗帜，向你招手。

这一次轻松的聊天，让人对常熟书法传统横贯文化旅游的气派肃然起敬。

书家途说

之前说起书法家，总是想象着他们在自己的书桌前埋头疾书，衬垫的毛毡上墨迹斑斑的场景。斋室不大，书桌很大，名家的字帖闪烁着光芒。想不到的是，他们也并不满足“斯是陋室，惟吾德馨”的处境，想象着门外的世界步履匆匆，都在追赶着诗与远方。于是，约上几位书家，踏上旅行的征途。

一旦开始了言语的交流，便知道常熟的书法家大多是中国书法家协会会员，也大多入展各种全国性展览。比较一致的是各人都有自己的职业，并不单纯以书法为生。久居书斋的传统习惯逐渐褪去，参与应酬和活动也是提升水准的重要途径。杯觥交错、时光行走之中，对旅游和生活的感悟也会愈加深刻。在摩肩接踵的人群中，他们看似随波逐流地行进，却总在碑刻、楹联和匾额前长久驻足；与普通人寻觅热闹去处相比，他们更喜欢博物馆、名人馆、图书馆之类的文化驿站，对文化、旅游和人生也陆续发出了自己的声音。

之一，低调的奢华。记得自己刚入师门便得师嘱：学书法，务必要深入传统，潜心笃实，默默无闻，相互砥砺。于是知道，书法，是一个古老而新鲜、神秘而平易、高贵而近人的艺术门类。学书法是一种喜好，更是一种修行，来不得浮躁，要不得炫耀，穷经皓首才是必由之路，身心浸润方能真得自由。

我的书案在敞亮的大玻璃窗下，远方一脉青山，近旁几株兰草。每天几个小时的书法功课，让人心无挂碍，自由自在。清人周星莲在《临池管见》中说："作书能养气，亦能助气。"其实，这气有多种，来去无形，接地气、长志气才是本源。想着某些人出门游玩或是在公共场所，总是以炫富为本能，以自己为中心，大声喧哗，不守规则，肆意张扬，在旅行路途和场馆景点闹出笑话，制造摩擦，令人无语，从而使文明旅游得到普遍关注。而联系书法来说，随着文字的不断演变，特别是经过汉代隶书的变化之后，汉字趋向于符号化、抽象化，从实用起步，又向审美飞跃，中国书法总是坚持着对美的追求。润涩挺劲的线条，生趣盎然的结构，参差错综的章法，虽然气势连贯，却不是为了自以为是地称王。书法让人寄情笔墨，神思超脱，生活中有了书法，养心怡情，很是滋润；旅途中看见书法，那定是年代流水冲刷的遗存、岁月鉴别中挺立的范本，唯有让人感慨、充满敬仰。

之二，沉静的风雅。历代书家的不懈探索和物我两忘，为当代人留下了艺术瑰宝和精神天地。作为传统艺术中浓墨重彩的一笔，书法将汉字升华为艺术，提腕运笔、起承转合、章法布局、落款钤印的巧妙搭配，使作品的魅力持久闪烁着艺术的光芒。书展其志，书如其人，仔细品来，也是讲的人与笔墨的缘分。从临池学书，到书以载道，传承也好，创新也罢，悟在其中，厚德载物，情缘所至，守望相助。

谈起旅游，同一批人出去，沿袭着相似的路线，收获着不同的收获。哪些景致宜观，哪些风物宜赏，往往取决于各人不同的认知爱好、不同的素养习惯。对有内涵的场馆、有品位的橱窗、有故事的建筑、有内容的演讲，很多人急不可待，行色匆忙，缺乏沉静的心态和鉴赏的眼光，急于摆拍，却不了解景点历史，没细品精彩佳作，又忙于开始下一段行程。其实，在有历史、有文化、有经典的所在赏景读帖、听乐观演、歇息放松，中华文化的巧妙隐载会让你受益匪浅，回味无穷。

之三，怀旧的淡定。学习书画，我从拜师学艺入门，师从名家，临池研墨，挥毫落笔，秦篆汉隶，晋韵唐法，都要研习了解，知晓书法经历实用到审美，无论风格正统、字形秀润，还是意趣雅洁、形神兼备，都是从前人处传承而来，又继之以创新。那些书画精品，时日经久，光泽不褪，因为穿越风尘历久弥新，因为笔下生辉打动人心，厚积薄发，横贯古今。尽得风流的，不是因为新，恰恰由于旧，旧得资历非凡，旧得让人怀想，旧出了朗润襟怀，旧成了笔墨瑰宝。想弃新而用旧不易，想弃旧而迎新不舍。一知其法，即功于化，以旧出新，如临其境。

常熟文化旅游的精彩之处，也是因为千年文脉的薪火传承，又凤凰涅槃，浴火重生，成为公共的城市精神。想那黄公望，笔意画山水，文脉谱春秋，留下了传世精品和公望文化。挥毫之间，江南山水风物以艺术美感彰显存在，用四季韵律打动人心。精致中见恢宏，妩媚中有风骨。而青花瓷器的质感、红木线条的悠远、手工花边的精致，集江南元素于一体，释放出别样芳华。守得住曾经的崭新和辉煌，也要守得住旷日持久的源远流长。有友人随非遗传人研习虞山赭石，他说一方砚的价值，通过质地、色相、用途来体现。体重而轻，质刚而柔；湿润如玉，墨峦浮艳；贮墨不变质，数日不干涸。真的是一砚一风物，一石一情怀。这一种貌似陈旧的质感，却能让人经历知前路，阅历化沧桑，在冲击碰撞、纠缠共存的生活语境中，产生注重质地、不求虚荣的情愫，重藏不重显，重涵不重露，于陈旧的建筑、去过的景点、当年的器物中，找到淡雅如初的人生哲理。意境幻化，古朴自如，应该是旅游满载而归、心神快乐、内外兼修、新旧并重的幸福感知。

原来，三位书家友人的自述，如同他们的作品，风云际会，视界万象。

活起来的吴文化

常熟的文化旅游，如何走出独具特色的发展之路？对此，有理论上的多元思考，也有实践中的多方探索。然而，海纳百川，殊途同归，丰富江南文化的常熟品牌内涵，是固本强基的必然选择。纵观近年来推出的系列举措，无不围绕注重文化内涵建设、增强地域旅游魅力展开，使得这一方江南的土地精彩纷呈，成为游客的情感寄托和心灵归宿。

悠远的吴文化，踏准时代节拍。吴文化是江南文化的重要组成部分，虞山文化又处于吴文化的核心地位。在考古学的概念上，吴文化指的是春秋战国时期吴国的文化遗存。遥远的历史烽烟中，吴地的土著文化，中原的输入文化，越国的交融文化，不断丰富了吴文化的内涵。传统的吴文化研究，从经济社会发展、正统文化影响、人口流动南迁等方面进行考察研究；近代的吴文化研究，则着力聚集海派文化对吴文化的影响。在虞山之麓的连城石壁，一眼就能看见山坡前的平台上有几组真人大小的雕塑，有的抚琴高歌，有的细心把脉，有的奏刀向石，还有的奋笔疾书……这几组雕塑都是常熟名人代表着的常熟文化，由此，虞山成为常熟的历史文化之根；而每当游客经过虞山脚下圣贤广场的时候，都会看到“吴文化第一山”的字样。虞山是由于商周之际江南先祖虞仲（即仲雍）卒葬在此而得名。江南水多山少，难得这座山又具有如此深厚的文化底蕴，打造“吴文化第一山”品牌自然也就顺理成章。在来过常熟的游客眼中，这里美在山水相依，秀在花木玲珑，更是优在深远的历史、丰富的资源、随处可见的吴文化光芒。

厚实的虞山派，传承地域风采。在历年常办的虞山文化节暨沙家浜旅游节的系列活动中，吴文化论坛、祭孔大典、古琴艺术节等，组成了人气爆棚的强势组合；文化遗产保护、网络知识竞赛和常熟博物馆举办的馆藏精粹图文巡展、罗墩遗址良渚文化特展、古陶瓷展以及市民看非遗体验活动等，努力呈现深厚的文脉传承和丰富的旅游资源。而研讨源远流长的吴文化，展陈已臻化境的虞山派艺术成果，会让更多人从传统文化的典型象征和现代城市的相互融合中找到阅读常熟的切入点。就虞山诗派而言，钱谦益和柳如是令人瞩目，瞿式耜一首《浩气吟》永垂青史，钱陆灿的诗作出于时人之上。就虞山印派而言，常熟印人中数沈龢、林皋、王瑾三人最为著名，形成印坛“虞山派”，成就与影响最大的首推赵古泥，他被称为吴昌硕之后的“江南第一人”。就虞山琴派而言，虞山琴派成名于明代晚期，严天池、徐青山、吴景略为代表人物，在演奏风格上讲究“清微淡远，博大和平”，被琴界奉为“古音正宗”，古琴入选联合国教科文组织第二批“人类口头和非物质遗产代表作”。就虞山画派而言，黄公望精于山水画，取材多以虞山、富春江一带山水为主，被誉为“元四家”之首。常熟书法以唐朝张旭为先，时人尊称“草圣”。自元代以后，常熟书法名家更是累世不绝。

显然，倚仗吴文化基石，树起虞山文化大旗，就是要以此为引领，用文化导入价值追求，树立具有常熟特色的发展理念；将文化融入城市建设，形成具有地域特色的文化符号；将文化引入产业发展，构建体现人文优势的产业体系；将文化注入生活品质，打造符合社会发展要求的文化之乡，让文化驱动助力常熟高质量发展。

灵秀的江南梦，走上广阔舞台。曾经有人在地域区分上，时常纠结于哪些地方才算得上真正的江南。其实小桥流水的江南雅俗共赏，承载于认同和期待的共识之中。这是审美的视线所及，也是地域的引领能力。用文化记忆留住乡愁，就会在世俗百姓的生活之中形成崇文尚和、重视教育、追求精致的价值观。从外地游客的口中，听到最多的就是对虞山的赞叹，但要让旅游成为一种生活方式和成长方式，就是要让人不仅赞叹虞山的外形，也要了解虞山文化的内涵。以常熟最为经典的文化和旅游元素为脉络，努力呈现深厚的文脉传承和丰富的旅游资源，展示文旅融合发展的美好前景，从而在江南文化与吴文化蓬勃兴盛的时代潮流中，使得创造物质财富与延续文化肌理相协调，保持文化资源与保护文化遗产相一致，努力推动名城文化产业化、传统产业文化化、历史名城现代化。

透过园林的漏窗，穿越城市的繁华，活起来的吴文化让我们认识历史，感知当下，走向未来。

地名的含金量

地名是空间位置的地理标识，是形态特殊的人文记忆，也是情有独钟的乡愁承载。就常熟而言，因为历年风调雨顺，沃土丰泽，才被如此冠名；更因为“世上湖山，天下常熟”的襟怀抱负，让婉约的江南情调多了几分清风万里、志在高远的气度。

在粉墙黛瓦的古城街巷，在炊烟缭绕的水郭村落，每一处地名都是空间的经纬、城市的徽章。地名的文化内涵、岁月记忆和整座城市同呼吸，共命运；与人文故事同行同向，携世俗烟火跌宕起伏。

地名中有名人履痕。言子巷，因巷内有言子故居，“弦歌之治”令人怀想；言子巷的北面，有一条紫金街，东侧有明宣德年间监察史章珪的旧宅，因三个儿子皆中进士，名播乡里，取意“封金紫衣”，才有紫金街名。

地名中有品行见证。君子弄位于常熟古城南门外，因明弘治八年（1495）举人吴寅得名。此人为官清正，严于律己，受人称赞，君子品行成为地名。阁老坊，因街巷中有名士严讷居所，乡贤威望，路人瞻仰。

地名中有文脉留香。醉尉街，源于唐代大书法家张旭曾在此饮酒泼墨，一代书圣，狂草称雄。而县南街位于旧县署之南，寺后街位于慧日禅寺之后。地名不仅是方位标识，也是厚重积淀的传世墨香。

而对百姓来说，地名如同人名，就是用来辨识称呼的。小弄的北侧有片菜园，就叫菜园弄；临河的坊间养了鸭子，就是鸭潭头；老街仅宽四丈有余，遂成了四丈湾。

在常熟旅游时，了解地名背后的缘由和故事，如同走进了常熟的史志，序列严整而又内容丰硕。不可匆匆路过，走马观花，也不可东张西望，转悠了半天，别人问起时，甚至没记住一条路名。路名的丰富内涵，远远超乎你的想象。

如果说，风调雨顺的常熟之名是自然禀赋而得，那么英雄之美的常熟之名则从烽火硝烟而来。1964年7月23日，毛泽东主席等党和国家领导人观看京剧《芦荡火种》，亲自定名“沙家浜”，以地名统领抗日故事，称谓英雄传奇。自此，沙家浜成为常熟的名片，名动天下。

在常熟的城乡漫步，众多的地名若星汉灿烂，沿着地名中的红色地标感知经典，初心不忘，步履铿锵。

来到石梅广场，虞山之麓书声琅琅。附近的昭明太子读书台和这里的县立读书馆旧址连为一体，成为五四运动时期常熟学生联合会成立大会会址，觉醒年代，血脉偾张。来到古城中部通江路12号曾雍孙住宅亦爱庐，1926年2月，常熟第一个中共党组织特别支部在这里成立；现在设立的常熟籍重要历史人物李强革命一生的事迹展示，赓续红色基因，激发奋进力量。来到虞山脚下的联珠洞，潺潺泉水由石缝流入，聚似水幕，洒如联珠。1928年7月，在这里召开的中共常熟县代表大会和之后的数次会议，意义深远，载入史册。来到风景如画的沙家浜，“芦花放，稻谷香，岸柳成行”，芦荡深处不灭的火种，鱼水情深感人的故事，流传成伟岸的口碑、婉转的唱腔。沙家浜革命历史纪念馆将历史图片和仿真环境、实物展示与动态演绎相结合，再现了沙家浜革命斗争的生动史实。沙家浜景区现已成为全国爱国主义教育示范基地、全国百家红色旅游经典景区和著名的生态湿地。来到支塘镇南街44号，这里是我国“两弹一星”功勋、中科院院士王淦昌的故居，而不远处的支塘中学曾是清代康熙年间正修书院遗址，王淦昌的爱国精神和卓越贡献令人敬仰。

看起来毫不起眼、读起来朗朗上口的地名，还有这许多曲折起伏的来源、不可小觑的名头、令人感动的故事，让常熟旅游的质地显示出朴素里的铺张、低调中的奢华、简短间的漫长。将这些地名了解一遍，选择几处走上一回，偌大的世界向我们打开。常熟地名不仅在古城区繁星闪烁，在新城区也是兼容并蓄。文化片区的培文路、汇文路、凯文路、敬文路，和周边林立的学校一起，喻示着常熟人崇文尚和的城市精神。而实体铺筑的道路有路名，思想解放的途径见精神。20世纪80年代初期，“离土不离乡，进厂不进城”的碧溪之路发展经验，被《人民日报》登上头版，成为以工哺农，城乡融合、共同富裕的全国典型。全国文明村蒋巷村，区位偏远，却闻名遐迩；地势偏低，却站上高地；籍贯各异，却凝聚人心。农业起家、工业发家、旅游旺家、生态美家、精神传家的蒋巷特色发展道路，展示出走向全面小康的锦绣画卷。

常熟地名的历史传承、文化内涵和红色记忆，让这座城市的含金量瞬间陡增。这不是艺术包装可以完成的，也不是靠“网红”名媛打卡而人气爆棚的。地名的厚重根基和光芒释放，在过往的岁月中凝固，在思想的酝酿中成长，在城市的变迁中守望，在毫不起眼的滋养中成就辉煌。

乡愁文化 薪火相传

以前听人说过写作的三种状态，就是“青春写诗，中年作赋，老来整理乡邦文献”，想来颇有道理。后来发现作文虽易，写好不易，且写且珍惜。而整理乡邦文献更要有历史知识、国学功底和专业精神，需要严谨考证，埋首笔耕，不可轻率为之，于是对乡邦文献的整理者充满了敬意。

日前读到市政协文史委编撰的文史专著《让国南来——仲雍》，诚然是一部兼具学术性、可读性的佳作。3000多年前，泰伯、仲雍兄弟主动把继承权让给兄弟季历，让出了周王朝数百年的宏业，也让出了千古颂扬的“至德”。岁月流传，渐行渐远，而梳理史料，精心打磨，形成文献，体现出弘扬优秀传统文化、建设现代江南名城的文化担当。加之已有的《常熟状元》和《虞山文化流派》等著作，还原历史面貌的基础性工作功不可没。传承地域历史，也就是传承乡愁，乡愁文化的兴起，让历史人物和我们亲近，让风土民俗成为风景，也让自然山水成为人文山水，美丽乡村变身情感田园。

曾记得人们按捺不住对幸福生活的热切向往，用现代都市高楼大厦的所有标准要求中小城市，建设当今农村。实践证明，在全面小康的进程中，看得见山水，记得住乡愁，与现代化同步，却又把江南装点得更像江南，把农村建设得更像农村，才能符合百姓心愿和长远利益。其间，繁荣乡愁文化，重视世代传承，显然能增进常熟软实力，擦亮城市新名片。那些奋斗在外的常熟籍两院院士，那些辗转各地的党政领导、海外学子，远行多年，乡音未改；也有众多摄影师，奔走于老街小巷、粉墙民居，抢拍遗存镜头，留下历史瞬间；锡剧团的新剧目演出常熟故事，电台、电视台的专栏开讲常熟文化，打开报纸看到了常熟的老照片……凡此种种，无疑都是有识之士的文化自觉和心底乡愁的生动再现。其实，乡愁就是对家乡眷念，是热爱家乡的情感状态。无论走出去还是留下来，对故土的念念不舍是人类的共同情感、游子的久远期盼。置身异乡的体验非常独特，留驻家乡的习惯形成自然。从小背着李白“举头望明月，低头思故乡”的诗句，感悟“日暮乡关何处是，烟波江上使人愁”的境况，众多的常熟人成了思乡者。纵然一生都待在这座江南城市，也不会因为时间的连绵和生活的重复而产生厌倦。说起常熟，总是钟情这里的山水相依，景色灵秀；总是赞美这里的形胜独特，别样风情；总是感叹这里的上苍造化，福地恩泽。不少常熟人兴致勃勃外出旅游，抵达了名山大川，游遍了著名景点，直至域外各国，回来后静心一想，还是念叨起家乡的好处，说这才是过日子的地方。此种场景，屡见不鲜。乡愁文化表现为对家乡整体上的执着偏爱，局部上的不忍迁移，空间上的各抒己见，时间上的久远怀念。不需强制，没有安排，随时出现，柔软得温馨感人，强大得不可战胜。

多年以来，乡愁文化被有计划地梳理，有重点地培植，有目的地推广，形成品牌，树起形象。持续多年的江南文化节，浸润于薪火相传的历史文化，创意独特，内容丰富，体现出远见卓识、开放襟怀和儒雅风度；重视农村的自然形态，保持迷人的田园风光，修复湿地生态系统，在“芦花放，稻谷香”的同时，虞山人家农家乐，打造出美丽乡村，创意生活；让小街古巷延续城市记忆，小桥流水旧时年华，历史遗存神秘古老，时光穿越交叉纵横。精品的旅游线路，不仅展现江南文化的山水形态，更能体现人文情状的心路历程；在图书馆、博物馆、美术馆等众多公共场馆，查阅古籍的愉悦，欣赏杰作的体验，听取讲解的享受，都是以看得见的珍藏为教材，以记得住的故事为依托，以有厚度的传统为核心，让乡愁文化弥漫滋养，灿然开放。

教科书的重要性众人皆知，其功能之一就是传承历史，培育后人。面对考试分数带来的读书压力，因为全球视野激发的出国理想，基于移动互联造成的心神分离，乡愁文化形同教科书的作用日益呈现。当然不会由此放慢追梦的步伐，肯定不会据此延缓人群的流动。踏入江南，拥梦入怀；走出常熟，乡愁犹在。这一簇薪火，将世代相传。此时，我们听到诗人余光中唱道：“小时候，乡愁是一枚小小的邮票，我在这头，母亲在那头。”

文脉传承中崛起江南名城

说起常熟，人们时常赞美这里的山水入城，形制独特；感叹这里的自然风光，情调江南；称道这里的连年丰收，福地恩泽。善于思考的，勤于检索的，乐于打听的，就会发现这处别称琴川的地方，竟是吴文化的发祥地之一，历史上贤人辈出，群英汇聚。仲雍是历代吴王血脉始祖，言偃是孔子唯一的南方弟子。书香久远，形成虞山文化流派；科甲鼎盛，亮出状元进士长廊。千年山水尽管沉默，却因此成为人文山水；世代城乡沧桑巨变，却由此蕴含精神涵养，标注出自己的时空轮廓、地域情怀、观念意识和人格风范，无须粉饰打扮，不必专门包装，卓尔不群的城市特色因文脉传承而令人动容。

地方传统文化的魅力，在于形成文化积淀，滋养一方百姓，同时又能经久不息，薪火相传。就常熟文化而言，海纳百川、厚德载物、务实求真、灵动睿智诸多特征，已然获得共识，凝聚人心，汇集成当今的城市精神。在传统与现代交汇之时，物质和精神邂逅之处，传统文化分布在城乡风貌里，散落于世俗烟火中，沉寂于史册古籍内，不会突然出现，却由于系统知识的缺失，使得岁月深处圣贤的音容笑貌，久远得似乎会淡出记忆。为此，聚焦地方传统文化，放大历史名城效应，成为有地域情怀的自觉行动和有担当意识的系统工程。我们看到，有关方面组织起精干的研究和写作团队，梳理史料，考察现场，拾遗补阙，搭建框架，以极认真的态度、出精品的精神、存历史的要求，风雨兼程，撰稿不止，历经数年，终于推出记述仲雍和言偃两位圣贤以及流派文化和状元文化两种现象的四部文史专著，厚实笃学，详尽明理，令人瞩目。专著出版伊始，或得到省级以上奖项，或填补地方文献空白。依托于地域丰富人文资源，着眼于弘扬优秀传统文化，助力于提升城市软实力，把沉寂的文史工作，做成了发掘资源的传世工程、考证辨识的史料工程、承上启下的精品工程。远见卓识的全局眼光，超越功利的务实精神，为打造现代江南名城，谱写中国梦的常熟篇章，走出了一条让文脉传承活起来的道路。无疑，这是一件花力气的难事，也是值得做的好事。

四部专著放在面前，读一遍也许要花费不少时间。因为工作的紧张，节奏的加快，认真阅读当然需要决心、耐心、恒心。有人会说，经世致用不如当下实用，大致了解也能介绍常熟。正因为受功利性读书观的影响，我们对地方传统文化的学习未免放松，知其然，不知其所以然。其实，步入互联网时代，置身信息化社会，阅读是对知识的刷新，用了解传统文化的愉悦驱走内心的焦虑，不读书无感慨，不学史无底气。古人把读书分为三个阶段：诵读、学贯和涉猎。从趋利到趋名直到趋静，也就是一个人的成长和成熟的过程，所谓的“腹有诗书气自华”，因为“一个民族最深沉的精神追求，一定要在其薪火相传的民族精神中来进行基因测序”。从传统文化中，可以学到修身之德，养浩然正气，塑高尚人格；可以学到为政之道，民为邦本，礼法合治；可以学到兴替之律，通过思古察今，坚持道路自信和制度自信；可以学到审美之意，“刚日读经，理气养生也；柔日读史，生情造意也”。政治思考力和艺术表达力经常携手共生，融会贯通，让精神财富集聚成长，蓬勃兴旺。而常熟的地方传统文化更是令人感同身受。早茶时谈到的处世哲言，日常间看到的书香画卷，不经意流露的儒雅风度，身边人展示的棋琴才艺，无不是传统文化熏陶的结果。而圣贤们那种救国求道、崇文兴教的人生理想，大同小康、礼治仁德的进步理念，披荆斩棘、勇于开拓的首创精神，通过典籍传播、言论普及、藏书育人、民风浸润众多方式，已经成为世间习俗和地域乡愁，也使当今打造现代江南名城的目标有了厚实的文化底蕴和人文基础。注重保存绿水青山的生态景观，持续推进可持续发展的产业布局，合理安排城市农村的特色元素，整体提升品位与品质兼具的人群素质，都离不开地方传统文化的错落有致，润物无声。如此说来，学习文史专著，了解历史知识，注重文脉传承，擦亮地方名片，既是文化人士的题中义、必修课，也是每一个新老常熟人共同的责任和追求。文脉传承中崛起的江南名城，因为对久远年代的回顾将迎来更加美好的未来。

让自然山水和历史遗存互映生辉

但凡说起常熟，每一位有阅历的旅行者、有缘分的往来客，都会留恋虞山、尚湖的婉约风光，畅想沙家浜景区的浩然气象。这座古城，弦歌悠扬，飘逸田园与水乡的江南韵致；这片风景，湖山相映，记录历史与现实的曼妙相逢。从20世纪80年代尚湖放水还湖，常熟成为第一批国家历史文化名城以来，自然山水的地理形胜和世代传递的人文情怀彰显出这里独特的城市魅力与个性特色，而建设生态文明的不懈努力，日积月累、循序渐进地推动了名城效应的持续放大，超越眼前局限利益的远见卓识，终于在时代发展理念进步的今天得到印证。

常熟的得天独厚，当然在于虞山、尚湖山水相依，青山入城七溪通海。由于与长江之间的地势较高，构成了旱涝保收的常熟田，也由于泰伯、仲雍带来的天下为重的礼让之举和商周文化，言子大同理想和小康之治的著名言论载入史册，返乡归里道启东南，直至商代姜太公来此避难，无不是这方水土吸引了贤士名人，而清嘉的风物和灵慧的人文，又反哺了江南福地。自然山水和历史遗存，从一开始就体现出互相依存的血脉联系，展示了不离不弃的构成特征。山水因历史典故变得有情有义，人物因杏花春雨变得灵秀鲜活。讲山水印象，是来源于绵延不绝的人文印记；讲人物儒雅，是得益于自然秀气的滋养润泽。而小桥流水、民居枕河的古城格局，在现代化的进程中依旧得以整体留存，承载年华。阳光斜打的青砖折射岁月沧桑，雨水淋湿的屋檐滴落江南梦境，依山而筑的城市宽严得体，沿河而行的民居疏密有致。这之中，明清以来的历史建筑星罗棋布，彪炳史册的名人遗存闪烁光芒。踏进古城，弥漫着挥之不去的历史情结；拥梦入怀，演绎着不徐不疾的地域生活。仅在西泾岸、南泾塘、琴川河三大保护片区，就有60多处重点文保单位，在南门坛上，仍存80多处明清至民国时期的建筑。而诸如言子专祠与言子故居、黄公望墓及纪念馆、彩衣堂与瓶隐庐等众多历史遗存，无不彰显出常熟作为吴文化的发祥地、江南文化的制高点所展示出来的精彩神韵和深厚内涵。正如著名建筑学家梁思成所说，建筑是历史的载体，建筑文化是历史文化的重要组成部分，它寄托着人类对自身历史的追忆和感情。

让自然山水和历史遗存互映生辉，是美好的愿望，是文明的标志，是历史的责任。在城市现代化的进程中，统筹生态和经济的良性互动、文化和旅游的共同繁荣、诗意栖居和富裕生活的有机融合，离不开对这一问题的整体规划、辨证把握和不懈坚持。孔子曰："人能弘道，非道弘人。"沉浸于自然资源的慷慨馈赠，醉心于丰厚积淀的优质资本，是否更要怀有感恩敬畏的心态、天谋于人的自觉、永续发展的决心呢？中华人民共和国成立之后，无论是从西方引入的现代城市规划理论，还是在战后重建背景下城市改造实践的展开，其主导方向大都面向未来的城市建设，对保护历史遗存考虑不多。而近数十年来有些地方出现的盲目扩张城市功能、环境承载能力远超负荷的现象，成为值得记取的教训。

今天，当我们致力于放大常熟的名城效应，提升公众文明素养的正能量，自然要重新认识传统历史文化保护工作的地位和作用，多一点天下情怀，多一点长远眼光，多一点科学布局和智慧引领，就能看到尚存的不足，明确努力的方向。而在做好顶层设计的前提下，完善管理机制，落实有效措施，在对历史文化街区、重点名人遗存、关键修复项目乃至乡镇重点街区的保护工作中，突出重点，打造亮点，有序推进，方有望取得自然资源和人文资源共同保护、有效整合的实际成果。此时，当古宅修复体现古城精华，当遗迹保护出现珠联璧合，当一批国保单位实至名归，在自然山水映衬下的历史遗存，就会迎来前世今生的新天地。

第二辑

流转

时光流转的日子，季节总是表现得轰轰烈烈。

春的蓬勃，夏的浓烈，秋之丰硕，冬之寒冽，循序守时，践约而至。

常熟之行在每个峰回路转的当口，总让人心扉敞亮，思维明朗。

相聚，将活动做成故事；欢庆，让闲走诞生传奇。

呼朋唤友看四季

如果可以选择，出行的朋友当然要关注天气的变化，首选那些碧水蓝天、天高云淡的时光。殊不知，岁月踏歌的常熟之行，心为情所系，人被爱留住，在大片的风景画中不知所往，在精巧的细节上注目难忘，每一天的安排都能轻松选择，在记忆深处置景留香。

第一季　花俏江南　春来常熟

常熟的春天，也是从冬天走来，但是昂首唱响了春的宣言。福地旅途坦荡，转角便是春光。花事如梦灵感多，花朝盛会出精彩。

一城因一物而美丽，牡丹倾城，春风十里不如你。向着尚湖出发，朝着辉煌奔去，在朗朗天地之间，站在风景区的门口，朝着新朋故友挥手，那是在赏花时分收获的满满好福气。

常熟尚湖牡丹花会，地域演绎新民俗，万人争看富贵花。国色天香的雍容华贵和福地景色的精致淡雅完美融合，打造出江南地区春季旅游的特色节庆。

杏花春雨，婉约中有震撼。北宋鄞县人周师厚写成《洛阳花木记》，多年以后，花王的芳影终于南迁，在水墨江南繁茂生长。虞山尚湖国家5A级景区拥有9大色系、300多个品种、5万多株各色牡丹。存世400多年的古牡丹、中国牡丹第一画、牡丹百咏佳绝句皆出自常熟。

山水相依，宁静中有灿烂。牡丹之外，常熟的花朝会形态各异，惊艳纷呈。方塔的山茶花、颜港街的樱花、蒋巷的油菜花、虞山城墙的杜鹃花等等，次第绽放之时，踏青赏红，莺飞草长。

春天里的旅游很有排场，花丛中的歌舞热烈奔放。花俏江南花事多，春来常熟春正酣。

第二季　状元故里 夏研常熟

常熟历来是书香之城，文化之邦。遗存丰厚，古城街巷都是故事；风情动人，过往岁月令人怀念。商末古公亶父之子泰伯、仲雍“让国南来”，建立句吴，从此常熟成为吴文化发源地。春秋时期“孔门十哲”之一的常熟人言子启迪东南文化，被尊称为“南方夫子”。其后，唐至清常熟诞生了486名进士、8名状元、10名宰相，才俊辈出，各领风骚。

自“常熟·研学堂”品牌发布以来，打造优质旅游、建设精致城市，不仅要颜值“爆表”，更要提升内涵。让区域资源变身智慧宝库，常熟启动了风生水起的新模式，先后与北京、上海多家专业机构深度合作，挖掘资源，设计形象，打造品牌。尤其是推出“江南国学之塾”等五大主题、10多条亲子研学游线路，汇总

100多个研学游考察点，使得研学游蓬勃发展，受到社会各界和学生家长的欢迎。

注重传统文化的现代表达，探究学习方式的科学内涵，现场观摩长知识，历史人物在眼前，让青少年既能知道世界之大，也能知道时光之远。

在休闲的日子里走走停停，不用去远方也能找到诗与远方，常熟，成为每一位游客的精神故乡。

第三季　吴韵琴川　秋享常熟

没有准备，毫不设防，金秋的元素就是渲染和铺张。秋天的背景下，稻菽千重浪，满城桂花香，奔放的枫叶，多彩的菊花，浩然的秋色，展陈出盛大仪仗。

吴韵琴川，有名胜景点的通俗解说，有穿湖大堤的飘逸茶香。在山阁探秘，古韵今风；在湖畔垂钓，邂逅江南；在农家采摘，重拾乡愁。每一个秋季的旅游产品，都凝聚了山水情怀和常熟智慧。旅游，已经成为一种生活方式。

秋享常熟，是因为寻梦之路风景醉，亲历业态新变局，福地行吟秀观感；也是因为美食，不仅满足口腹之欲，更是寄托了常熟人对闲趣生活精致追求的热爱和畅想。

美好的一天从早餐开始，一碗炒浇面，是常熟人最为向往的日常。常熟的十大名菜，从叫花鸡到刀鱼球，让你爱上江南好味道。大闸蟹蟹王出水，注定不凡，而带着乡土清新的“水八仙”等招牌特产，无不以各自的缤纷颜值和亮丽形象，感召着行程匆匆的旅行者。

金秋的常熟，自成传说。

第四季 祈福虞城，年味常熟

置身天地之间，走向岁末年初。冬季的旅游，开始褪去生活的浮躁，在沉静的风景里感受自己的内心。“曲径通幽处，禅房花木深”，在冬季可以演绎出别样的意境，常熟的“福禄寿喜”祈福之旅，让“寻福常熟”变得触手可及。

兴福寺为“福”，参观兴福石、四高僧殿、藏经楼，暮鼓晨钟使人感受“福”之内涵；三峰寺为“喜”，途经观照壁、天王殿，请祈福锁，撞状元钟，亲临古时僧人挑水场景；宝岩寺为“禄”，敬香财神，入住禅房，表达心愿；藏海寺为“寿”，剑门奇石，拂水晴岩，引人登高望远，胸怀宽广。

面对即将到来的新年，又必定是红火热闹裹挟着喜庆吉祥。淡淡的乡愁，来自心底；浓浓的年味，催快脚步。在这样的时光里，寒气冻人，亲情暖人。

不再为生活的烦恼所束缚，在繁复的忙碌中心灵变得简单。是鱼还是肉，是蒸还是烤，是趋向清淡还是偏爱辛辣，在过年的氛围中，变得不再重要。来不及仔细品尝，忙不迭出门上香，水乡的习俗厚积薄发，传统的仪式令人向往。期盼在眼神中显露，情怀在尝鲜时融化。

来常熟旅游，我们人格升温，心态向阳。

寻找年味

寒气逼人，却又喜气洋洋，又一年的春节向我们走来。过年是什么？是红火热闹，是喜庆吉祥，是人潮返乡，是四世同堂。大红灯笼闪的是光，大金福字跑的是量。太多的习俗携手联欢，太多的元素盛世击掌。然而，随着传统方式渐行渐远，怎样过年成为问题。微信群聊取代新春贺卡，电话拜年取代串门访友，去酒店饭馆省却了家中年夜饭的忙活。尽管还守着小家，放着礼花，老实待着，踏实歇着，人们仍感叹年味的不足，忆起童年的时光。不再安分的，追求缘分的，开始寻找年味。

值得幸庆的，是恍然明白，年味的核心竞争力，在于一个“忙”字；值得雀跃的，是开始懂得，旅游的年度出发点，可以从春节开始。不再喝茶、打牌、看电视，为了寻找年味，我们走起！

在策划出行的忙碌中体验年味。年未到，心已动；去哪儿，费思量。其实去哪儿并不重要，想去哪儿才重要，无论去哪儿都是旅行者的骄傲。赶快记起来，有个景点曾是多年的向往；赶紧动起来，上网搜索便捷路线图。举家出行，要选择合适的日期；组团游历，就是图的热闹；做回驴友，探险当有乐趣；自驾出行，连夜做好功课。运动鞋、双肩包，悉数准备好；照相机、遮阳帽，一个不能少。也许，就在这样的忙碌中，你就发现了常熟——一处江南福地、山水之城。那恬静处的美，香茗里的甜，阳光中的暖，值得你流连忘返品读江南，爱就爱了，拥抱入怀。在景观绝佳处，唰唰赶路，嚓嚓自拍——动作要快，姿势要帅！

在祈福年俗的热闹中感知年味。江南的过年，不仅是安详；期盼的春节，不只是时尚。水乡的习俗历久弥香，发酵的文化令人神往。宝岩禅寺除夕烧头香，升起了缕缕愿景；庙会巡游新春轧财神，响起了声声发财。虞山尚湖新民俗，太公岛上笙歌起，腰鼓舞龙打连厢。而沙家浜景区的祈福红标识、新春送楹联，让你一年红到头、一生不用愁。进化中的观念凝聚共识，演变中的风俗滋生素养。我们的旅游，就这样古今混搭，上色添香。

在地方名菜的通吃中品尝年味。旧时过年，闻着酒香，想着佳肴，情系年夜饭。而今，年货琳琅满目，食品五花八门，炸得热火朝天，炒得香飘十里。舌尖上的中国，摆开架式，款待“吃货”。相遇长江鲜，约会蒸功夫，别样叫花鸡，现做盘香饼，有来头的鸭血糯，像名片的蕈油面。常熟的家常菜入口不忘，创意的农家乐经济实惠。锅里响着的年味入耳，汤里飘出的年味入心，来没来过好像忘了，喝不喝酒都要醉了。原来，年味就在行程里，欢快贯穿旅游中，美文珍藏微信内。我们不用寻找，天天过年。

于是，梦里寻他千百度，心仪已久的江南旅游目的地，正在不远处。

旅行者的春天

冷风袭人，乍暖还寒，最难将息。天地并无异象，山水沉默寡言，燕子不归春事晚，一汀烟雨杏花寒。城市中人们依然忙忙碌碌，灯火照旧星星点点，此时，有准备的旅行者已经打起了出行的主意。去年的经停中尚有哪些遗憾，以往的岁月里还有什么留恋。既然开始了边走边看的旅程，那么，每一次留驻都代表着可以重新出发。

立春意味着春天的开始。气温、日照、降雨，渐变中体现出季节的转折：草木之萌，因兹而动；原野之蛰，由此苏醒。快步迎春的旅行者，因为身份的特殊，由于感触的灵敏，已经开始了对春天的期盼。也许不可能走遍天下，也许岁数已不再年轻，但是那种在春天里旅行的感觉，是一种经历后的回味、寻找后的获得、相遇后的会心。就这样，我们开始设想前进途中的N种可能。

已经进入春天，那就赶早起身，做好扑向山水的准备。想象着沉浸于江南福地的宁静，沐浴着暖阳高照的舒心，带上那许多旅游神器，绵绵思道远，窗外日迟迟。已经寂寞了一季，已经忍耐了一冬，有点迫不及待，走得慌不择路，却也始终处于精神亢奋的状态。想起了那年的中学春游，进山途中，有噼噼啪啪的雨点砸来，夹杂着雪粒，行路陡变艰难。也会想起浣花溪畔的杜甫，“晓看红湿处，花重锦官城”。诗人赏雨，开心；行路之人遇雨，烦心。但是转念一想，笑了，雨点正是初春的声音。待得下山近水，洗去身上的泥土，“春水碧于天，画船听雨眠”。山映湖中，有如宋锦，织就了春和景明。原来，旅行者的春天或许是湖光山色。

让沉睡苏醒、让寒意散去的春天，自然、华丽、唯美。此刻的旅行者，用敏锐的心感知春的气息。婀娜在枝头、烂漫在山野的迎春花，是浓墨重彩的笔画，也是给旅行者的见面礼。待到花压枝头，晨光熹微，花的盛会次第到来，彩云浮动，弥漫山野，旅行者拍打一路风尘，擦去脸上汗水，摘花在手，闻香入鼻。尽管阅历丰富、行程无数，旅行者依然无不为之动容。因为在江南的风里，在虞山尚湖之间，在田园阡陌之上，踏青不知处，赏花有去处。杜鹃花栽植成片，绚丽多姿；郁金香色泽诱人，鲜艳欲滴；牡丹花更是明艳如锦，富贵逼人。原来，旅行者的春天可以是天姿国色。

春天里的旅行者都很任性。想当年，唐代的孟郊四十多岁历经三考而登科，“春风得意马蹄疾，一日看尽长安花”。显然，春天，更在于自己心头的感受，在行路中体会自然和生命的况味。诸如注重细节，记录韶华变迁，那是“察颜观色”；变换角度，摄取景致大美，那是“赏心悦色”；品读典故，解构历史文脉，那是“喜形于色”；攀临险境，一览无限风光，那是“英雄本色”。于是，我们懂得，旅行者的春天，是明亮柔和的光辉，是指向明确的从容，是处变不惊的大气，也是文明出行、待人以礼的微笑。

旅游的最高境界，是在遇见山水的同时，遇见真实的自己。

最是一年春好处

尽管已经在假期里放松了身心，尽管已经被进出两旺的旅游点亮了冬韵，但人们还是给予立春莫大的关注。就像每一个神圣的日子都有仪式感，立春同样在旅行者的心底占据“C位”。接踵而来的，将是更大的人流，在春天开始再一次出发。

记得2017年是农历鸡年，这一年有两次立春，即所谓的“一年两头春”。两次立春，呼应在跨年之际，成为时间进程里的人气榜和风向标。吃年夜饭、放鞭炮、写春联、贴倒福固然是春节里的必修课，但将许多隆重让给立春，更是为了感恩大自然的运行。这个传统的节日，自秦代以来，成为孟春时节开始的标志。春是温暖，鸟语花香；春是生长，播种希望。

暗香浮动，虞城雅韵。生态景区和古典园林里含苞开放的梅花，为立春做了最好的诠释。而在一、二月的花期中，水仙、蕙兰、山茶、蝴蝶兰群英汇聚，花团锦簇，让人在新年伊始讨了个好彩头。因为立春，懒散在起身中消解，爱情在欢腾中浪漫。被网络冲淡的年味，重新在传统的复活中挺直腰板。花式旅游、小众组团、自由体验，App在出发前的功课里定制了向往和热爱。

古籍《群芳谱》对立春做了这样的解释："立，始建也。春气始而建立也。"显然，立春是一个时间点，也是一个时间段。其实，立春后的短时间内，大风降温仍是盛行的主要天气。然而，愿景就从此时开始生长，希望也是在这里萌动发芽。开始布局全年度的出行规划，注意弥补上一年的短板遗憾，又要当心倒春寒的悄然侵扰。此时，品一壶温和的花草茶应该是不错的选择。也就是在立春的日子里，有梦想的旅行者，强健自己的体魄，轻轻触动精品线路的脉搏，把天高海远的心思略为收拢，把手机收藏夹的照片仔细导出，想象着下一次充满诗意的旅行，让任性的况味开始潜伏。

春意不仅在山水之间，更在人们的心头莺飞草长，那是因为旅游也不仅是城乡间的移动、人群间的往来，更是一种难以言说的气息流淌。爱与理想，总是选择在春天展一次风采、醉一回时尚。

赞美立春有许多丽典华章，读来朗朗上口，令人叹为观止，充满畅想。这之中一个重要的诀窍，是这些创作者同时也是旅行家。他们纵情山水，人景合一，到达了众人仰止的高境界。无论用怎样的现代手段裹挟生活日程，旅游文化，永远是撼动心灵的滋养。

相比起来，笔者喜欢唐代韩愈的《早春呈水部张十八员外》："天街小雨润如酥，草色遥看近却无。最是一年春好处，绝胜烟柳满皇都。"

春起三月的悠然

春天开始醒来，蜜蜂飞向花间，鸟儿飞出丛林，泥土里的种子开始“崭露头角”。春风里绿茶夺香，行程中恍若梦境，无论在哪个时间段落，这座旅游目的地城市总是在旅游者心底构建出一片精神领地，让舒缓与写意，随和温馨地在街巷散发古旧的味道；在临河窗口卷起遮阳的幕帘，在渐渐响起的言谈笑语声中浸润了司空见惯的世俗小快乐。

春节过后，立春翩然而至；雨水来临，天气开始转暖；春雷一声，惊蛰隆重登场。春起三月的浪漫，给出季节的力量。明媚的视线里，城市道路的臂膀和山体紧紧相拥；树木的新陈代谢，像默默写在稿笺上的诗句；水域的气息栖身于桥下的泊船，晃荡着记忆中隐约的故事；风追着江南的花信吹动女子的裙裾，延续了千万缕轻质的阳光。此时的虞山尚湖，踏春赏梅正当时，景秀香雪海，衣袂留暗香。而发现江南、邂逅牡丹的尚湖花会，次第点亮了游人的眼神，曲径探花，坐船赏花，花的长廊勾勒出行程的起跑线。春起三月的悠然，以一种细腻、含蓄、热忱的感觉潜入肌肤，披挂在山峦，温和在绿叶，抒情在花海。从最早伸展的迎春花，到暗香浮动的红杜鹃，又或许是色泽诱人的郁金香，都用不同方式点亮了吉庆的颜值，演绎出温暖人心的欢迎词。原来，春起三月里的江南，有让人看上一眼就再也难忘的景色，有尝上一口就忍不住止步的期待，有参与一回就沉浸其中的仪式感和幸福感。

本来安排了满满的日程，做好了辛苦的准备，当行进在太公岛到拂水山庄的线路上，在虞山城墙看花展，去了水上森林观鹭鸟，坐到流香雅轩、四景小院品香茶，那一种紧张感渐行渐远，消散于无形。沙家浜、阳澄湖也因为春天的到来，变得亲和滋润、温婉可人。悠闲小船里，晃荡着“阿庆嫂”的身影；古朴老街中，延伸出闲情逸趣；春来茶馆的青瓷茶具和蓝印花布，让你在谈天说地中有了泼墨作诗的兴致。置身如此的山水，谈吐也变得儒雅，说笑也很是文静。旅游的兴奋化成淡淡的念想，驱散了人对自然的陌生，拉近了城市和景区的距离，让心灵在山水之间终于可以轻松地漫步。常熟旅游的雅韵魅力，真是让人分不清是景在画中，还是人在梦中。

一枚精准的晴雨表

“五一”小长假的前夕，为自己的旅行计划动了番脑筋，因为是春夏之交，阳光明媚，温度适宜，正是出行的好时光。宅在家里养生或是躲到乡间踏青，似乎是落了清静，却有些远离时尚，不入潮流，要知道五月是个旅游的季节。于是就想着那些五月旅游的关键词，盘算着可以避开拥挤的人群，躲开无奈的堵车，在花丛中举杯畅饮，去山水间安放心灵；或者是嚼着一嘴的鲜绿，带了满心的欢喜和期待，用镜头记录天地，与风筝一起狂奔，在奔赴风景的邀约中不忘探寻环境、行走和生活的关系。那才是有趣有味的花样假期。

城市影像的惊鸿一瞥，山水之间的诗心一叶，让记忆如风，期待像细雨蒙蒙的江南。全域旅游打造的主客共享新体验，总是在众多的赏花踏青、亲近自然的活动中如约而至，将游客的脚步和心绪缠在一起。虞山公园的上空，数百只风筝一起飞天；沙家浜景区的芦苇丛中，传来船娘甜美的吴语；尚湖的牡丹花期已过，却又有了芍药花开烂漫；长三角城市龙舟邀请赛桨花翻飞，龙舟竞渡；宝岩湾的竹海如同氧吧，有着品茶读诗、赏花闻香的慢生活。滨江中心江南印象童心小镇迎来了10万人次的客流量，也许没有一个地方能比这里更能见证生活的原色。丰富多彩的节庆主题、特色风情的旅游小镇、琳琅满目的旅游礼品，让每一条步道都串起风景，让每一处民宿都成为精品。此刻，假期的边界或许已模糊不清，整个五月都已成为狂欢尽兴的时段。权当作一年只为这一刻，溢出了对季节的无比眷念；一诗只为一山水，浓缩了对春天的深刻体验。看出来了吗？这个“五一”小长假，旅游成为大众的最爱，不同的口音交杂，共同的心情咏叹，播放着新晋“网红”旅游地的风情大片。

五月花开，或素雅，或娇媚，都是一场爱恋。自然是伟大的创造者，以惊人之笔书写着宁静与美好，以温润气息营造了微醺的氛围。被旅游的时代所裹挟，在每一个假期来临前做足功课，乐此不疲地在网上搜寻着心中向往的常熟景区，在灯下书写着难以企及的梦想和计划，想不到竟然会有顺利实现的那天。不必得意于隐身小巷，不要沉迷于咖啡之香，跨出一步，你就有型有范，有了能够延续的精神命脉。厕所革命、停车场建设、交通标识指示和无线网络全覆盖等一系列举措，让精致景区、智慧旅游成为现实，也让文明旅游与你同在。走向远方也好，缘来常熟也罢，只要出发的脚步被重新唤起，心中的激情编排成故事，流水带走光阴，也就改变了一个人的生活。旅游的价值从未像今天这样，把握在手，成竹在胸。

“五一”小长假，就是精准的常熟旅游晴雨表，预告了业界走势坚挺的新利好。

云想衣裳花想容

常熟的尚湖牡丹花会，春风相伴，如约而至；花俏江南，情动山水；春梦无痕，踏青有花。放眼花团锦簇，满目富贵画卷，花会已经成为今天的新民俗、假日的好去处。“中国牡丹行”这一国字号旅游品牌，经多年打磨，熠熠生辉，点燃了游人内心的渴望，见影趋前，闻香探径，浑然不觉已入观赏牡丹最佳处。

穿越岁月风尘，唐玄宗某日曾在沉香亭畔和杨贵妃共赏牡丹，眼前美景令其怦然心动，急召李白赋诗。酒醉未醒的诗仙邂逅牡丹国色天香，提笔作《清平调》三首，其一云：“云想衣裳花想容，春风拂槛露华浓。若非群玉山头见，会向瑶台月下逢。”一笔写尽了千古风流，催生了源远流长的牡丹文化。转念想去，从牡丹进入《诗经》起已逾3000年，以药用植物将牡丹记入《神农本草经》始于秦汉时期，《洛神赋》中的牡丹形象活在东晋顾恺之笔下，隋朝西苑中牡丹第一次人工栽培并且进入皇家园林。姚黄魏紫、欧碧赵粉，牡丹不只以绰约风姿征服游人，更因为其动人的传说故事、不屈的正直品格和幸福昌盛的象征意义，盛开在艺术领域，流传于词赋典章，成为运势昌隆的标志。“微吟小醉踏春行，瞥见园林百媚生。也有天姿曾识面，几多国色不知名。”，这硕大辉煌的奇花，凝成早春的魂魄，引发世情的风雅，形成富丽美好的旅游氛围。人们共度笑语欢歌、万人空巷的热闹节庆。因为品种数量多、种植面积广而成为江南之最的常熟尚湖牡丹园，当然是旅行者心思神往之所在。赏花时刻，人流如潮，演绎着全域旅游的繁华。

云想衣裳花想容，那是由于牡丹既有群芳聚合之势，又有单枝独秀之美，英气逼人，风光无限。在花浪起伏、叶朵如云的花海中，唯牡丹才是当家花旦。而江南牡丹的长成，经历了几十载的精心培育，倾注了众多护花使者的心血智慧。牡丹宜冷忌热，喜燥恶湿，入乡难以随俗，遇合不肯苟安。要让牡丹在江南的土地立足盛开，无疑要付出辛勤的努力，把握科学的规律。笔者写过一篇散文《何处天香》，里面提到一位献身尚湖栽种牡丹的女主人公的经历，引人遐想。心灵最深处，锦绣见春色。只有平凡岁月的不懈坚守，田野沃土的勤勉耕作，形同誓言的花季相约，才能迎来光华炫目、清香裹身的灿然时日。

尚湖牡丹花会，一处地域的旅游品牌，一次年度的旅游盛会。其成功之处，不仅在于牡丹色系齐全、品种众多，还在于那种把自然风光和牡丹文化组合得浑然一体的人文环境，让旅行者在发现江南、邂逅牡丹的瞬间充满惊喜。牡丹领衔、群芳毕至的美丽场景，让诗满山野，绿染庄园，营造出抒情浪漫、灵秀婉约的梦中江南；让本是委婉抒情的赏花活动，变成慷慨激昂、情感开阖的交响乐章，如同江河涨潮，浪涛翻滚，令人一路畅想。

花事如梦出灵感

有一天打开微信，读到了一行优美的文字：一城因一物而美丽，四月，牡丹倾城，春风十里不如你。哦，这才想起，在这样的季节，看牡丹是一件很潮的事情。每年心仪的相约、欢喜的相遇，全是缘在令人感动的牡丹，开成了独特的风景线。于是说了句“读你千遍也不厌倦”，就赶紧动身，向着尚湖出发，去直面春天献给清朗天地之间最自在舒展的事物。

北宋时鄞县人周师厚曾在洛阳遍访花农，对洛阳牡丹等各类花木做了详细调查，写成《洛阳花木记》。时至今日，江南牡丹，艳压群芳。有人说，往往是男人专注于种花培育的过程，女人享受开花赏花的纯真。其实，人们对美好的事物总是产生巨大的亲和感，审美的喜悦远远大于对世俗的解脱。陶醉于湖山花海，追寻着国色天香，从心底涌起的热情引领我们永远向前。

汤显祖说：“情不知所起，一往而深。”牡丹情缘，拥梦入怀。牡丹花会，不仅是美艳的聚集地，也是创意的主打歌。常熟举办的牡丹新品赠送推广仪式，实体的牡丹灼灼其华，群芳争艳；“花俏江南”中国画名家邀请展，写意的牡丹浓淡相宜，色泽饱满；而“古韵今风，旗袍情深”百名佳丽旗袍秀，令人禁不住想起唐时的宫妆女子，嫣然巧笑于花丛，艳丽动人。又有“新秀尚香”的“网红”美人观花会，让互联网加上了牡丹，佳人自拍探花海，借问庭芳何时栽。而全国百名新人尚湖牡丹世纪婚典，南北互动，在牡丹丛作蜜月游，唱响了“让我们结婚吧”的婚礼进行曲。青春浪漫，就这样洋溢着欢腾的喜气，一半世俗，一半格调，被独具匠心地设计成人生故事，美得不可名状，爱得幸福无比。

现在的旅游，早已不再是跟风出行，而是乐活方式的演绎。沿着栈道漫步，水能清澈见底；追着林荫登山，瞬间云已齐腰。正因在花的盛会中涌动出灵感，也就开启了想象的天地，让理性考量和直觉思维互动共荣，把哲理总结与符号罗列滋润渗透。组织者的思路现在如同江南的雨滴，缓慢开放水花，形态晶莹剔透，结构齐整严密。于是，方案也就成为精致的作品，那么新鲜时尚，令人拍案称奇。

每年办一届牡丹花会，不仅需要坚守，更当推陈出新，这样的选题要拿到高分，是对举办者的考试。“众芳摇落独暄妍，占尽风情向小园。”众多的旅游产品太纷扰、太诱惑，天下的山水奇观更广博、更诗意，唯有想着游客的体验，记得常熟的特点，拿出历史名城的智慧，才能让“江南福地，常来常熟”的旅游品牌年年铮亮、日日焕新。

有了订阅号、公众号，貌似盛大的节庆再不用笔墨记录；有了赚风情、醉时尚，如此精彩的活动总是能吸“粉”无数。花事因灵感而旺盛，灵感因梦境而勃发。灵感却又是生活的产物，常年积累，蓄势待发。无论有多少崭新的旅游概念和生活方式向我们招手，暂别繁杂，说走就走，游园寻梦，探花闻香，永远会是绝佳的选择。尚湖牡丹花会，能让我们在怡情悦性的行程中，直面美好的风物，做一回最好的自己。

牡丹情缘

花俏江南，美丽假日。又到了常熟牡丹花会的欢聚时刻，地域演绎新民俗，万人争看富贵花。看那山麓下的静美湖泊之滨，人声鼎沸，人们一路欢声笑语，玩转山水。国色天香的雍容华贵和福地景色的精致淡雅完美融合，打造出江南地区春季旅游的特色节庆。昔日的洛阳，牡丹花开动京城；而在今天的常熟，相约看牡丹，倾城睹芳容，早已不是新鲜事。牡丹情缘，源远流长。

杏花春雨的江南，孕育一种震撼。说起牡丹，昔日游人的目光难免投向北方。其实，江南牡丹的种植在清代的常熟就有记载，所谓“雪皎霞明锦作堆，俨然富贵逼人来”。作为高温高湿生态型的江南牡丹，植株高大，根系发达，开花时节早，演化程度高，安居沙质土壤，适应夏季气候，诞生数百品种，创造历史辉煌。姚黄魏紫，轻罗云芳，保持着北方贵族的不凡气度，体现出江南原野的自然况味，令人心动，满目生辉。

山水相依的常熟，喜迎一城灿烂。虞山脚下，尚湖之滨，青山环绕，碧水轻拥。虞山尚湖国家5A级景区，牡丹花会一年一度，风景怡人，天香竞艳。遥想20世纪90年代，尚湖退田还湖后，引进培育牡丹的正确选择，让历史机缘和牡丹情缘激情碰撞，融为一体。常熟人辛勤耕作，终获丰收。由此可见，常熟人的牡丹情缘，源自小康惠民的生存状态、历久弥新的文化传承、务实厚道的专业精神和梦里江南的期望寄托。因为，牡丹品种的种植，非一年之功；牡丹品牌的形成，非一役之劳。唯有坚持而不放弃的努力，从容而不急躁的规划，圆润而不生硬的对待，开放而不禁锢的运作，才能让精彩如愿绽放。

纷至沓来的游客，期盼一睹芳容。尚湖已经成为江南最大的牡丹园、中国四大牡丹基地之一。“三条九陌花时节，万户千车看牡丹”，秀美的自然风光、交融的山水文化、国字号的旅游品牌，陡增了旅游的吸引力。原来，迎春踏青，赏花观景，江南出游的上佳选择，就在山水之间、花丛之前。经年等待，一朝迸发。想起唐代段成式《酉阳杂俎》记载了春节时“以火催花”的情节，印证了历代旅游者共同的迫切心情。此时，所有的杂念已然打消，不再疑惑何处天香，明亮的目光直指尚湖——牡丹的盛会，正在隆重开幕。

花朝盛会 不负春光

新近经历的冬去春来，在年度开局表现得十分自然妥帖。冬有冬的风度，春有春的宣言。季节轮回也好，时光转换也罢，逝去的总是东流水，迎来的总是盛会图。曾经关注着雾霾、堵车和明星的八卦，转眼间就有更大的新闻发布出情理之中、预料之外的惊喜。冬日寒意仍在，春天已在路上，寒冷的日子即将走过，迎春的欣喜铺天盖地。套用一句跟风的语言：我们不再是我们，我们依然是我们。此刻，脱下羽绒服，换上休闲装，前方是悉心整合的赏花资源，是精心举办的花朝盛会。英气勃发的辉煌中，绽放出看不尽的诗与远方。

尚湖牡丹花会，一个品牌的能量和山水同辉。国色天香，厚植江南，栽培绝技在人文故事中讲成传奇。山茶花，喜温暖，爱湿润，1至3月的花期里形枝优美，艳丽缤纷；樱花的最佳观赏地，在拂水山庄出口，在水上森林一旁，在虞山公园前侧，在常熟护城河边……蔷薇科樱属的植物，有着“一生一世永不放弃”的花语，粉色耀眼，谈笑春日；而燕园的兰花展，名曰“花清心”，淡泊高雅，纯真无邪，以“兰章”喻诗文之美，以“兰交”喻友情之真。那乡野中的梨花，从不刻意逢迎人们的目光，却能用或粉或白的不俗色彩和千树万树的宏大场面开拓“明年谁此凭阑干”的意境，仿佛在提醒游人：花会，从来就是创意的聚结之地、生活的别样小院，青春不老，群芳不散。还有那蒋巷的油菜花节，让十字花科有金黄色泽的乡间植物，很霸气地为春天加油。无论处在哪里，它们都特别质朴，刺激你赏花拍花的神经，让视觉艺术的前卫时尚，有了一次大规模律动的理由。也许，“有一种风情叫常熟”，用在此处，诠释了体验幸福的理由。

常熟的花朝会其实早已名声在外。无论种花养花，还是观花赏花，都能让这份美丽晕染鲜艳水墨，营造心灵秘境。而纪念百花生日的花朝节，在春秋时的《陶朱公书》中已见记载。万紫千红披锦绣，尚劳点缀贺花神。旧时的江南民俗，扑蝶挑菜，游玩赏花，迎春祈福，为杂花生树、莺飞草长的江南，绘出了精美长卷。显然，一种巧妙的引领，一场浩大的排练，花朝盛会让常熟文化旅游正式摆脱了冬天的寒意，把春季的美学行动变得格外浪漫和壮观。

花朝盛会的行程中，也许走着走着，芳菲落尽，而你已经离不开这样的景致，未免有些坐立不安，却又能在名山古寺、葱茏林木之中，突然与桃花盛开的春景撞个满怀。那时，来自唐代的白居易会告诉你：“人间四月芳菲尽，山寺桃花始盛开。”

在常熟，作为游客的幸运，就是能不负春光。

爱旅游　爱生活

清晨醒来，听到了枝头的鸟鸣，任凭一份喜悦跃上心头。在当今的城市里，赏花小酌，逛吃醉睡，已经不是新鲜事。与绿植隔窗相望，与自然互为亲近，正成为精致江南市井生活的新常态。大把的水光山色握在手中，总要心底珍惜，邀人分享，才能不辜负美好的风景。于是，当走过谷雨，迎来立夏，季节的步子铿锵作响。五月，串着那么多珍珠般的节日走来，让旅游的兴奋淋漓表达，自如挥洒。

5月19日成为“中国旅游日”之后，每一位旅行者心头产生了渴望与牵挂。这个本来普通的日子和那位耳熟能详的先行者有关——徐霞客，我国明代伟大的旅行家、地理学家、史学家和文学家，在公元1613年的这一天，畅游天台山，《徐霞客游记》开篇记载：“癸丑之三月晦，自宁海出西门，云散日朗，人意山光，俱有喜态。”也正是5月，在幅员辽阔的祖国大地，尽管相距千里，气候差异巨大，却都是各地出行旅游的黄金季节。有人这样描写5月里立夏时分的景物：斗指东南，维为立夏。天地气交，万物实华。植物并秀，百鸟放歌。形象记述了时序更替的灿烂和自然风物的美好。而在携手进入大众旅游新时代的当下，旅游的格调正在发生质的变化：在养生守望的氛围中，让节奏平缓放慢；在休闲体验的感受里，让品质自然提高。这一切的发源，却是诞生于内心按捺不住的冲动，依托于对未知旅程的好奇与向往。仰仗深入意会全域旅游的新内涵，全民共享旅游建设的新成果，中国旅游日，正是江南好风景，春风拂面水乡行，也让“爱旅游，爱生活”的简洁口号，注入年轻、时尚、充满活力的因子，演绎出精致江南现代城市旅游生活的表情包。

在常熟，与中国旅游日相呼应，虞山尚湖沙家浜景区容貌一新，喜迎游客；方塔名胜古迹和乡村精品线路活力倍增，引人入胜。一个动人的故事，一家别致的民宿，一部好看的电影，一道美味的菜肴，都会让众多的游客心驰神往。以传承的理念过节日，常熟状元文化节研讨家学，引领家风；以开放的心态办旅游，文创集市塑造品牌，同龢书道临习研读，古韵茶香，筝瑟和鸣。面对新中式服装展示，年轻旅客喜出望外；玩一把綵衣堂建筑趣味填图，吉祥文化魅力无限；而精彩的图片展、灵动的随手拍，把缘来常熟的行程变得有意思、有品质、有温度。去没去过，总想再看一眼；住不住下，心都连着景点。不同的年龄结构，差异的文化层次，多样的消费习惯，都会在中国旅游日的这一天顺理成章，水到渠成，如同漫洒的阳光和流动的花海，凝聚出唯美的江南画卷，把变成了生活状态的旅游厚植于典故传说和光影交错之中。此刻，爱旅游、爱生活的主题，当然会再次唱响。

幸福就是毛毛雨

有些日子，说不上是春是夏，讲不清是暖是凉，也许是因为春和夏的景色一时难分，山与水的边界遍寻无果，就会出现春词夏用、夏景春移的美丽错误。其实，在旅游者的心中，出行的天地总是那么开阔，自然的秘密总是让人神往。心情是观察世界的不同滤镜，一枝青叶，一抹流云，因为带来了好心情，就会变得有潮有型；置身灵秀江南，郁闷的心情也能被风吹散，找到自己的存在感。此刻一想，中国旅游日定在每年的5月19日，十分适宜，是内涵丰富、寓意明确、值得留恋的一天。

5月19日，《徐霞客游记》的开篇之日，亦即“癸丑之三月晦”，从1613年走来，中国旅游的征程直指远方。其实，徐霞客在小时候和小伙伴谈及人生的志向时，就用饱蘸墨汁的毛笔写道：“州有九，涉其八；岳有五，登其四。”远大志向呼之欲出，人生目标定位明确。而现时举行的中国旅游日活动，使“旅游让生活更幸福”的理念深入人心，旅游业再次引起全社会的高度关注，聚焦了人民群众对旅游创造幸福生活的崭新期待。也许簇拥了美好的祝愿，也许浮动着文艺的气息，幸福就如同不经意间的郊外踏青，偶尔误入的金黄花海，也可以是气喘吁吁的登山行程，抑或是悠然自得的下午茶歇。总是有那一种幸运滋生心底，被片刻的激动震撼了生命：旅游，让身体和精神同时上路，在起步的岁月高扬风帆。

常熟的中国旅游日，推出了系列旅游惠民举措，从不同人群的分门别类到各种场馆的免费开放，详尽周到，普惠面广，让人感受到了拂面而来的暖意。拿到一张打了五折的散客门票，观看一场免费的实景剧，办理一张长三角旅游友城卡，或许并非是什么了不得的利好，却树立起幸福产业造福百姓的风向标，折射出以人为本、游客至上的新理念，而且这已然渗透到公共产品服务的全过程。在休闲的事业中忙得闲不下来，在众人的假期里忘记了自己的假期，成为旅游业界令人暖心的众生相。与旅游有关的活动尽可能地别致生动，与行程相连的线路匠心般无缝对接，界定着关于乐活生活的新标准。风景中那些亮眼的黄、青翠的绿、炽热的红，都被江南烟雨墨化成淡雅质朴的闲情岁月，将小桥流水抽象成呼之欲出的画稿，宁静委婉，不温不火，描绘出世俗的水乡画卷。山水之美、园林之乐、人文之情，当然会让所有挚爱生活的人们，去沉醉、去高歌、去旅行，把幸福演绎成形影相随的精彩故事。

若干惠民措施，当然只是全民旅游新时代里的小标签。其背后，是旅游设施的高标准建设、5A级景区的精细化改造、精品线路的人性化开辟和城市品牌的国际性拓展。市场监管的综合平台、智慧旅游的网络建设、工农业旅游的创意提升，都印证了全域旅游的强势发力，源自把“让人民生活更幸福”作为旅游业的崇高使命。

原来，苏小明的那首《幸福不是毛毛雨》本意也关乎旅游，她深情地唱道：“假日里我们多么愉快，朋友们一起来到郊外。”在郊外，山会风云，水起波澜，其美妙不可与君言。

端午的怀念

年年端午，又到端午。不像春节那样被举世期盼，不像国庆那样主题恢宏，悄然而来的端午节，或许更增添了民间的色彩、传统的基调。晋人周处《风土记》写道：“仲夏端午，烹鹜角黍。”吃粽子，赛龙舟，挂菖蒲，千家万户的习惯性行为，不仅有着历史内涵的丰富积淀，还体现出民俗传统的岁月穿透性和文化整合力。端午的怀念，常在心头。

端午的怀念，当然与一个人有关，那就是屈原。《史记·屈原贾生列传》载，作为楚怀王时期的大臣，屈原倡导举贤授能、富国强兵，虽遭谗去职，流放沅湘，但爱国情怀不变，人格丰碑永存，所作《离骚》《天问》等不朽诗篇和抱石投江的悲壮行为，受到万千百姓的敬仰和爱戴，因此才有了五月初五的纪念，进而演化为汉族人民的传统节日，成为国家法定节假日，列入国家级非遗名录。在岁月的浪花冲刷和世间的烟火缭绕中，没有人为淡化，没有变形扭曲，端午凭着久远的人文承继和众多的参与群体，风尘仆仆，一路走来。而今天的端午，集民俗性、娱乐性、旅游性于一身，老树新花，生机勃发，北风南渐，韵味深长，在江南地域和虞山人家，城乡一体“粽”动员，虞山尚湖赛龙舟，端午文化浓情上演，旅游情结深入人心，民俗活动凝聚乡愁。在时代的前行中，端午也变得十分热闹。

念一下端午粽，满口有香。“端午到，挂香包”，粽子的包裹手艺独到，形状千姿百态，粽子的吃法也很奇特。翠绿的粽叶是衣裳，黏软的糯米口感佳，而赤豆粽、白米粽、蛋黄粽、血糯粽、肉粽等等，品种繁多，任君选择。江南的粽子，包得尤为精致，品相不俗，颇有颜值。每年端午，虞山尚湖和沙家浜两大景区都要举办“粽意浓情”的民俗体验活动，业内高手传授包粽子技巧，组织游客参与摸鸭蛋活动，在轻松的环境里感受传统，祈福安康。

念一下赛龙舟，激情四溢。龙舟竞渡，是战国时期已有的习俗，体现出纪念性和竞技性。而在虞山之麓、尚湖之滨，自宋代以来开始湖甸龙舟赛事，历时一千多年。农耕文化和水乡特色互荣共生，划船竞技与杂技表演融为一体，尚湖主体水域的激烈角逐，群情鼎沸，声动天地。而在水天一色的沙家浜景区，长三角城市龙舟邀请赛已经延续多年，木桨翻飞，劈波斩浪，你追我赶。传统体育项目牵连着现代旅游产业，成功打造出“中国景观龙舟名镇”。曾记得，唐代诗人张建封的《竞渡歌》，淋漓尽致地写出了龙舟飞驰的壮观景象。诗人当然无法想象，时至今日，端午的旅游也可以如此这般慷慨激昂、令人神往。

端午的怀念，是一种穿越时的观照、对比中的顿悟、沉重后的释然；在端午旅游，则是假日里的寻找、生活里的回味。让端午文化热起来，走一条有思考的路线，做一个有品位的“吃货”，玩一项有内涵的民俗，带一份有意义的礼物，也许，你就会感觉到端午节与其他节日并不一样。

消夏，旅途中的凉亭

春光留不住，夏日却已至。对众多的旅行者而言，刚刚才结束春游，从令人惊喜无比的景色里转过神来回归家庭，享受着兴奋后的宁静、休整时的温馨，想不到夏日就奔跑着前来，激情撩人。穿着汗衫背心站在琴川河边，趁着黄梅雨暂时停住的缝隙，晚霞立马火红地燃烧，预示着明天的气温继续上升。明人高攀龙在《夏日闲居》诗里写道："长夏此静坐，终日无一言。"农历的四月、五月、六月，分别被古人称作初夏、仲夏和季夏，包含立夏、小满、芒种、夏至、小暑和大暑6个节气。有文人墨客笔下生花，将小暑写成"小热不足畏，夏长正当时。骄阳灼石热，河水汤如之"。他们给出的应对之策，就是"午歇凉而消疲，心向静而凉生。披星月以露宿，话高庭而三更"。如此一来，也就强化了消夏的心理，有了战胜高温的准备。前人的经验，当然值得记取，消夏的攻略历经积累，不断发展。

然而，"林花径雨香犹存，芳草留人当自闲"。消夏的本质，其实在于养夏；旅行的真谛，就是心系远方。在夏季出行，当然光照剧烈，也会汗水流淌，但是处理好了生活和行走的关系，旅行的每一个细节都会闪烁出明亮的光辉。

就比如同样的虞山尚湖，在夏天的灼热中，不仅保留着风和日丽的画卷，而且更能敞开自然的襟怀，让人品读山水的清秀。在这苍翠欲滴的原生态的净土中，散去的是急躁的心绪，褪除的是尘世的浮色，如同归了田园居所，慢生活便是永久。

又比如夏日里去赏荷，在荷花风情万种的日子里，可以去古典园林，可以去乡间村落，可以去尚湖景区，在鸟儿的天堂、荷花的家园，看湿地荷花打着无数顶绿色的雨伞，轻盈地穿越江南烟雨，而你在亭台楼榭闻香赏荷。

再比如懂得了一年之计在养夏，夏季出行的文案里，消夏养生邂逅了旅游，这样，践行的方法锦上添花，悠闲的选择令人称绝：或许在林荫草地做空中瑜伽，形体之美行云流水；或许在精致客厅学插花之道，让那夏天的绿色渐渐铺陈，成就一种清凉的感觉；或许在美人靠边捧起书卷，静心阅读，文静优雅，当然也就让夏日的不利消遁于无形。健身也罢，骑行也罢，都能让人在山水之间与心同醉。站上消夏养生、旅游尽兴的新高度，在朋友圈里嘚瑟起来，秀出与众不同的生动表达。

欢乐风景，浪漫一夏。还记得在深井水里浸凉的大西瓜、在树荫底下挥动的芭蕉扇吗？过往的夏日情节迷人，今天的旅游方兴未艾。在此时，消夏，就是旅途中的一座凉亭，让人遮阴纳凉，得到喘息，稍后的再次出发，便指向了精神上惦记的避暑胜地。

夏日乘凉　记忆之美

夏日的高温中，出门旅游的提议往往不被看好。或许是如今的天气太热，也可能远近没有了区别。季节的反常已然是见怪不怪，避暑的方式却好像选项无多。尽管电视里和微信朋友圈都在提醒猛吹空调的危害，空调病却依然如入无人之境，肆意横行。日前应友人之约去了方塔公园品茶，却见到了浓荫下乘凉的人们十分淡定。这一幅场景正是绿植环绕的景区景点为生活营造了诗意小院，沿着晕染的意象信步走去，记忆的秘境色彩鲜艳：坐路边乘凉，在水井冰瓜，用蒲扇造风，世俗生活的记录乐意从乘凉落笔，在想象中还原那段悠长的岁月。原来，夏日乘凉的记忆之美，那么质朴无常。

现在的旅游，时常把出发的排场做得很大，将快活的意义成倍放大，其实也就是去了一两个想去的地方。慢生活、休闲游的状态同样值得点赞，“花间一壶酒，独酌无相亲”的境界未必人人都能体会。如同古人的夏日乘凉，本来并无特别之处，孟浩然却写道：“山光忽西落，池月渐东上。散发乘夕凉，开轩卧闲敞。”恬淡自如，令人回味。想那古人避暑，一柄凉扇话天下。扇子作为引风用品，相传是虞舜所制，逐渐形成了中华传统扇文化。而古人的降暑食物苦瓜、番茄、绿豆，清热泻火，增进食欲，消暑益气，传用至今。其实，身处家门口纳凉，虽然舒适自在，心底却总是会期待远方。只是现代旅游更多了对安全与环境的考量，对气候的变化尤为关注，御风而行，随风而至，也许只是一种境界。台风真的来了，虽然天气凉爽，但出行却有了更多的担忧。所以说，旅游也只是形式，向往身心的自由，倡导思想的解放，才是内心久存的渴望。

这让人想起孔子，这位注重传统和教化的圣贤，竟然也向往简单快乐的生活。某次在与学生们的对话中，曾点表达了暮春时节和童子到河边洗澡吹风、手舞足蹈的愿景："浴乎沂，风乎舞雩，咏而归。"想不到孔子大加赞赏，十分认同。这不是这位老先生一时兴起，而是提出了对理想社会和完善人格的解决方案——创造的、人性的，回到自然和社群的生活方式，让人在疲劳和紧张的工作中，得到休息、快乐。这是人性之于物化的胜利，也是对幸福生活的勇敢追寻。想必，旅游的本质正是如此。

夏日乘凉为什么值得记忆？这不仅是因为方式简朴，场景感人，更是源自那一种乘凉文化。笔者青少年时住在虞山镇的阁老坊，河对面就是那时已经陈旧的文庙，往西是如今正在全力修复的南门坛上，这条巷子的本身，也有故事和传奇。人们最心仪的就是夏日乘凉。大杂院十多户人家的小孩，围坐在门口的水井边上，听当年的文化馆书记海阔天空地讲故事。如同现时的人们去跳广场舞，或是用手机去拍清晨的花草，都是极力在找回我们本真的内心世界。此时，夏日乘凉的话题，已经同旅游和人生自然地联系在一起，和之后的文人沙龙、白领派对、朗诵聚会等众多制造氛围、寻找情感的方式一样，催人思考，滋养人心。与现代生活中那些莫名的烦恼、压抑的内心、宅家不出门的生存方式和登录网络无端地发泄相比，世俗的夏日，带给我们几多天真，几多欢笑。

原来，夏日乘凉有一种真情，打破了财富、等级乃至年龄的差距，让我们忘年以交，不问远近。有人发问，在情感缺乏的年代，你有多久没有体验到自己内心的感动？静心一想，很是震撼。那么，乘凉已罢的你，起身四顾，依依东望，开始属于这个季节的旅行吧。

毕业季 去旅游

不久前的高考，在世人的关注和学子的拼搏中落下帷幕，城市的空气里，紧张的氛围开始得到缓冲。让人兴奋的喜讯继而传来，状元和学霸惊艳亮相，展示出强大功力和不凡才华。学校和老师当然注重自己学生的表现，不乏有得意之情或失意之状溢于言表。也许是恢复高考已经40多年，认真的梳理和改革的展望同等重要；或许是多了一份时尚来袭，众多母亲以东方魅力的女性柔情穿上旗袍，寓意为“旗开得胜”。各式旗袍的典雅温婉，让人想起“读到深处，走向远方”的至深意境。

冲出考场，填好志愿，意气和运气相遇，理想和现实磋商。再往下，不再纠结，不去多想，当然要开始毕业季的旅行。那个多年以前的向往，那处本来是父母早就许下的诺言，或者是同学间青春飞扬的约定。手机上，毕业旅游的好去处赫然在目；毕业时的好心情，为美好的学生生涯画上漂亮句号。伴随着欢乐和兴奋，携带了伤感与迷茫，选择在毕业的季节开始旅行，留下灿烂的笑容。流逝的岁月抹不去美好的记忆，路途的波折挡不住蓬勃的青春。背包里不再是厚重的课本，而是相机、食物和旅行的装备；手绘地图代替了试卷，出行攻略准备充足。也许是难得轻松地和家人出行，也许是与即将分离的同学们一起背上行囊。炎热的夏天里，等待起风的好时机，那就让心灵高扬风帆，在大众旅游的潮流中启航，把那些读书岁月中的回味和遗憾，抛向空中：世界，曾经被压缩在书卷册页里，繁花似锦，杂花生树，在清晨的微光和夜晚的灯火中，难以靠近；而今，未经修饰，满怀热情，就让学子们来一次与自然零距离的采风。毕业后的旅行，新鲜得如同城市的每日故事，精彩得貌似媒体的每日资讯。

本来，这多年的寒窗，是获取丰富知识、培育强大精神的必由之路，更多人面临毕业，才发觉书本源于生活。读万卷书，行万里路，学习的人生永远在路上。于是，毕业季的旅行，自然被赋予了光荣的使命，在人生的关键时期或是转折阶段，进行一次读后行、行中思、思中乐的有意义旅游。这样看来，毕业季的旅游，不必在乎路程的远近，不必追求景点的奇异，也无须计较人迹的多寡，只要能够让人放松，只要利于朝夕静思，只要历史和人文赋予那里以精神特质、地域风貌和审美情怀，每一处都可以成为毕业生们的旅游目的地。

自然，很多的常熟人向天下走去，也有很多的外地人缘来常熟。这处圣贤端坐的历史文化名城，流传着“千百年后有书声”的文化传承，依山傍水的形胜，梦里江南的灵秀，俯拾皆是的典章，传奇演绎的景点，对每一名毕业生而言，似乎更具有毕业旅游的特殊意义。生态悠然的天地里，锦瑟无端思华年；枝条横陈的步道上，时光遥远听鸟鸣；粉墙黛瓦的古巷中，印记有痕颂华章。也就在行走之际恍然想起，发榜的日子就在眼前，有了读山、读水、读城、读乡的这几天经历，无论是小学、中学还是大学的毕业生，都会以不同的方式幸庆自己的这一次毕业旅游，玩得开心，走得尽兴。“觉宇宙之无穷，识盈虚之有数”，对均衡教育和美好教育的热切期盼，在行色匆匆、寻觅自我的步履中，有了更明确的答案和更真实的想象。

金秋元素

没有准备，毫不设防，我们开始感受到琴瑟唱和般的渲染。当然美丽浪漫，肯定空旷清爽，因为那许多酝酿已久的金秋元素，风起流云，雨落念想，敲打着旅行者的心扉，唤醒了深度游的欲望。累累果蔬，色彩鲜艳，质朴丰硕，满满的端上桌来，咬一口，溢出甜美汁浆。于是响起共同的声音：秋天了。在稻菽千重浪的大背景下，张开双臂，热烈拥抱新旅游时代，福地低吟，虞城浅唱，旅游的行程上充满阳光。

金秋元素发端于色彩。想想看，素雅的桂花，黄得发亮，让香气罩满山岗；奔放的枫叶，红得热烈，以生命燃起火焰；多彩的菊花，各式的造型舞动秋韵。而尚湖灯会和中秋焰火，让色彩爆发到极致，让欢呼振动成唱腔。不用近观，只需遥望，秋以浩然之气铺出盛大仪仗。常熟旅游，因为色彩的丰富而别具风情，蔚为壮观。而桂花酒、鸭血糯、叫花鸡、大闸蟹，美味佳肴“水八仙”，常熟的招牌菜和土特产，无不以各自的缤纷颜值和亮丽形象，感召着匆匆兼程的旅行者。

金秋元素繁盛于细微。芦荡边的网丝船，在薄薄雾气中出水，采来的菱角已摆在路边，穿湖大堤上飘出虞山绿茶的清香。景区的停车场开始免费，农家乐的改造提升使容颜焕新。山水之间或隐或现的茶馆，流香雅轩、钱氏茶社，氛围典雅，陈设怀旧。一杯虞山茶、一碗松蕈面，吃出了常熟人的闲适和精致。

金秋元素激活于创意。在山阁寻福，古韵今风；在湖畔钓蟹，邂逅江南；在农家采摘，重拾乡愁。百变蟹壳创意竞赛，让“吃货”转身为巧匠。每一个旅游产品，都凝聚了江南情怀和常熟智慧。而各种形式多样、领域跨界的系列文化活动，让书画、摄影竞美，让诗歌、散文和唱，让绿野、湿地共荣，让山水之城真正灵秀起来。也在此时，沙家浜风景区荣获“最具文化创意旅游度假区”称号，让众多的游客心生畅想，充满期待。

金秋元素狂欢于掌上。在秋天里，阳澄湖大闸蟹跨境电商首单发出，下载旅游软件，玩转移动互联，线上线下虚实结合，信手刷出存在感，贯穿旅行全过程。发掘特色资源，创新体验项目，旅游服务起始线上，个性产品私人定制，常熟的“旅游+”全面进军，正在形成。发一张自拍照，做一次旅游秀，经历故事，感悟人生，缘来常熟的金秋元素，不是朝花夕拾，不是粉饰堆砌，而是映入眼帘的现实。人在途中的遇合，化为心中的呼唤，每一支团队都能拥梦入怀，每一位散客都是不可替代。山高水远，灯火阑珊，有急有缓的行走，有张有弛的恋爱，旅游人生的致青春，恰恰从金秋元素入手，一路奔跑，不再徘徊。

秋天里的深呼吸

盼望已久的秋天，在长夏的消磨中慢慢走来，明显变得拖沓和滞后。是因为夏日的激情释放得太久，还是清凉的云雨跑偏了方向？无论怎样，浪漫的诗意，已经催生了我们的想象力；金秋的脚步，合着季节的拍子如约而至，变幻出拥抱世界的温柔。于是，常熟，这座现代江南名城的迷人魅力肆意释放。一句“常熟喊你来度假”，发自肺腑，令人向往。

喊你度假，是漫步江南的亲切呼唤。秋天的常熟，果然不同，有一种成熟时的丰硕、浪漫中的神秘、经历后的坦荡。山色烟岚，就是用素颜秀出存在；水流碧波，就是用本真聆听天籁。大到天地之间的国家5A级景区，小至林荫道上的农家乐，都为这一刻做好了准备。古城街巷，有厚实而凝重的文化遗产；历史片区，有思维活跃的创新工厂。如果说这里是江南明珠，那么每一个切割面都展现出五光十色。“天降红包，嗨游常熟”“票选你心中最美的常熟”系列活动，都立足江南，面向全国，让每一位情系山水的旅行者，共享资源优势，走进梦里江南，把这座依山傍水的生态城市，当作自己的旅游目的地。这样的假期，是无意之中走进了绚丽的色彩，浸润了水乡的温情。那片璀璨黄，原来是虞山金桂、西城菊花、龙殿银杏；那片火焰红，原来是虞山红枫，尽染了层林；那片神秘橙，原来是茂密的池杉，在秋季的阳光下闪烁不同色度的明亮；那片浪漫紫，又是夜色里的公园和湿地，在烟花的向天怒放下，平添光辉。那些在线上推出的旅游产品，裹挟了时代的网络资讯，拉近了人们和常熟的距离。

喊你度假，是全域旅游的神来之笔。长期以来的生态修复，多年不懈的精心打造，让常熟的旅游节庆内容日渐丰富，产品琳琅满目，再也不用将相同的项目重复推出，不用把陈旧的概念人为包装。因为这里正走向全域旅游的新时代。这种旅游方式，体现了旅游业供给侧结构性改革的要求，彰显着制度革新和产品创新。到处都是景点，随时可以成行，历史遗产活化，传统玩法再现，重视主客互动，经营更加开放。诸如此次推出的6条旅游线路，从山水、舌尖、书房、古巷、闺阁、田野等不同视角，让游人看到了不一样的常熟。在灵秀的画卷里一路行走，街巷村舍间有诱人的香味飘来，亲和的吴语令你不经意间驻足，生活的细节让人用心观赏，市井俗事产生浅显的快乐，书香琴韵酝酿着厚积薄发。心静的凝视才那么舒适，有爱的欢腾才那么实在。

喊你度假，是精致城市的待客之道。繁华和悠闲、宁静和包容，是福地常熟与生俱来的秉性，可以像晨读会一般凝神屏息，可以像嘉年华一样灿烂夺目。追求产业高端之精、功能品质之精、服务管理之精、文化建设之精的自觉行动，也让常熟旅游的大环境轻松宜人，宾至如归。微风扑面的感触，成果飘香的获得，围绕主题的享受，都能感受到无比温存的抚慰。优质线路推介、个性商品预定、常态咨询服务、紧急求助响应等一系列服务的提升，都以建设精致旅游为己任。大方地敞开一派襟怀，用心地置办一次节庆，就是希望你相信：这里不仅是构建于福地之上的美丽居所，还是有烟雨迷蒙情调的水乡；不仅是灯光下镜头里流光溢彩的城市，还是你的人生旅程中梦寐以求的精神原乡。

秋天里的常熟，山见黛色，水映碧光，清风带来那么多负氧离子，天地间涌现如许的生态元素。阳光打在脸上，幸福留守心中，不知不觉顺应了旅游的潮流，也就是实现着自己的精神位移。在这样的环境中，来一次深呼吸，那度假的体验，肯定超越简单的到此一游。

金秋，享受湿地之旅

季节的行板，在时光的启幕落幕中悠然打响，依偎山水、亲近自然的旅行者，一年中天天休闲得闲不下来。原来，如今的旅行，不再是跟风出行，而是要有充分的谋划，把功课做足，将国家地理了然于胸，让出发指向日渐明确，才能实现一次别致生动的行程。在这个满城桂香的金秋十月，不妨沿着城乡之间的生态走廊径自前行，和那连片的湿地，也是和心中的理想境界来一次亲密接触。最终你会感到，大自然的美丽早已被河流湖泊串连成感人故事，清秀如蓬，耀眼如镜，展现出城市品质新画面。

在金秋常熟，国际湿地大会如约召开，国内外专家学者群贤毕至。专家论坛和特邀报告，让重构湿地价值、营造绿色空间的话题充满了浓浓学术味。也正是这些一流专家学者，把常熟称为"湿地之城"，让我们对江南福地的生态系统完整性又有了一种新认识。水清鱼鸟欢，景美百姓乐。以湖泊为核心加快生态修复，常熟自然湿地保护率已经增加到50.1%。于惬意的周末假期，在尚湖、南湖、昆承湖畔流连，唯有桂花弹压西风，在季节里绽放出欢腾的喜气。黄与绿相间，黛与墨撞色，碧水三千顷，凭栏起风云，水边的风景让人懂得，美丽不只在颜值，生态圈才是更高级别的享受。本来在出行前就打好了腹稿，此时却记不得适用的词句。水波连天的醉氧时分，在闻香品茶的栈道小歇，写意地描绘出不温不火的静美日子。这份古朴和宁静仿佛与生俱来，让人忘却了城市中的繁杂琐碎。远山近水的脉络清晰可见，流淌的水声给旅行者送来婉转的叮咛：春夏秋冬不停，四季风光随行。美丽浪漫，需要惜福珍爱。

地球上的三大生态系统是森林、海洋和湿地。土壤充水较多的草甸、各种湖泊河流、河口三角洲、湖海滩涂等，都是位于陆生生态系统和水生生态系统之间的过渡性地带，特定环境下生长的动植物，赋予湿地强大的生态净化作用，“地球之肾”因此得名。在现代工业社会中，湿地的保护需要科学规划、机制保障、资金投入和长期践行。这之中，站高望远的先进理念让绿色发展统筹兼顾，持续践行。国际湿地大会的嘉宾走进尚湖和南湖湿地，赏湖光、听鸟鸣、尝鲜菱，在沙家浜国家湿地公园感受人与自然和谐相处，为蒋巷村湿地竖起大拇指，给新材料产业园生态湿地和沉海圩乡村湿地点赞，还肯定了泥仓溇湿地的推广作用。常熟的湿地之旅，让大自然的呼吸在不经意中向我们围拢，我们体验着空旷清爽，与其彻底交融。湿地的早晨，主打的是清新与活力；夜色降临，水面泛光，恍若梦中。不小心转身，怕美景就会从此消失。和未来相约的细微感受，难以言喻，令人印象深刻。

金秋时分，枝头石榴红遍，橘色泛出金黄。当夏天已经渐行渐远，出行的兴致再度抬头。共同享受常熟的湿地之旅，无疑是上佳选择。

旅游风格与幸福指数

终于等到了对旅行者来说或许是最喜欢的季节：秋天。

正因为不像夏天那么烦躁，也不似冬天那么沉寂，秋天的行程，让人充满想象。季节的改变当然带来了旅游计划的充实，视野的开阔让准备出发的人们瞬间有了更多的选择。云自山顶飘，风从海上来。淡定与激情互为交织，稳健和冒险相峙纠结。有朋友在街头相告，去沙漠探险的队伍完成结集，准备出发，真正的越野车发出了征服艰险的轰鸣。据说上次进沙漠差点走不出来，时隔不久却又召集了更多的人马，积蓄了更大的雄心。看到了包括无人机在内的各式装备，我终于明白为什么要把旅游的共同目标说成是走向诗与远方。

无论是兴致勃勃准备出发的旅游队伍，还是正在把自己的家园打造成旅游目的地的城市、乡村，旅游正在发生一目了然的重大变化。同时改变的，应该还有不太引人注目的旅游风格，验证着走马观花式旅游向体验生活式旅游的不断变化。遥想当年，“上车睡觉，下车拍照”成为中国式旅游的基本常态，出国的观光团也被说成“西装笔挺，三五成群”。时至今日，旅游的风格早就演化成跟团游、深度游、小众游、个性游等五花八门的多种形态。公共服务升级配套，旅游产品特色鲜明，景区建设提质增效，智慧旅游方便游客，一机在手，走遍神州，早已成为不争的事实。下载一款App，你的旅游你作主；谁要不刷朋友圈，那你的行程注定孤独。有位平常看似十分文弱的女会计，一旦到了旅游的日子，带上遮阳帽，背上双肩包，旅行的期待让她很快变得强大，与同行者的交流中也会妙语如珠。原来，不知不觉之间，旅游已然让人改变自我。

冯小刚导演的电影《私人订制》有一处外景地选在三亚的热门景点蜈支洲岛。望着支柱上纸叠的白色飞机，游客们总要想起葛优那句幽默的台词：我们公司的职责，就是成全你的白日梦。就旅游而言，对某个景点的向往总是能梦想成真，对某种度假方式的希冀也能如约而至。从喧闹归于寂静，从匆忙走向从容，旅游不再是到此一游，取而代之的，是参与旅游节庆的欲望，对古村老巷牵挂的念想，对精品民宿乡愁的记忆，对特色小镇氛围的体验。因为，当今的旅游风格，以度假作为基本方式，以体验成就独特感受，以驻足精神家园作为向快乐出发的目标。已经到了用手机、相机进行记录的年代，幸福指数表现在对于休闲、放松和舒适的感受上。生态山水定格微时光，老城旧物可以忆年华，一脚踏进预想的版图，仿佛来到了电影之中——旅游，就是有种从生命深处迸发的力量，让游山玩水也散发出强大光芒。

旅游风格，在进步中诞生，在行路中成长。每一年相同或不同的主题，都代表了创意在手、时尚在走。有道是流水送桃花，变幻出万象。幸福之美，找与不找，都在那里：在每一个已去或未去的景点，在好多处心中或纸上的目标，在电子地图和手绘地图的地缘连接之处。

解析中国（常熟）江南文化节暨沙家浜旅游节的时光盛会，从这些活动中，似乎能轻松找到旅游风格变化的走向：诸如“道启东南，天下常熟”研学游品牌发布会，在尽兴游玩的同时，教育的功能开始彰显，产业的带动再上台阶；“朗读常熟”读书会亮相屏幕，在涵养身心的旅游行程里品味书香，在关于常熟的阅读中发现美好；“文明与旅游同行”常熟名城印记城市定向挑战赛，让旅游和体育有了山律水韵、燃点青春、科创未来的叠加效应；而常熟城市伴手礼设计邀请赛，使得江南名城浓浓乡情的地方名特产更具典型的文化艺术特质，“回头货”的传递影响力不可限量。节庆的策划和安排，也克服了主观臆想的通病，而是顺应风格、贴近自然。衣食住行的种种出新，无不是为了旅行者能在这一个美好的季节里，怀着自豪感，带上好心情，在不同以往的行走间，忽然邂逅经久想象的幸福，让浮生得来的半日闲情，至灵至性，至纯至美。

冬季旅游的丰富表情

如果说，旅游有时是不经意的遇见，有准备的发现，是一种理想的进行状态，那么到了冬季，这一切其实并没有改变。在普通人眼中，冬季的旅游，不如春、夏、秋那么写意和自在。寒冷、混沌、苍茫成为冬季大自然的主要特征。时至今日，如果认为冬季是旅游的淡季，其实这已经是落后的理念。全域旅游，优质服务，立足于提供丰富的冬季旅游新产品，不仅是雪乡受到关注，在江南，地气清明，万物平和，季节也用绚烂的生命进行着每一个年度的落幕表演，这无疑值得深度体验。

冬，让我们知道博大、凝重和生命的本真。因为透天彻地、入肤入骨的冷，大自然的生命似乎都宣告了周期性的休眠。但是，对于有志向的旅行者而言，他们不会因为温度的影响就停下出发的步伐，依然要找寻旷古自然的淳朴和生命原始的律动。因为冬是美好的源头，是含蓄的缩影。而江南的冬季旅游，克服季节难点，彰显区域特点，正在实现有效的突围，体现出冬季旅游的丰富性，走出了潇洒的路线图。

祈福纳春，虞山尚湖欢乐民俗会汇集了众多的特色表演；飞雪赏梅，虞山尚湖香雪海和尚湖拂水山庄梅花坞吸引游人如织；自然科普，有“江南亚马逊”美称的水上森林成为冬日观鸟的胜地；温暖新春，方塔古迹名胜区的书画展和戏曲表演，热闹异常；而在红色景区沙家浜，一对一独家定制的互动教学，让寒冷的季节变得火热。原来，加强文化创意和资源挖掘，丰富冬季旅游的产品和内涵，跳出景区找思路，跨越季节求创新，吃、住、行、游、购等元素，依然可以对接市场需求，遵循游客意愿，开发出具有文旅融合内核的精彩文创产品。

众所周知，旅游出行因资源、环境和气候不同，通常有淡、旺季之分，不同地区旅游淡旺季因地而异。然而近年来，休闲旅游的观念正在发生大变化，“猫冬”行为开始过时，冬季旅游成为潮流。为此，思想上高度重视，政策上拿出举措，产品上丰富供给，冬季旅游就能打出一手好牌，形成地方特色。在北方可以有滑雪和冰雕，在江南可以有赏花和民俗。对有抱负、展风采的旅游人来说，草木见本色，色彩会歌唱，冬季不再意味着守旧和停滞，而是意味着新的开始。享乐活、登高远、尝美食、博古今、看山水、觅乡愁，区域旅游的高质量发展，往往是从一草一木做起，在每月每季出新。推出丰富的冬季产品的同时，还要面向市场积极推介，务实操作，落实到位。让游客打消怕冷的顾虑，投身火热的活动，让更多人明白：冬天虽冷，也有别具情怀的下午茶。

曾经读过一则寓言：小和尚问，一个人最怕什么？老和尚说，不是孤独，不是误解，不是绝望，一个人最害怕的是你自己。对旅游而言，其过程的本身就是探索发现，主客双方站在不同的角度，共同感受生活和生命的意义。旅行者不怕冷，让冬季的旅程也变得快乐；服务者不怕冷，让冬季的服务依然周到。冬天成就了行者，成就了强者，顽强的我们，用自己的激情和活力，勇敢地迎接冬季的挑战：因为这不仅是为了花样百出的景观，不仅是为了层次分明的口感，还因为冬季旅游的丰富表情，需要我们不负众望，共同去呵护、珍惜。

记住电影

数年前，冯小刚导演的电影《非诚勿扰》风靡城中。笔者一时兴起，将主人公秦奋的网络征婚广告背了下来，很是有趣：“岁数别太小，心眼别太多，外表时尚，内心保守。”朋友茶叙时，有人说，看电影，经常是娱乐性消费，眼前烟花灿烂，过后烟消云散，有谁会认真记得电影？打发时光，放松休闲，觉得好看，足矣。

想来也是，尽管我们的人生岁月离不开电影，但这似乎终究是生活的附属，甚至还是年轻人的专属。京门影城和文化宫影院，曾是常熟人看电影的首选，电影放映期间，观众簇拥，行人如织。影院也是当年青年人谈恋爱的好去处。经典影片穿越时空，英雄人物激励成长。《地雷战》《地道战》百看不厌，李向阳、王成震撼心灵。田头电影、露天电影一时盛行，没有广告牌的年代，电影海报成为城市的名片，高扬起文化的旗幡。电视兴起时，电影一度低迷，影院门可罗雀，看电影成为久违的往事。那时的片子少，也就记得住电影片段，电影台词背得朗朗上口，学得惟妙惟肖。文化单位组织的影评座谈会，功课做足，发言踊跃，得益匪浅。原来，观众要记住电影，也在于对电影的热爱，在于把看电影当成大雅的活动，在这种综合艺术的文学性、审美性、精神性面前，感受广阔而复杂、曲折而生动、虚幻而实在的共享同乐。

1872年的一天，美国加利福尼亚的一家酒店里，斯坦福与科恩围绕马奔跑时蹄子是否着地发生争执，一系列实验为之展开。直到1895年，法国卢米埃尔兄弟发明了电影，百年电影史的帷幕轰然拉开。从黑白到彩色，从模拟到数字，从传统到现代，高潮迭起，精品不断。尽管也有曲折，也有争执，但是电影发展的步伐没有停止。随着视听和网络技术的全面发展，电影和电脑、电视、手机一起，成为主导人们生活的四块屏幕。盛世繁华的当下电影，好莱坞大片冲击，国产片硝烟四起。诸如进口片《速度与激情》系列、《变形金刚》系列，精彩纷呈；国产3D大片《智取威虎山》，拍成了中国的“007”……不仅普通观众已经记不住电影，业内人士也开始四顾茫然。破空而来，遁形而去，电影世界让人目不暇接。恶搞电影、偶像电影，乃至青春电影，给观众带来了娱乐的狂欢，同时也让观众产生焦虑与空虚之感。爱情之外，青春何在？怀旧之外，岁月何求？物质之外，精神何往？《红高粱》的争执尚在耳旁，《英雄》的气势经久回响，冯氏的贺岁片亦谐亦庄，《致青春》的观察触动心扉，《狼图腾》的隐喻费人思量。当然，还有《何以笙箫默》，情感剧情得到女性观众的偏爱。同时，国产主流电影以《建国大业》《建党伟业》首开纪录，《战狼》系列受到了超乎想象的欢迎，以抗美援朝为题材的《金刚川》与《长津湖》，炮火硝烟，催人泪下，英雄血性震撼归来。此时，黄钟大吕与温情浅唱共鸣应和，主流意识与地域特色蕴含其中，新闻记录与虚构情节互为印证，声画场景与日常审美相辅相成，电影的魅力尽情释放。

显然，记住电影是一种素养，能否让观众记住是对导演的考量。“走心”的电影，和时代同频共振；叫座的电影，商业策划谋略其中；叫好又叫座的电影，才能走向“各美其美，美人之美”的理想境界。有一点自觉和担当，有一点底线和守望，才能成为公正理性的观影人。记住电影，说来很难，其实简单，那就是在视听的享受中跟随镜头的移动，调动积极的情愫，不忘自己的思考，融入其中，汲取营养，在人生的银幕上播放精彩影像。

阅读的经历

对人的一生来说，阅读应该是件大事。普通人只要识得字，有文化，懂知识，兴趣所至，便开卷有益。专家学者以专业为上，刻苦钻研，总是在书写自己的阅读经历。鲁迅曾寄语青年，读书“必须如蜜蜂一样，采过许多花，这才能酿出蜜来”，形象生动，从书香中品出了甘甜味。

现代人读书，或者在自己的书架上选书，或者上图书馆借书，或者在朋友处信手取来一本。说的是借，却不知还期，因为爱书是好品行，大家也就宽容。也有人包里放着几张借书证，却因为忙，很少去借书，也有人书读得少，但常年读报。常熟自古才子辈出，才子们都想着坐拥书城，铁琴铜剑楼应运而生，纸寿千年，成为藏书楼中的翘楚；而虞山脚下的图书馆，依傍着昭明太子读书台，又有那众多古籍，自然名闻遐迩。青少年读书为考试，十年寒窗，金榜题名；中年读书为职称，为晋升；步入老年，把以前的书温故知新，又诞生了新的爱好——书画摄影、赋诗作词，阅读的经历向前延伸。有时想起古人的对联“绵世泽莫如为善，振家声还是读书”，不禁摇头，摸一下自己花白的头发。

其实，从前年代的阅读，读的很多是教科书。如读《钢铁是怎样炼成的》《青春之歌》，浸润着每个人的内心世界。而业余阅读，则有了更多的自由选择，游历天下，放飞心灵。至于读书的方法，更有多种。毛泽东说，不动笔墨不看书；郭沫若认为，人是活的，书是死的，活人读死书，可以把书读活。更有宋代朱熹要求读书“三到”：心到、眼到、口到；《文心雕龙》研究专家牟世金的“三视”：视书为朋友、大敌、老师。而著名科学家高士奇讲得更生动：和书的关系是一回见生，二回见熟，三回成为朋友。显然，阅读的经历也是取决于人和书的关系的。有人将之比为男女情缘：字典之类是妻子，常在身边；诗词小说是艳遇，事后回忆；学术著作是徐娘，难以捉摸。如此言谈，都是阅读经历中的感受，学习心得、奋斗况味，尽在其中。

经济繁荣社会，网络流量时代，阅读变得简洁，大家都很任性。网上购书，在线浏览，微博感言，交流网络化，阅读碎片化。第11次全民阅读调查显示，我国人均每年纸质图书阅读量为4.77本，远低于一些发达国家。低头刷手机，有事问百度，成为新生代人们的习惯。生活的紧张节奏，职场的竞争压力，思维的急功近利，让有些人的阅读经历就此止步。读书好像有用，也好像没用。忙于应酬，忙于休闲，忙于赚钱，都能成为终止阅读的理由。为此，政府推出了阅读节，常熟有许多企业和员工在苏州阅读节上得奖；全国文明村蒋巷村给每户村民赠书订报，全民阅读。认真读一遍那些工人农民的读书笔记，笔者为之感动。英国为了让儿童懂得阅读的美好，兴办“阅读起跑线”项目，给孩子送书包，强大的引导从童年开始。其实，如果我们在回顾人生、总结经历、盘点账单的时候，不去看官晋几级、财聚多少，而是想想奉献，忆忆情感，重视一下阅读的经历，也许会觉得，学习不止、阅读不停的人生很是了得。

报亭的价值

行走在城市的大街小巷，有着品不够的古城风貌，看不完的市井繁华。灵秀江南的福地大观，可以作游者行吟，可以成笔下著述。但不经意间也能发现，沿街的报刊亭正悄然发生着变化：亭虽存但冷落，报仍有而凌乱，明显是走着下坡路的状态，忽如秋风来，心绪起惆怅。

有资料表明，在移动互联网时代，报刊亭这道城市的风景线，正面临着功能的转换和生存的考验，偷梁换柱，摆卖零食者有之；实用为先，变身杂货铺有之；维持生计，经营不善者有之。有人就说，社会发展，文化繁荣，舍弃也是进步，压力就是动力，不必有多愁善感的怀旧心态和怜香惜玉的文人情怀。没有报刊亭，我们可以电脑上网、手机刷屏来进行阅读，大幅彩图吸引眼球，无线网络流行天下。于是，一个现实的问题摆到面前：在当下，我们应该怎样认识报刊亭的价值，提倡怎样的全民阅读，如何构建数字年代的书香社会？

作为城市的文化角落，报亭的存在岁月久远。咫尺之地，打开了面向世界的敞亮窗口；传统门户，弥漫着浸润思维的淡雅墨香。

匆匆行进的上班途中，悠闲散步的傍晚时光，在街巷某处伫立的报亭，曾满足无数求知的目光和渴望的心灵。大约不曾有接待的功能，也许不会有太久的流连，短短几分钟，掏出几元钱，随手翻翻，开卷有益。这其实只是生活中的普通瞬间，却足以展现城市生活中的文化习惯，很多人甚至将此种习惯保持终生。自然，不像咖啡厅那样小资情调，不像酒吧那样放纵自我，也不像图书馆那样氛围浓厚，与之相比，作为公共设施，报亭或许显得有些寒酸。然而，这也正是它的魅力所在。在绿水青山的生态之城，在田园秀色的梦里江南，在弦歌而治的发祥之地，常熟的城市之美，应该美在细节。我们自古就有阅读的优良传统，韦编三绝、牛角挂书、百里借书，先人的典故激励了众多学子和寻常百姓。孔子曾说："德之不修，学之不讲，闻义不能徙，不善不能改，是吾忧也。"数千年后，我们面临着同样的问题。站在"互联网+"的风口浪尖，由新媒体编织的立体网络，在把人们带进信息海洋的同时，正拉开读者与纸质报刊的距离，于是带来了偏执性的看法。那些报刊过时的预言、不求甚解的陋习、以刷屏取代一切的尝试，虽然风行一时，却并未立竿见影。因为尽管传统的阅读方式面临挑战，但纸质媒体在内容生产、记忆储存、品牌传播等方面的独特优势依然强大，如同风行的网购，也提出了线上线下同步的口号。显然，报刊亭的存在，有着传承的必要性和现实的可能性。

在遥远的法国巴黎，81%的巴黎人认为，报刊亭是首都的象征，巴黎没有报刊亭，就像伦敦没有红色电话亭、纽约没有黄色计程车一样。于是，从1859年起，一种八角凉亭式的报刊亭遍布巴黎，延续至今。在国内，有的城市重塑城市报刊亭，其复出后功能大变化，小报亭升级成百事通，智能信息终端、一站式充值缴费、快件及时收发等一应俱全，传统业务加上现代服务功能，让历史的传承活起来，让城市的角落亮起来。古人读书，先燃香，后沐手，再拜读，表现出态度的虔诚，今天生活在纷杂的压力下，每个人都有内心的焦虑。而有质量的生活就是坚持追求精神享受，听一支歌曲，看一场电影，读一首唐诗宋词，当然，也包括去报刊亭转悠，感受阅读之快乐，让精神富有起来。

报载，上海市进才实验中学初一学生袁子涵，给《中国青年报》写信，强烈呼吁恢复城市报刊亭。在他的记忆中，上海曾经有近3000个东方书报亭，红色线条的玻璃房子成为城市地标，而随着网络媒体的兴盛，书报亭几乎遭到了“团灭”。他写道：“除了我们学生，很多成年人也愿意零买报纸，比如视力不好的读者、阅读量不大的读者、经常不在家的读者、喜欢一张报一壶茶的老年读者……”这封信也让我们共同怀念起之前有书报亭的日子，想起图文并茂、编排严谨的纸媒的优点，想到报亭的社会价值。

有人说，在“内卷”的教育中，学生已经不屑于亲近大自然；财富自由以后，人们多缺乏道德品质的滋养；在地球上制造污染，到处乱跑，那么大的世界，多少才能看够？因为不能赚钱，因为形式传统，具有社会价值的报亭已经趋向消亡。但是，游历一个城市，发现没有报亭；走过一段行程，思维感觉混沌；登高望远，驿亭小憩时精神无处安放，此时，你就会发觉报亭的好处，懂得报亭的价值，增进“不计较功用欲念”的美感。

相知你我　行途伴随

新年的钟声响过之后许久，城市还处在悠扬的旋律之中。春晖渐近，梦想萌生。街上的红色与日俱增，巷口的炒货香得诱人。咖啡、下午茶，热闹了星巴克；逛街欲望点燃的购物潮，席卷了步行街。车辆好像每天在增多，饭局似乎永远是大事。这个冬季没有马上变冷，春的元素被潇洒播种。本来，四季是观看世界的不同滤镜，山水是鼓励旅游的最好标识，在常熟的古城街巷走走停停，去景区的温暖所在打牌品茗，把休闲的功课，做成了悠然自得的朋友聚会。于是就发现，和自然亲近，与山水相知，始终是旅行者的大话题。

相知就是牵挂着乡情。记得台湾诗人余光中用一枚小小的邮票，将乡愁写得刻骨铭心。如果说平日里这种情感暂且被珍藏，到了新年就会得到强烈释放。民俗庙会特色浓，文庙迎新人气旺，文艺巡游见民风。常熟市民举家外出，游园赏景，让地域文化成为在街头载歌载舞的形象写照。归乡游子，在祈福贺岁的节庆氛围中体验民风亲情，道一声家乡好，做回了常熟人。

相知也是让时间暂停。忙活一年以后，过年就是一种休闲。

吃喝是满足味蕾，出行是放松身心。舌尖上的中国，镜头里的中国，都将成为心底的中国。和江南的风景对视，与内心的自己对话，在休闲的日子里也闲不下来。用最直接的方式触摸山水，山顶开阔，水边静好；用最原始的工具探访秘境，神姿仙态，不知何往。浸润其间，物我两忘，能够与这座城市拥梦入怀，感受呼吸，你我就拥有了福地的吉祥。

相知你我，行途伴随。一路上，也许身边有亲人，行路有导航；也许御风自驾游，陌路能识君；更有人喜欢独行走天下，呼风去远方，旅行其实就是寻找和发现。此时，常熟，当然比想象中的更令人沉醉，比期待中的更令人惊喜，竟是相遇如故交，邂逅见机缘。而花草的姿色、山水的轮廓乃至灯火的辉煌，都将被折叠进拉杆箱中静放的那一本《常熟旅游》。

稍有空闲时已经习惯于刷屏，途中歇脚处总想能随手翻翻。在茶香浓郁的茶舍，在夜宿的旅店，这一本读物，让人在腊月里看到春暖花开，细雨中体会诗意乡愁，闹市边保留宁静守候，想象里太多的场景，都被摄影机瞬间定格，凝固成如烟岁月和人情往事。阳光打在我们的脸上，灿烂留在我们心中，在眼神里顾盼，在步子中流连。爱玩也好，贪吃也罢，生活新方式，旅游新概念，莺飞草长，不可阻拦。这座江南城市，让新愿景加速增量，让创造力瞬间爆发。“旅游+”的发展大趋势，多元化的生活新理念，让很多人想着怎样找一个理由，给自己放假。最好的时光就在此忽然停留，不当过客，成为主人。

相知你我，就是知道不是每一个愿望都能变为现实；行途伴随，就是让氛围回转的岁末年初，美丽得惊心动魄，生动得有情有意。常熟的冬天并不单调，福地的景象别具情致。虞山剑门静美地沐浴阳光，兴福古寺依然暮鼓晨钟。冬季美食节主打蒸菜，宝岩迎财神香火鼎盛。踏霜寻梅处处香，元宵游园看展会。心底忆江南必须亲手触摸，农家尝美食便是舌尖远行。全域旅游的黄金周期，每次惊喜都来源于山水间伫立的精巧亭台，旅行者眼中的惊艳旗帜，城市里流动的闪烁灯火，景区中安置的美丽靠椅。终于，我们心安理得，无比释然：大家撸起袖子一起走进全民旅游新时代，撬动的力量，将红酒般的精致生活砰然打开。

第三辑

神游

在常熟的城乡恣意信步，景致恍惚沉浸于斯，光影飘忽念兹在兹。

记不清的柳陌轻抚，漫卷珠帘；忆不尽的浅吟低唱，泼墨弄弦。或者丰盈盛泽，或者委婉端庄。渐行渐远的前尘往事俯拾皆是，古城名城的前世今生打动人心。

群芳绽放，笙歌舞人。

在城市的风景中流动

在风和日丽的城市中，喜讯像放学后的少年，满心欢悦地奔跑，兴致勃勃地踏歌，让整座城市在每一个普通的日子里都生动起来。也就在此时，一场新鲜别致的赛事在虞城悄然启动，带着亲和与温馨，带着朝气与激情，也带着时尚与活力，让出发和健身的初心不谋而合——常熟名城印记城市定向赛的举行，为常熟文化旅游展示出一幅充满现代感的画面：从石梅广场出发的选手们，如同一条条活蹦乱跳的青春之鱼，跃进城市的波光灯影之中，在古朴的河岸和繁华的浪花之间来回游动，无畏向前。

此时，在城市之西，一湖清波如梦境。因山而秀，因水而兴，养育了千年古城的风雅。拥有如此形胜的常熟人是何其的幸运。按比赛所设的五条线路依次行走，虞城寻古、世上湖山、人文琴川、运动之旅、江南侨韵，像是拨弄江南女子手上的珠串，颗颗润滑，精致细腻，令人遐想。厚重的历史赋予了这座城市浓郁的书卷气，将之藏在古典园林和巷子的尽头；现代文明闪烁在暮色里的楼群中，充满年代感的记忆被古建筑的场馆压缩成为生动的微电影，立在前面的路牌自信表明着自己的身份。整条街的车辆没有停下脚步，沿路的橱窗彰显城市的个性，店招被做得像丽人一样好看。

或许会有人拦路发问：来过常熟吗？喜欢徒步吗？一眼望不完的景区景点，一语道不完的城市标识，一笔写不下的心得感悟，让参加定向赛的选手们触动了隐约浮现的江南密码。融体育健身、城市历史、地标建筑、人文风情、公益环保等元素于一体，在常熟城定向行走，发现建筑构造的精巧与博大，体察历史名城的风韵与灵动，体验现代科技的创意与发展。城市印记简称TCM，无疑已经成为人们认识城市的新方式。因为让身体和精神同时在路上，让旅游和体育共同手拉手，作为一种风潮，开始让常熟运动起来。

定向运动起源于瑞典，二十世纪三十年代开始在北欧风行。人们在地图和指南针的帮助下，越过无人地带，闪烁着体育的光芒。而发展到今天的城市定向赛，让所有参赛队伍按照任务书指令到达每个点标并完成任务，途中只能徒步、奔跑、搭乘公交，娱乐与比赛融为一体，自由开放的框架中充满对综合素质的考量。从这街到那巷，从我家到他家，爱玩爱新鲜还要走对路线。体验穿越时光的坚守，用匆匆脚步丈量行程，希望前方每个人的心中都有自己的影子。用目光寻找城市表情，以呼吸感知梦的脉搏，定向赛，一路怀古，一路觅今，找到关键词，重拾好奇心。

终于想明白，这样的时尚活动也是“旅游+”的跨界融合，文体旅的合而为一。在客流升温、线路火爆的常熟全域旅游新时代，精致城市建设让旅游的定位再上台阶。社区街道是景区，转弯拐角有叙事。城市即景点，居民皆游客。你说玩多久，线路我推荐。把自己当成流动的风景，也在城市的风景中流动。定向赛，让我们触摸到令人神往的新脉动。

微变化，印证旅游有温度

这些日子，气温有所回升，出行的热情开始看涨。依山傍水的景致仍在，真性乡野风情不减，凭借着路线图一路寻去，古街小巷、曲廊亭台，还是沉浸在闲情岁月里。厚重的历史赋予城市浓重的书卷气，游园寻梦，评弹吴调，舞台上的婉转水袖和书吧中的倚窗少女都已成为假日的标识。找怎样的距离欣赏山水，才能直面释然的自己，微变化，让旅行者的思维和季节的呼吸不谋而合。触目所及，原来暖和的阳光还是那么浪漫，偶来的细雨也能滋润心怀，时光总是不断翻开新的一页。

刚看过红枫、金菊、银杏，深秋的美景还在眼前晃荡，充满年代感的画面似曾相识。如今空间全然转换，一样的城市，不一样的感受，新资讯、新活动让人不由得心动：沙家浜景区迎来了居民免费开放日，定制的公交线路仿佛是为旅游而生；常熟文庙推出碑拓体验活动，市民和游客在清洗、湿纸、上纸和着墨的过程中感受传统文化的魅力；常熟旅游分享会在苏州举行，旅游达人和游客代表可以畅谈行程感受；有一支韩国青少年民宿团来到常熟，进村入户，演出交流，画青花瓷器，听中国音乐。正是这些不经意间的微变化，让旅游惠民变得真实具体，让宏大叙事配齐精美细节，让每一个团队总想走在前面，让每一个散客在私人订制的行程中开心不已。

旅行总是要游客用眼光记录天地之美，也要和目的地践行心灵之约。缘来常熟，其实就是和这座江南名城相约聚会，可以轻松自如，也可以隆重热烈。本来，很多的美景已经逝去，但一地落叶起波浪，沿着地形层层展开，宁静的气息扑面而来。自得其乐的人们从早到晚，把生活当成旅游来经营，又把旅游转化为生活方式。在常客隆、大润发采购新鲜蔬菜，在服装城、印象城体验时尚品牌。吃喝玩乐的步行街很有逛头，红火的捞品城总是不乏年轻的面孔，石梅广场会有演出的歌声传来，鼎鼎大名的大剧院一到晚上就有精彩呈现。书香文脉和现代气息共同融入这座城市，就在无形之中，展示出值得珍藏的风景，赚得游客的逗留。向不同的景致出发，与自己的内心对话，无论是逐花江南，不负春光，还是走进岁月，寻找真相——亲，要和见在一起；爱，要和心在一起；出发，要和胜利在一起。一次成功的旅行，在众多普通人的心中，是那么重要。

微变化，是为百姓设计的某种便捷，是为大众准备的另类潇洒，是举手投足的顺势而为，也是精心策划的新奇玩法。接地气才能聚人气。在我们晒出的年度榜单上，聚力创新，聚焦富民，既是旅游业态的新标准，也是为民服务的主方向。很江南，很常熟；有文化，有温度。旅游的高水准，不只在景区颜值，不只在票房火爆，还要让贴心的感觉、家庭的氛围在旅行者心底燃起一片烂漫。

旅行中的天籁之音

黎明时分，火红的太阳正释放着用之不竭的能量。古老的智慧和创新的表达，无不指向对自然的敬畏。有早起的朋友已经在微信发来很动人的表情：向快乐出发。仔细看去，原来是一列背着双肩包的旅行者，正迈着坚定的步伐，那样子，像是追求着精神家园，走向诗与远方。

当下的旅行，已经到了讲究装备的年代，挎包、背包全有，手机、相机兼备，太阳镜、遮阳伞一件不能少，游泳衣、防晒霜全都要带好。此时，左顾右盼，心系神往，总感到若有所失，原来，还未挂上耳机。当启动旋律，音乐的大幕瞬间拉开。跟着音乐去旅行，旅行的魅力指数如江海涨潮，惊涛拍岸。

记得在春和景明的日子里，笔者先后去了北方的太阳岛和南方的鼓浪屿。这是行程中的精品线路，记忆里的经典指向。一踏上太阳岛，郑绪岚的歌声从风中飘来，熟悉的旋律，在每一个角落回响。这让人将逝去的岁月又拉回眼前，松花江的氛围令人难忘。而在鼓浪屿，涨潮水涌，浪击礁石，声似擂鼓；老别墅充满了沧桑感，小巷中开满了五色花。原住民的生活状态是那么悠闲宁静，让非遗的韵味隐约浮现。奇怪的是，琴岛上竟听不到张暴默的《鼓浪屿之波》，未免有些失望。直到快离岛时，才在小路边听到一位艺人用笛子吹响这支名曲。也许，经典的表达，总是以一种漫不经心的出场方式或是突发奇想的抒情表现让人铭记，为你我的行程锦上添花。

音乐旅游正在成为一种全新的旅游形式，吸引人们敞开心扉，感受音乐活动的魅力，体验自然山水的情怀。丰富的旅游资源和精致的音乐盛典互为融合，使音乐如休闲般轻松，让旅途似音乐般美妙。观摩音乐颁奖，欣赏专场晚会，在特定的景点听歌，去天地之间抒怀，音乐能让人手舞足蹈，物我两忘，心潮逐浪高。不是吗？假如自驾出行，听音乐可以解闷，缓解疲劳，更可以营造出度假的氛围。此时，听听汪峰、韩红、刘欢，大气的音乐与绿水青山相互交融；一群朋友出行，也可让《小苹果》《天边》活跃气氛；刘德华、张学友的抒情歌曲如果能让度假的感觉漫延，那么，众多的歌手都会在你的旅程中豪放献唱，纵情高歌。

记得在北京听过音乐学院教授的讲课，第一节就叫“音乐无须懂”。他弹出一段曲子，学员们齐声说这是大海；再弹一曲，又齐声说这是森林。现在回想这场面让人感觉真爽。而带有地域色彩的歌曲，更会让人领略当地独特的风情元素。从新疆的《掀起你的盖头来》到西藏的《热巴舞曲》，从台湾《阿里山的姑娘》到奥地利《蓝色的多瑙河》，可以说，每一个音符，都能让旅游的品质提质升级，让游客的情绪饱满激昂。无论用古典的方式铺陈，还是以现代的思维触摸，音乐的山高水长呼应了旅游的行程。历史积淀，艺术张扬，因为有了旅游和音乐的共同承载，当然会展示景色之外的另一种风雅。这就是“旅游+音乐”在当下闪烁的耀眼光芒。

终于听到常熟旅游将再次因为音乐而水涨船高。帐篷音乐节，在旅游节庆中唱响。原创的音乐作品，时尚的展示元素，青春的舞台和乐队，不仅让常熟的音乐人有机会站上节庆的舞台，诞生本土的音乐明星，更重要的是音乐就此和旅游结盟，在绚丽多彩的旅游产品的菜单中，搭载了众多的新奇和未知的曲谱。旅游的内涵，定会抵达人心。

在旅游中和音乐撞个满怀，本来就是天大的幸运。呼朋唤友，其乐无穷；不计水准，追寻流行：原来在那些浪漫变幻、充满畅想的节奏后面，有太多值得歌唱的事情发生。

振兴乡村的旅游脉动

当下的旅游，在成为热点后热度不减，在人流如潮中潮流涌动，呈现出方兴未艾的繁荣景象。旅游业态的悄然变革，旅游产品的创新推出，旅游服务的有情有义，都在全域旅游的旗帜下有序进行。而党中央提出的实施乡村振兴战略，不仅为解决“三农”问题明确了全新的定位，也为乡村旅游拓展出崭新天地，搭建了广阔舞台。作为乡村振兴的重要力量，农业游、乡村游、生态游渐成气候，形成特色，也为乡村振兴注入了蓬勃生机。一波振兴乡村的旅游脉动，印证着时代的前进屐痕。

古老厚重而又生生不息的乡村，在历史的变革中沉浮起伏，历尽沧桑；在工业化、城市化、信息化的冲击下浴火重生，焕发新颜；也在空心化、老龄化、边缘化的社会焦虑中山重水复，柳暗花明。或许是因为全民旅游新时代的到来，乡村旅游如同星星之火，由点及面，势如燎原；又好比小花探头，瞬间开放，灿烂了原野。城乡一体的主客共享，彰显绿色的生态优势，努力建设美好生活家园的强烈愿望，让乡村旅游唤醒资源、发现价值、重构格局，民宿群落、生态园林、现代农庄、田园综合体、农业特色小镇在绿水青山的描画中，在乡土文化的孕育中，如雨后春笋般破土而出，旺盛生长。原来，广阔的农村和现代农业，不仅供给我们食物，还以农田景观、生态湿地、农作乐趣、耕稼养育和各种创意产品，维系着自然肌理的保育功能、特色产业的经济功能、优化城乡布局的建构功能以及满足舒适人居的生活保障功能。蕴藏巨大潜能的乡土，依恋原有生活的乡愁，超越个体和家庭的乡情，融合成文化引领下田园乡村伟大振兴的物质和精神的综合体，成为推进乡村旅游的有利条件。

常熟的乡村旅游，多年来注重发掘古城、古镇、古村的历史遗存和文化资源，丰富沙家浜、蒋巷村等全国特色景观旅游名镇（村）旅游内涵，休闲农家片区、生态观光园区加快要素配置，房车露营地、自驾游基地建设初具规模，鼓励民宿开发，打造特色客栈，开发精品线路，品味江南意境。山水之间，培育宜居乡村，创意节庆，推动经济与文化、生态与旅游互动繁荣。常熟的乡村旅游，让缘来常熟的旅行者体验踏歌而行的浪漫思绪，田园荷塘的扑鼻花香，自然湿地的水墨画卷，千古梦境的野趣乡愁。于一条栈道之旁，一米阳光之中，敞开心扉呼吸，找到江南密码。乡村游成为梦境游，农家乐成为百姓乐。旅游让乡村的价值被重新发现，文化让知识的力量滋润心灵。立足常熟，眺望全国，中国社科院发布报告指出，未来的乡村旅游热还将持续10年以上，至2025年，将达到近30亿人次。这无疑让人耳热心跳，充满遐想。

乡野的阳光，总是在植物的衬托下张扬魅力；民俗的生活，总是在炊烟的缭绕中更有韵味。乡村旅游，因为悠然自得的真实感和沁人肺腑的泥土味而在当下现代化的城市扩张中体现倔强的独特个性。而要让常熟的乡村游能够做得更好，需要各方的共同努力。从一粒棋到一盘棋，从一处乐到大众乐，从标准化到精细化，从富口袋到富脑袋，从“旅游+”到“+旅游”，任重道远，前程似锦。景观修复，要设计理念和原有生态相融合；产业发展，要景观农业和多种产业相融合；功能提升，要宜游宜老和宜居宜乐相融合；文化传承，要乡村文化和都市文化相融合。如此的集聚发展主体，实施共建共享，乡村旅游，将迎来属于自己的新时代。

关于工业旅游的若干思考

在全域旅游的背景下，工业旅游风潮正劲。

把城市的每一个角落都变成人流熙攘的旅游景点，开始觉得不可接受，但是静下心来认真思考，觉得这样的“异想天开”让人脑洞大开。显然，最为契合、最具条件的，首先是工业旅游。

现代工业的鼎盛发展，让工厂参观旅游和工业遗址旅游成为两大门类，统领旅游线路，而经典案例分享，更让人见所未见、闻所未闻。最早的张裕卡斯特酒庄，将欧式建筑、葡萄园林和地下酒窖融为一体，让浪漫红酒生产线浸润浪漫行程；荷兰风车小镇利用传统木鞋工艺的创作过程征服游客，购买木鞋，品尝奶酪成为著名文旅案例；而更加令人震撼的，则是在工业4.0的风靡之下，以工厂流水线和企业博物馆为基础，首创诸如宝马、大众汽车博物馆这样的工业旅游明星标杆。产业集聚的繁忙景象中，诞生出高雅文化和海量商机。

常熟文化旅游的业态转型，从红木展陈到食品生产，从特色小镇到遗存活化，已经涌现了不少工业旅游的初步尝试和有效探索。如汽车新城智能生产线的流水运作，让人思绪万千。眼下，有两则消息令人关注，引发联想。一是谷歌接近实现第四级自动驾驶，特斯拉首席执行官则表示，他们研发的自动驾驶技术与人类驾驶同样出色；另一条是棋类机器人多次完胜人类象棋或围棋大师，新版人工智能“阿尔法”围棋击败“前辈”仅用3天。消息传出，舆论哗然。原来，不管你主观意识如何，无论你对未来想象怎样，一场有望深刻改变世界、改变人们生活的技术革命，正在悄然进行。人工智能大潮来袭，智能代工已是大势所趋。

原来，我们已经处在创新变革的年代，科学技术的迅猛发展，科研成果的有效转化，首先在生活领域得到充分表现。微信支付，红包派发，支付宝用到欧美大陆；一机在手，走遍神州，智慧旅游助人轻松看天下；预约车位，线上支付，自助共享破解停车困局；而一辆汽车从高速公路收费站通行，使用ETC车道平均3秒即可通过。在工业领域，由于智能代工与传统生产方式天差地别，越来越多的企业选择拥抱智能化潮流。更新智能设备，培训蓝领技工，实行精细管理，灵动敏捷的机器人成为活跃在生产线上的主角。很快，借助于人工智能，各行各业正在发生深刻的变革。诸如在金融业，风险控制、信贷决策、客户服务开始广泛使用人工智能；在保险业，人工智能让过去完全依靠人力审核的低效率现象一朝破解；在司法界，“智慧庭审”系统帮助完成庭审笔录，完整快速准确识别。而语音识别、人脸扫描甚至是机器人敬老助残，技术日益成熟，使用日益广泛。专家学者们纷纷预言，智能代工是后工业时代的普世福音，未来已来，我们的生产和生活方式必将发生重大改变。

在工业旅游的景观前徘徊，内心的波动非同小可。历史事实说明，面对科技潮流，面对人心所向，示之以美好，授之以希望才是正确的态度，故步自封，不求甚解，定会让自己变得落后和可笑。逆智能化而动，对企业家而言，将会失去一次发展的机遇；对工程师而言，将会成为同行中的掉队者；对普通人而言，则将在生活中处处遇上不会用、不理解、不方便的窘境。在人类社会科学技术的发展史上，欧洲那些古老的教堂，在现代力学出现之前已经高耸入云；李冰父子的都江堰，在静力学、重力学、流体力学等现代科学完善之前早就惠泽天府之国；在西医进入中国之前，中华民族的健康由中医呵护了几千年。事实说明，对发明的灵感早期觉察，对创新的火花瞬间聚焦，对科技的脉搏主动感知，是我们适应时代、引领生活、保持时尚的重要原因。不要因为留恋传统方式，染上精神胜利法；不能出于原有的习惯，把自己锁定在手工喜好族；更不要在片面的思想误导下，误以为机器来了，人何以堪。其实，随着物联网、大数据、传感器等技术的迅速发展，机器人的灵巧性、适变性、智能性越来越好，但对加快培养人工智能高端人才和技术蓝领的要求日趋迫切。“机器换人”并非不要工人，报载，江苏“智造蓝领”存10万人缺口，30万年薪招不到一个机器人技工并非危言耸听。智能代工其实正是培育人才的好时机。

当科技正在撸起袖子落地做实的当口，文化依然不改张扬的习惯。比方说，一个颜值流行的年代，让很多人的目光向少数流量主集中。脸型资本和年轻优势，常会使观众忽略一个人本身的社会身份和科学素质。无论男神或女神、美女或帅哥，并不能凭借颜值就能至高无上，自然造物和人工美容的共同追求，无非是为了让人心旷神怡、心驰神往。然而，在科技进步的巨大利好和实用面前，狭隘的审美观念应该抛弃个人主义的功利野心。假如把一个机器人造成高颜值形象，也许增加了吸引的功能，但在本质上是科技进步的激烈竞争背景下，把握优势，才能占据高端，掌握主动。这就如同一群人出发旅游，有人向往五星级酒店、头等舱座，有人追求自驾出行、民宿度夜。无论怎样选择，都必须亲身去经历旅行中奇异的风光和震撼的物象，有经历、有感受、有思考，才能成就有意义的旅行，同理，在势如潮涌的工业文明面前，心灵和文化的坚守尤为重要。

关于工业旅游的若干思考，延伸出太多话题，虽说扯得远了，仔细一想，很是值得。

让旅游回归本原

好像是几天的绵绵细雨过后，春的气息无意之间在枝芽间露头。鸟鸣在一个早晨就格外的响亮起来，天际流云英姿勃发。如同花苞般鼓起情愫的，当然是许多人心底旅游的热情。遥远山水的那一种呼唤，不想出发的人们竖起耳朵也难以听到。有道是，历经风雨千趟，走向高处自有盼望。其实，在高处看到了什么，每一位旅行者都有不同的叙说。吉祥如意，诗情画意，景象多姿，神采各异，就要看你怎样发现，和谁相遇。

古人离开书斋的出行，也许是和象牙塔里的自己告别，读万卷书行万里路的巨大收益永世相传；今人的出发，演化得十分简单，尽管装备齐全，选择多样，手指滑动，智慧旅游，其实就是图一乐。认真一点，做了功课，说得出景点的来龙去脉、历史渊源；随便一点，啥也不知，下车拍照，上车睡觉，固然有点浪费，但也享受了眼前的风景。文人善于思考，探讨什么是旅游的高境界，大多数“吃瓜”群众，也许并不在乎。世间众生相，旅游出本心。法国的卢浮宫，世界著名艺术宫殿，每一件展品都进入了人类文化的发展史，但大多数游客只看到了三个女人：维纳斯、胜利女神、蒙娜丽莎。所以说，踏春的目的是什么，旅游的本原在哪里，值得思考，很是必要。

冯小刚为马年春晚拍过开场短片《春晚是什么》，其中有这样的释义：春晚“就是吃，就是喝，就是舌尖上的中国”。想来也是，旅游的本原，或许就是玩，就是乐，就是在绿野丛林纵情呐喊，就是在亲水栈道自我摆拍。给心灵放假，让呼吸自由，和季节融合，与天地同在，这样就和忙碌的生活暂时告别。当下的旅游之所以红火，除了政策推动、媒体引导、舆论造势、生活向好，回归旅游的本原其实是极为重要的原因。水流温暖，山风清凉，无论是桃源景色，还是城市灯火，无论是在史诗般的岁月精彩重现，还是以网络般的穿梭走向未来，旅行的日子每一天都有底气，放松的时光每一刻都有喜气。以新念旧，以动思静，在旅游中玩得尽兴、笑得开心。

线路于精，创意于新，产品于好，服务于亲，常熟旅游，做起了五福临门的大文章。而源自唐代的花朝盛会，穿越时光，缤纷多彩，传统的四时八节，被赋以“江南花朝会”的新内涵。尚湖牡丹会、方塔山茶展、樱花满琴川、杜鹃绕城墙、菜花开画卷，百花争春颜。常熟人就用或是富贵或是平凡的花种，让全域旅游花开四季，让江南福地花潮似海，让游客在花样常熟的追寻与偶遇、发现与表达、捕捉与凝视、文字与图像，都回归沉醉其中、流连忘返的心灵本原——不为包装所诱惑，不为低价所误导，不因商业模式的过分热情而迷路，终于能一路顺风，走完全程，开心而去，满意而归。如《左传》所言：“木水之有本原，民人之有谋主也。”

记住了旅游的本原，远方并不遥远，思路无比开阔。

留驻美好生活新空间

在层林尽染的涂绘季节，人们争相领略福地常熟的绚丽景色。全域旅游的发展格局，因为文旅融合留住了名城之魂。记得有台晚会的主题叫作“看山看水看江南”，观众在充满特色风情的节目中，感受到“听了就想来，来了不想走”的留恋况味。

在层层折叠的历史中，找到一种归属感；在座座相像的城市中，体验多种生活范。让山水能够感化人，让城市能够留住人，正在成为常熟旅游人的进取动力和追梦畅想。

众人瞩目的沙家浜，推出了“请你慢下来，用心去感受”的新项目，包括了江南芦花湾民宿、芦花影视主题咖啡馆、芦荡幻影5D动感影音体验馆等去处。让“慢”字营造出回归自然、轻松和谐的意境，让每一个旅行者都能走向福地常熟的纵深，和过往的记忆、今天的生活遥相呼应。因为在文化和旅游高度融合发展的新时期，旅行者的核心诉求，正在从欣赏美丽风景转向体验美好生活。曾经的自然景区，有山有水还不够；热闹的节庆活动，有歌有舞还不够。景区如何变身美好生活新空间，让游客从走进来到慢下来，从慢下来到住下来，留驻福地，爱上常熟，这正是对常熟旅游业界发展理念、创新动力和管理方式的新考验。

留驻，是对行途里程碑的总结和反思，是对旅游目的地的抵近和喜爱，也是自我理想的固化状态。对旅行者来说，选择在何处停留，不仅要寻找归宿，还要体验幸福。生活在别处，却沉浸在江南的梦乡，高层次的精神需求和很有烟火气的世俗情怀因为停留而相遇，因为挚爱而光荣。于是，从看常熟到慢常熟，从玩常熟到住常熟，旅游状态的进步体现出高质量发展的底色。常熟获评“中国魅力文化旅游目的地”，加盟“放慢脚步，享受生活——中国慢游地联盟”，及时融入了留驻美好生活新空间的时代潮流之中。

建设旅游目的地，打造生活新空间，实质是优质旅游可持续发展的基本要求。从看到留，一字之差，却代表着旅游业态的质的飞跃。要让游客主动跑过来，玩得嗨起来，最终留下来，不是一句口号能够解决，也不是一次活动能够满足，需要久久为功，常年积累。非洲热带草原的尖毛草在最初生长的半年时间里，是草原上最矮的植物，但半年过后会长到2米左右，成为“草地之王”，这是因为它平时默默地为将来的爆发积蓄着能量和养分。同理，留驻美好生活新空间，是旅游城市的重要导向，也是地方特色的集中体现。具备了独特的文化品牌、标识和印记，才会在无形中积攒人脉、聚敛人气，在大众化、品质化、个性化、舒适化的氛围中，让人神闲气定地感受繁华入梦，岁月犹新。

记得有一本书叫作《商业秀》，它有一个副标题“所有的行业都是娱乐业”，其实这是说明了体验的重要。是路过常熟还是留在常熟，游客做主，体验为王。但要达到这样的境界，需要旅游业界转型升级。这之中，优势互补、景城一体、品牌再造、多元开发、服务提升等一系列链条环环相扣。当旅行者某一天踏入常熟，与江南相遇，思想如植物般厚植根须，快乐和阳光雨露一样流动，四周连空气都变得甜美，名不虚传的精致城市，当然会去留相宜。

在山水之间动起来

近观远眺常熟的山水，无论艳阳天还是烟雨季，那一种动感总是存在。然而在绚丽多彩的微信朋友圈中，愉悦旅行，乐享生活，天天刷新着活色生香的出行图。江南文化的神奇与绚烂，在传统的差异中显示着时尚与和谐，不出城郭而获山水之怡，身居闹市而有灵泉之致。文体旅融合的不断推进，让一座江南城市的文化旅游资源充分释放。与此同时，精致和风雅总是呼唤生命的律动，体育的加盟与崛起，使城市的格调魅力焕发。

在林木苍翠的虞山之麓，休闲步道蜿蜒其间；在碧波荡漾的尚湖之滨，国际“半马”的标识呼唤着最强冲击；黎明时分，体育场馆打球、跑步者人影叠加；暮色之中，万达、元和等地的市民体育活动中心，依然活跃着跳跃投篮的青春身影，不时有矫健的骑行者在城乡间划出动感轨迹……

“体育+文化旅游”，在山水之城拓展出生活新空间，提升了市民幸福感。新冠肺炎疫情的出现与长时间的居家封闭，让公众对身体强健与心理健康进行了重新审视。人类健康是社会文明进步的基础，对体育的关注成为美好生活的重要前提。其实，具有千年文脉的江南福地，不仅有粉墙黛瓦临河民居，不仅有亭台楼榭荷叶映天，还有对强身健体的渴望需求和对运动项目的热爱追求。如果说长期以来，常熟在竞技体育方面收获颇丰，摘得许多金牌，那么，近几年来，体育工作更加倾向于惠民利民，提升城市品牌美誉度，形成群众参与大格局。健全完善公共体育设施，让市民享受更多优质体育资源；提升公众服务水平，充分发挥体育场馆巨大功能；体育社团日趋活跃，健身服务进入家庭。遍及城乡的广播操比赛，演绎时尚的荧光跑活动，门类齐全的青少年运动会，凡此种种，无不体现出创建全国全民运动健身模范市的鲜明导向和不懈努力。因为从本质上说，竞赛的氛围、运动的乐趣、体育的灵动，都是为了让健康与人同在，让人生更加美好。

在文体旅融合的浪潮中，体育运动开始受到应有的重视，也成为江南文化、山水旅游的重要元素。去得了远方，回得了故乡，离不开坚定的意志和强健的体魄；吟诵着诗歌，弹奏着古琴，其中必有生命力的支撑。打造具有专业精神的旅游目的地，体育能让快乐旅行从向往变成现实。传统体育、竞技体育、群众体育，组成了波澜壮阔、奔腾跳跃的运动全景，也说明文体旅的携手源远流长。历史上，关于古人运动形式和场景的记载颇为丰富。从打猎、射箭，到击剑、投壶，兼具竞技性和娱乐性的活动种类多样，不一而足。只不过在古代，这些运动多是权贵阶层、商贾富豪的娱乐和健体方式，而时至今日，体育运动成为人民群众喜闻乐见的活动形式。在旅行中运动，在山水间竞赛，紧张的压力很快消失，单调的生活变得丰富。身在路上，心在远方，旅行的新方式层出不穷，景区的新产品花样翻新。当下流行的沉浸式体验，就是文体旅互动的鲜明例证，新旅行时代由此开始。

记得有一句电影台词，“人的一生要见众生，见天地，见自己”，这其实是在人生途中的文化自觉，也是在旅行途中的活力呼唤。看着城乡社区中不断兴建的健身设施，看着手机上“微信运动”跳动的数字，朋友们又在炫耀今天走了多少步，不由得想起爱因斯坦说过的名言：“我生平喜欢步行，运动给我带来了无穷的乐趣。”

现在想来，在常熟的山水之间，纵情活动，舒心运动，真是乐趣无穷。

在行程中感知红色经典

繁美丰盛的岁月，花团锦簇，芳菲浸染。这是舒适的大氛围，也是出行的好时光。此时此刻，“穿过了山和水，沉睡的村庄”，也许就是行程路线；“前面就是沙家浜”，宣示着心仪已久的旅游目的地就在前方。作为芦荡烽火的发源地，常熟因京剧《沙家浜》而家喻户晓，特有的革命历史传奇、江南水乡风光、红色经典故事，让“常来常熟”的内涵积淀厚重、影响深远。

凝聚人心的党史学习教育活动，是用历史作为最好的教科书，夯实思想之基，补足精神之钙。从石库门到天安门、从兴业路到复兴路，我们党的百年征程，风雨苍茫，高歌奋进。将党史学习教育活动与特色旅游线路精心组合，灵巧安排，提供红色经典的特色菜单，用活历史遗存的革命资源，使命光荣，责任重大。进行实地探访、重温入党誓词、聆听红色故事、阅读红色书籍、上好党史党课，成为在行程中感知红色经典的重要内容。苏州党史学习教育主题党日活动的优选线路中，常熟线路串起了中共常熟党史馆暨李强革命历程展示馆、沙家浜革命历史纪念馆、王淦昌故居、蒋巷村史馆等场馆，重温烽火年代，再忆红色岁月，党史内容让旅游行程更有内涵，旅游景点让学习课程形式多元。课堂移动起来，教学更加直观生动；历史再现出来，旅游更加丰富多彩。

沉浸式氛围感受当年金戈铁马。常熟具有丰富的红色旅游资源，在文体旅融合的创新发展中，氛围营造载情喻意，场馆展陈手段更新，实景演出大气磅礴，从而增加了环境的真实性，提升了怀旧体验感，是激励人们怀念烽火岁月的有效手段，也是对理想传承的热切回应，更是自我教育的催化产品。形韵兼备地表现过去，新旧融合地打造情景，让学习党史不再枯燥，充满震撼。行程万里，牢记初心，红色点燃的英雄之美，让“常来常熟”的旅游充满温度。

生动性讲述触发游客心灵震撼。“究天人之际，通古今之变”，一部党史，有危难之际的绝处逢生，有挫折之后的毅然奋起，有失误之后的拨乱反正，有磨难面前的百折不挠。创业维艰，奋斗以成。在常熟的场馆、故居和遗址中，红色故事讲得打动人心，人物形象能够如在目前，英雄浩气始终洗涤心灵。特别支部的成立，新四军伤病员的故事，“两弹一星”元勋的成长史，碧溪之路开启农业农村崭新道路，蒋巷村走向全面小康等奋斗历程，让游客了解到新旧常熟的沧海桑田，幸福生活的来之不易。在此过程中，情真意切的讲述，跌宕起伏的波折，感人泪下的故事，使得旅游的体验入耳入心。

立体式引导提升经典拓展效果。忆峥嵘岁月，聚奋进力量，可以是大会动员，可以是环境布置，可以是心得分享。然而，在红色旅游的行程中，感知经典，重塑信念，手段更现代，方法更多元，不知不觉间引发思考，看山看水中品味人生。琅琅书声里，红色基因生生不息；特色活动中，场景激发精神力量。而景区景点采用的多种互联网新科技，观看党史云课，打卡红色地图，浏览云博展厅，通过足迹、史物、记忆、云游、微课等模块，实现多媒体交互体验，实现线上线下同频共振。同时，融合生态、体育等旅游资源，开展党建团建、中老年寻访红色记忆、青少年军训研学等活动，从而多元化发展历史文化“红色游”。

用活党史资源，感知经典；推进旅游育人，学史力行。在碧水传情、山峦叠翠的江南，理想如歌。于这美好季节，走进美丽常熟，党史教育和旅游线路的交融互动，将带给我们不同以往的新认知。

刷屏之诱惑

灯下浏览，见某晚报登出漫画，内容是全家相聚，世代同堂，唯有老奶奶忙里忙外，其他人全神贯注，低头刷屏。其实，这也正是今日社会一大景观：汽车里，马路边，广场上，尽是低头族，满眼刷屏人，即使是在向快乐出发、朝风景行进的队伍中，游人的视线也离不开手机。似乎操作智能手机，加入互联网世界，是一种时尚标志。不过，也有人说，手机好像魔盒，牵着人的视线奔跑，最后人被带入密林深处，不幸迷路，四顾茫然，祸福未卜。

想起了笔者曾经发表的文章，有三个连贯的标题，叫作“不发名片”“不戴手表”“不开手机”，十多年前得到读者的赞同。因为名片被别人转发，去向不明；戴手表显得土气，手机计时；开手机常有干扰，关了清静。殊不知时过境迁，科学技术的进步，移动互联网的发展，人工智能的出现，极大丰富了人们的生活，世界真的触手可及，沟通可以从心开始。17世纪德国哲学家莱布尼茨曾经提出“可能世界”理论，提出世界由无穷的可能性组成，社会发展印证了他的设想，也催生了那句耳熟能详的广告语：“一切皆有可能。”社交用微信，购物用淘宝，采购用美团，买菜有叮咚，大凡有生活需求，就有对应的App，手机的开发形式多样，网络的江湖风生水起。

行走在旅行者的队伍中，感慨如今的出行可谓装备齐全，然而，最为重要的装备当数手机，网络购票、入园扫码、转账支付、线上讲解，智慧旅游的主角就是手机。众多游人一机在手，天下畅游；拍照优先，联络为次。没到景区的时候看手机，该看风景的时候还在看手机，盯着手机忘记身处美景，看着手机不知已然掉队，内容丰富、令人心神陶醉的行程，因为沉迷手机，与良辰美景擦肩而过，美景被分神之人任性浪费，手机的主人却往往因为某个短视频猛然欢呼起来。

欢呼落地，疑云顿起。整天低头，何时想到看路；满目碎片，如何梳理有度；置身人文社会，自我和他人怎样相处？因为手机的每一次响起，都会分散精力，影响专注。只想着是什么，不再去问为什么，我们的思想就会停顿，知识就会凌乱，直至边界模糊，是非混淆，失守底线。不过，转念一想，刷屏之诱惑，其实难以抵挡，那许多炫目图案，那众多游戏软件，那更多便捷功能，让人如何不想它？无论男女，不分老幼，似乎都有刷屏的冲动。然而，这也正是问题的严重性，E时代，要让理性成为传播的支点，让思想把握前行的方向，独立思考，自主消化，就在不经意间显得非常重要。孔子说过一句流传久远、穿越千年的话："用志不分，乃凝于神。"其实，刷屏时，面对海量的信息，人也许就变成了数字化信息的接收器，在芯片面前木讷起来。奇闻逸事繁花似锦，哲理名言遍地开花，爱情亲情声声叹息，人生感悟层出不穷。有如古人所言："同是天涯万里身，相依萍梗即为邻。"那些恶搞标题党，炒作新闻，庸俗报道；心灵鸡汤党，信息虚假，理念混乱；食疗养生党，传播伪科学，知识不靠谱。生吃茄子刮脂排油，接听电话宜用左耳，如果你真信了，那就惨了。怀着猎奇需求和看客心态沉浸刷屏，陷身直播，盲目打赏，手机就会让人很受伤。至于轻信谣言，危害社会，正直的人们想必都不会赞成，只是因一时云雾遮眼，不知是真是假，难免纠结起来。有人就说，你的态度，决定谣言的出路。

这样说来，刷屏变得并不轻松。本来是畅通信息，便利公众，结果产生了食利者搭车；本来是体现公平，人手一机，结果递送了鼓励性诱惑。社会心态的多元冲动，让刷屏的氛围神秘而温暖却又云雾重重，用手机为轴心进行多方面的生命呈示和精神沟通，这或许是社会进步中遇到的两难。但经过坚守底线、负有担当的人们共同努力，终会从失度性无序走向整体性规范。有统计，智能手机面世以来，平均每人每天大约会有164次刷屏，说明手机已是我们大多数人无法离开的伴侣。那么，就应当学会掌控个人意志，正确使用手机，在刷屏中刷出正气，刷出信仰；刷出绿色，刷出健康；刷出科学，刷出真相。刷屏的魅力，才会生机勃勃，充满正能量。

原来，拿起手机刷屏，也是人生的一次出发，在渐行渐远的行程中，和顽固的陋习争斗，与种种的异己交往。胜出者，就会在若干回合的交锋中，学会做手机的主人；也会在无数来去的寻找中，找到成熟的自己。

《三体》启示录

刘慈欣的长篇科幻小说《三体》，气势恢宏，想象奇特，不是科幻迷或许难以读懂。主人公叶文洁按下发射键的那一刻，地球文明向宇宙发出了第一声呼唤。而4光年外苦苦挣扎的三体文明，收到了地球发来的信号，庞大的宇宙舰队开始进发。黑暗森林意味着什么，面壁计划能否成功，《死神永生》说明物竞天择是何等惨烈。因为给人类留下了直面真相的严肃思考，拓展出科幻小说的全新思维，刘慈欣获奖了。刘慈欣是谁，去问路人甲或是路人乙，好像都很茫然。这也难怪，在世俗生活之中，在特定领域之外，科学原理距普罗大众毕竟遥远，科幻小说与日常思维背向而行。都知道科技改变生活，也都期盼创新推动进步，但很多人等待的，是有实惠的提高，是能到手的效益，是看得见摸得着的好处。你要张开思想的翅膀，背负青天，一路翱翔，那当然是高处不胜寒。

好在这位被亲切地称为“大刘”的山西娘子关电厂的工程师，心绪淡定，行为坚守。他在电厂上班、下班，接送女儿，回家做饭，用业余时间完成了80余万字的《三体》三部曲。凭借这部长篇科幻小说，他获得了第73届雨果奖最佳长篇小说奖。这是科幻艺术界的诺贝尔奖，也是亚洲人首次获得该奖项。而得知获奖时，刘慈欣正在睡午觉，这样的巧合让人意外；而同样令人意外的，是美国前总统奥巴马发来邮件，想拿到他的新作品先睹为快。在常熟的文学爱好者和科幻迷中，也有他的粉丝，有人从很多年前开始，一直关注着刘慈欣。我们始终相信，科幻让人仰望星空，科普作品也能走红。

其实，刘慈欣能够获奖并不意外，早在《三体》之前，他的《地火》《乡村教师》《球状闪电》等科幻作品已经展示出超前的想象力和宽广的胸怀。只是和古代名著、武侠经典、言情小说相比，科幻作品时常淡出人们的视线。在移动互联网覆盖世界，信息海洋风生水起的今天，在塑造历史文化名城现代科学精神的进程中，怎样让科普和文旅互融共存，相映生辉，成为重要课题。事实上，众多的旅游景点都建有全息影院，播放的震撼科幻片成为游览的热门项目，如何拓展这样的功能，既是思维大海，又是商机蓝海。

经济学中有个卖鞋的段子，讲某个岛上的居民从不穿鞋，但聪明的卖鞋人却从中看到了巨大的市场。刘慈欣认为，中国的科学传播也是如此，只有好的科普作品，才能让公众穿上科学的鞋子。有型的科普，才能吸引眼球，招揽粉丝。有人爱娱乐、爱美食、爱花木，也会有人爱科学、爱科幻、爱科普。将科普融入文旅，就会做出文创新产品，提升活动吸引力。在当下，我们迫切需要文旅的思维重建，融合共享；迫切需要科普的华丽转身，雅俗共赏。我们也会欢呼科学的有型出镜，风光走秀。期待科学传播，像焦点话题一样大众瞩目，像相亲节目一样拥趸众多，像热门景区一样引人入胜。《三体》的获奖，以科幻反思人类文明，以文明提升精神力量，在科幻中加入了艺术情怀和共同审美，获奖正在情理之中。而根据同类型作品拍出的电影《流浪地球》，叫好又叫座，科幻的风潮，催人思考。

从作者自身而言，获奖终又是意外，因为他完全没有将雨果奖设定为奋斗的目标，这和我们看到的某些现象恰好相反。许多作品的酝酿和诞生之初，就是为了冲关而来，为了获奖而去，设计了领先的起跑线和精准的路线图，甚至按照奖项的标准量身定做。而刘慈欣的创作经历，踏雪无痕，平淡无奇，想象的天体中却是风声雷动，气象森然，宇宙法则凛然于上。其实，这就像我们倡导的人生，既要明确努力的方向，又应当删减盲目的功利。先进的理念是提高自己，并助人为乐，你和别人携手前行，就能进入良性互动，只想着自己的情理之中，受不了别人的意料之外，就会胸襟狭隘，风度不再。因此，正确处理科学与人文、行路与思考、情理与意外的辩证关系，似乎比获奖本身更为重要。

行文至此，传来了屠呦呦获得诺贝尔生理学或医学奖的消息。因为没有博士学位、留洋背景和院士头衔，她被媒体称为“三无”科学家。在20世纪60年代极其艰苦的条件下，历经190多次实验，反复探索，以身试药，受葛洪“青蒿一握，水渍一升，绞取汁服”的启发，最终提取成功，“中国神药”青蒿素挽救了数百万人的生命，她也成为第一位在中国本土独立完成研究的获奖者。而获得诺奖，却是40多年之后，漫长的时光不仅验证了杰出的贡献，更是记录和传承着科学家精神。这真是一次穿越无人区的徒步探险，显然，为名为利者，在这样的长征面前自然却步；只有对科学理想追求探索，对国家、社会无私奉献，对人生价值自觉把握，才能坚守自己的精神家园。《三体》的超视距眼光，青蒿素的跨国界救助，正是给人以深刻启示的范例。

翻山涉水二手车

每当夜色降临，万家灯火，城市的活力便会再一次爆发。相对于白天而言，此刻往往是轻松、任性和休闲的时段。古巷老街，因为有了路灯下的晃动人影，散发出神秘的气息；咖啡酒吧，因为有了年轻人的追捧，时尚和浪漫在空中舞蹈。音乐永远是来去自由，在人们的心头盘桓。然而，仔细一想，不断在眼前晃动、在马路上开过的，却总是五彩缤纷、款式各异的大小车辆。它们好像不知道疲倦、不懂得休息，一直都在奔驰。原来，这是城市的脉动，是不停流淌着的灯之长河。

终于有一天，在黎明初露的早晨，看到了清一色的越野车整装待发，那是自驾游的群主吹响了集结号。从绿草如茵的城市公园起步，他们把对水光山色的向往掌握在自己手中。如今的发动机被改造得鸣声悦耳，澎湃动能正等待着一往无前的指令。前面有宽广与平坦，也会有坎坷和狭窄，但想来那些自驾游的参与者定是做好了充足的准备。在旅游成为生活方式的今天，奔向情感的洼地，冲上灵魂的高地，都可以借助车辆的功能恣意为之。扑来的雨水，溅起的泥浆，不会引起担忧，反而带来狂欢。

每逢黄金周假日，旅游和买车成了两个热门话题，也是两件有着紧密关联的事情：有车能玩得畅快，所以自驾游一直很火；旅游要选择交通工具，汽车的功能当仁不让。新款车型不断发布，让人们的好奇心有增无减；买二手车的消费者也在日渐增多，可谓“慧眼识英雄，良将选宝驹”。手机唱响的时候，朋友在满心喜欢地发微信消息给我，说是新买了一辆二手车，还是高配版，觉得性价比很是不错。成交后，他开车在江南的原野上疾驰，夏日的景色尽收眼底。去了乡镇探亲，又到了景区摄影，还在上山的路上爬升一番，大有一见钟情、相见恨晚的感觉。车窗外的风景，有阳光倾泻下来，欢欣雀跃；有细雨蒙蒙，深井落花。但无论天气怎样，都不会影响出行者燃烧的渴望。

这位朋友，原来开辆手动挡，路途劳顿，便想换车。去了4S店转悠一番，就去了一趟二手车市场。原来，这里的天地如此广阔，交易的流程已经成熟，每年数万辆的成交量让人心动。理念创新应当从生活创新开始，他问：为什么不买二手车？于是，开始了一番认真的讨论。原来长期以来，信息不对称、车况不透明、法规不完备，让消费者对购买二手车心存疑虑，总怕评估不到位、保修不落实、权益不保证。而虚荣的面子观念，也让不少人对二手车望而却步。其实，随着法治建设推进和诚信体系完备，二手车购销流程走上了正轨，守法经营、诚信待客、优质服务的新时代车商开始涌现。而在发达国家，许多消费者都会选择二手车，经济实惠，便于练手，时常流通，也繁荣了市场。美国电影《变形金刚》，用炫酷特技和恢宏场面构建起震撼人心的车天下，其中汽车人“大黄蜂”，就是一辆二手车。作为发达国家，美国有全球最大的汽车市场，汽车的平均更新周期仅为四年，发达的二手车市场为顾客提供了多种选择，反之也促进了车辆的销售。

在走向全面小康，建设更高品质江南福地的进程中，我们的生活习惯、消费理念和人文品质也必将发生巨大变化，和旅游管理转型升级、文明旅游形成导向、景区建设不断规范、全域旅游普及全国一样，二手车的精彩也会持续释放。此时，那铮亮的二手车就不是摆拍的孔雀，而是美丽的凤凰，在金色阳光下起舞。

朋友问，满大街跑的汽车中，看得出有谁开了二手车吗？我当然摇头。他笑笑，突然认真地说道：翻山涉水二手车，你的生活更精彩。

停车困局

某日朋友小聚，L君明明到了楼下，却半晌不见上来，后来得知，因为无法停车，他只好不断在周边绕着圈子，期待别人早点离去，奇迹突然出现。也许那天时运不济，车满为患，他只好把车开得更远，再徒步走来。于是，这一生活中司空见惯的事例，引发了我们有关停车困局的讨论。

曾几何时，我们还在为要不要买个车位而纠结，还因为把自家的车库改成了餐厅而兴奋，很快，滚滚车流将人裹挟其中，停车困局让你无所适从，即使置身三线城市，心神也会为停车所累，精神也会因车位紧张。有大城市的媒体做过调查，有四成的车子时常在满城乱转，寻找车位，到处流浪。有人就说，缺少车位，就是缺少了根据地，人就成了漂泊者，流浪猫，也就是缺少了一种生活状态。

现在常常向往古人的生活，唐代杜牧的《山行》写道："停车坐爱枫林晚，霜叶红于二月花。"山中的景色在他笔下，枫叶流丹，灿若云锦，如黄生《唐诗摘抄》所言，是秋山旅行图，千古真名句。想象那时的停车，虽然是马车、牛车，但真乃路随心走，心驰神往。其实，当代私家车的普及，车流量的增加，有些超出了我们的预期，所谓慌不择路，猝不及防。但是停车困局也促进了城市建设，政府注重规划统领，建设地下车库，开设刷卡停车，沿路规划车位，梳理空余场地，甚至假日开放内部停车场，引导性管理显示强大威力。更有提倡绿色出行，公交优先，公共自行车方便路人，低碳生活呼之欲出。停车困局也促使民众行动起来，想尽办法，让自己能停车，停到车，停好车。于是，奇葩事件不断出现，雷人案例吸引眼球。停车困局，又唤醒了市场，高额收费，限制车流，自成一招；在旅游景点，路边的农家饭庄，店家不顾法规，自行收费，堪称乱招；也有车主为了节省成本，不去地下停车场，选择偏远停车，冲上路牙，擦边到位，竟也心安理得，称为绝招。汽车厂商也开发了自动泊车功能，以科技方便停车，以电脑减负人脑。

停车困局，想来也是前进中的瓶颈，发展中的问题。停车vs堵车，强制pk自觉，其中充满了蜕变的痛苦，文化的浸润。也许，这是一个长期的过程。当然，问题的解决，还有赖于理念前瞻的宏观布局，思维缜密的精细规划，他山之石的停车攻略。诸如美国重视停车场建设，日本没车位不上牌照，英国非繁忙时段单道行车，俄罗斯对乱停车加以重罚等，但中国特色的停车困局，解铃还须系铃人。尽管有资料表明，工业4.0将改变未来人们的出行生活，智能化的生产线会让客户个性化的定制成为可能，实现汽车产品与服务的深度融合，但在众多的因素之中，主观能动性依然占据主导地位。瑞典的沃尔沃总部，有2000多个停车位，早到的人总把车子停在远离办公楼的地方，他们说，早来了，可以多走路，近车位应当留给晚来的同事。这是对待停车困局的豁达态度。那么，我们是否应在购车时，优选更便捷的车型？是否应在学车时，苦练停车技能？是否应在公共场所停车时，自觉遵守法规？是否应在停车冲突时，礼让在先，方便他人？是否应在很多时间，绿色出行，时尚一回？这些都成了可各抒己见的热门话题。当更多的严管路段公布于众，当不经意间被贴上一张违停罚单，当回家时自己的车位被别人占据，此时的我们应当如何面对停车困局？多一点从我做起的努力，在停车中增加自信和修为，似乎都有很大的思考空间。因为事实上，停车困局，还会存在；不懈努力，方能破题。

在行走中领悟时尚

现实生活中，一旦迈出旅行的步伐，不论是现代都市，还是古城街巷，总会有时尚的元素迎面而来。从生活起居到器皿物件，时尚与时代同在，以一种引领性的气场横贯世俗日常，无论精致还是风雅，质朴还是厚重，时尚的渗透无所不在。

现代生活，繁花似锦；时尚元素，渗透其中。由于经济的发展，理念的领先，手段的创新，人们的衣食住行，从来没有这样悠闲自在，方便快捷；人们的生老病死，从来没有这样高枕无忧，受到关爱。视觉听觉，被网络世界尽情延伸；人力脑力，被人工智能扩展增强；短信微信，让空气中飘满小纸条；快递速递，在交往中架起物流桥。那一枚小小的二维码，让二进制的黑白矩阵无穷变幻，让移动支付行云流水……

于是，此种让人目不暇接的时代节奏，像滚石乐队令人震撼，像星球大战令人好奇。许多人为之欢呼，尽情享受生活；更多人为此兴奋，决心跟上潮流。时尚这个并不新鲜却意气风发的词语精灵吸引了众人眼球，而在文旅融合的进程中，时尚又让人们轻易地潇洒起来。

还未抬腿出门，时尚已在敲门。景点的花样玩法是时尚，非遗的活化展陈是时尚，经典的实景演出是时尚。数字旅游新时代，一部手机走天下。可以说，不时尚的旅游难以有人问津，看似怀古的活动中，也跳动着新时尚的精神基因。

时尚之基是科学发展。多少年来，在科学坎坷的道路上艰苦攀登，人类的科技发明如智慧花果，鲜艳硕大。从立体空调、电子手表、电影、电视，到手提电脑、可视电话、手机蓝牙，每一项科学发明无不凝聚了人类的聪明才智，每一项科学发明也渗透了新的时尚，科技的魔幻之手，让生活像七巧板，像水晶球，灵动非凡，日新月异。

时尚之要是人文特质。常熟的文化旅游，从系列成套的虞山文化，到世代接力的江南元素，在尘封中保持了历史文化名城的特质，又在发展中提升了属于自身区域的内核。持续引领和长期积累，让时尚融入城市文化，变身气质涵养。富春山居合璧，古琴打谱展演，书法美术基地，地方戏曲群演，文旅融合的举措立足名城文化，吸取时代富氧，自是不同凡响。

时尚之魂是学以致用。时尚借潮流的翻涌来到我们面前，她是新观念、新思维前面飘动的旗帜，她是新工艺、新产品中间晃动的标签，她是新习惯、新形象背后明亮的镜子。她是设计师、美容师、建筑师，她又是书画家、舞蹈家、雕塑家。她在物质世界向你招手，莞尔一笑，擦肩而去，她在精神空间与你对话，激情演讲，亲近交流。就在漫不经心、毫无防备之时，也许你已和时尚握手。时尚就这样轻而易举不动声色地改变了你的生活，生活因时尚而充满情趣倍感美好，生活也因时尚而洗心革面衣冠楚楚，裙袖飘动，焕然一新，在T型台上向我们走来。时尚的超强附着力，令人震撼。

在行走中领悟时尚，在游玩中感受国潮。看考古旅游火起来，看夜游经济热起来，看街头艺术亮出来，看文化活动多起来。炫目亮眼，不一而足的旅游供给产品，无一不在时尚的引领下缤纷亮相。由此遐想，时尚是童年在山坡草地放飞的梦想之风筝，时尚是性情在文化园地滋养的心灵之花果，科学家提供了创造时尚的材料和空间，设计师的想象之手搅动潮流，主办者的精心构想与丰富表达，为每一位游客亮出明亮的背景板：朝行暮归，朝花夕拾，终究，我们才是重塑文旅时尚DNA的主力军。

在旅行中遇见科学的风景

当下，旅游业一改早先徘徊不前的旧格局，破茧成蝶，华丽转身，呈现出令人瞩目的万千气象。以旅游为导向的区域经济发展理念引领了业态模式的大变革，美丽中国建设重塑城市的美誉度和知名度，“烟头革命”“厕所革命”于细微处让游客出行更舒适，各地城市广告、各种宣传推介此起彼伏，声色灿然，引起了大众对全域旅游的共同期待。朋友圈刷屏，一路秀观感，俨然成为奔腾向前的生活潮流。在常熟，新近推出的“喊你度假”精致攻略和精品线路方兴未艾，世纪婚礼海选活动又拉开了帷幕。生态天地，梦里江南，让历史文化名城充满魅力。

仔细想来，旅游也许就是给自己放假，让心灵放松。于是就被演绎为寻找精神家园，走向诗与远方。如于丹所说，在旅行中，会遇见山水，遇见风景，也会遇见不曾见过的自己。风帘翠幕，碧水映天，“我见青山多妩媚，料青山见我应如是”。然而，一次旅游归来，除去有游乐的兴奋、见识的新奇，其实还应有思考的丰富和学识的增长。旅游不仅是生态天地，还可以是科普园地；出行不仅是走走看看，还能够是学学想想。水乡古镇游、乡村体验游、休闲度假游等等方式，也都能成为科普游的共生形式和有效载体。显然，坚持走“旅游+科普”的道路，是一次平台共建、资源共享、效益共赢的绝佳机会，旅游有路，科普有道，全力推进旅游与科普的融合发展，让旅行者在行进的征途中深切感受科学的魅力，这无疑能出大手笔，可做好文章。

有人会说，之前也曾组织过科普游，似乎难坚持，时常是走过场。说白了，这是由科普与旅游的融合不够、协同浮浅、机制分离所造成的。顺应供给侧结构性改革的时代潮流，迎合旅游市场的旺盛需求，抓住旅游业态转型升级、改革创新的有利机遇，科学传播就会变得有乐趣、有美感、有互动，扑面而来、次第展开的，不仅会有醉美山水、赏花盛会，还将是揭示规律的真相、经历沉淀的知识和令人恍然大悟的思考。

春风得意马蹄疾，旅途中的科普资源丰富。自古以来，人们对旅行的向往，源自对大自然的热爱，其实也包含了对未知事物的探索之心。徐霞客便是人所共知的一位旅人。他一生志在四方，22岁起正式出游，足迹遍及而今的21个省区市，历经30年考察所撰60万字的《徐霞客游记》，不仅是文字篇章，记录景观，更是一部地理名著。说科普与旅游的结合，始自徐霞客，也很是到位。在当今的各式旅游线路和繁花迷眼的多种旅游产品中，科普的景观四处存在，星罗棋布。从南方的植物园到北方的冰雕馆，从山地的生态园到海岛的贝壳展，科学常识凝聚其间，启蒙解说内容丰富。笔者日前读图一幅，方知仅国家级地质公园就在名山大川和著名景点中，纵横交错，遍布国内。而苏州打造的形态各异的科普场馆，也多在精心设计创意编排的旅游线路上，随着全域旅游、工业旅游的兴起，大街小巷成为景点，工厂车间也能好看，一路风景一路歌，一路科普收获多。

最是一年春好处，游玩时的科普沉浸其间。旅行者的春天，就是在行路中体会自然和生命的况味，诸如记录韶华变迁，拍摄大美景致，解构历史文脉，一览沿途风光，其中，科学的元素往往躲在湖光山色之后、画船雨眠之间，等待慧眼的探寻和发现。古街巷的廊坊，美丽不止在暗红栏杆的颜值，建筑学的匠心若隐若现；名人居的厅堂，气势不仅在金丝楠木的梁柱，教育学的案例始终鲜活。植物为何能营造沁人肺腑的醉氧时分？飞鸟为何要留恋水波连天的生态湿地？每一个问题都是挂在枝头的果实，每一处场景都是不可复制的选择。也因为旅途之中，“林花经雨香犹存，芳草留人意自闲”。在苍翠欲滴的清秀山水中，散去了急躁的心致；在唯美水墨的亭台楼榭中，褪去了尘世的浮色。本来的纵情山水，欢乐风光，此时旅行者由于沉浸其间而体现出超强的接受能力，科普水到渠成。

集科普教育和旅游为一体的旅游产品，对旅游内涵进行了深层次的开发，对自然科学知识进行了系统的梳理，对旅游过程进行了充满创意的组合与包装，从而成为提高游人素质的全新形式。这也使得旅游从单纯的玩乐向综合性提升过渡，从浅表性了解向专门性学习演化，从特定旅游者向普罗大众延伸。日前，国家旅游局与中国科学院共同发布“首批中国十大科技旅游基地”，体现出旅游业正在从封闭的“旅游自循环”向开放的“旅游+”融合发展的方向转变，科技旅游资源得到进一步开发，高品质科技旅游产品正在陆续推出。想一想，贵州黔南500米口径球面射电望远镜、中国科学院西双版纳热带植物园、南京紫金山天文台等众多基地向公众开放，旅游景点的科普效应将不断放大，正是日出江花红胜火，我们当然对科普旅游的未来充满了期待。

卡林加奖的现实意义

2013年11月24日，在遥远的南美洲国家巴西，中国科技馆原馆长李象益荣获联合国教科文组织颁发的卡林加奖。这也是中国人首次得到该奖项。作为一位学术和科普专家，李象益是中国科技馆的创始人之一，他发起了第一次科学知识普及调查。毕生追求，终有回报；国际奖项，实至名归。

卡林加奖，对不少人来说或许真是“鲜知道”。这项联合国教科文组织设立于1951年的鼓励科学普及的奖项，以公元前2世纪印度皇帝卡林加的名字命名，以纪念他反对战争、热心科学、重视教育的品行和精神。倡导科学理念，弘扬科学精神的不懈努力得到国际认可，让我们深切感受到建设精神文明、提高公众素养的重要意义。在当下，随着经济社会由高速增长转向高质量发展，转型升级、创新驱动成为必然选项，弘扬科学精神、推动科学普及非但占据重要位置，还开始进行着新形势下的方法革命和形式创新。拿常熟旅游来说，在科普场馆、名人纪念馆、活动基地和研学游线路上都增加了科学常识和科学内容介绍，选题有针对性，内容有趣味性，形式有多样性，不仅引起学生兴趣，也激发成人共鸣；不仅有科技改变生活的实例，还有创新推进历史的解说。这使得旅游从无目的游玩变成有计划的学习，从纯文科知识到全方位补脑，为优质旅游提供了精准策划和生动样本。用李象益的话来说，就是“科普只有浏览远远不够，而要让公众知道为什么”。

让公众知道为什么，体现出卡林加奖的现实意义。就是强调探究的过程，而不是简单的结果。无论是科普场馆，还是游学同步，都是一种教育的渐进，启发思维，了解未知，揭示原理，传播科学。这不禁使人想到青少年的科学启蒙读物《十万个为什么》，几十年来出刊6版，内容不断更新，吸引力不断增强。老问题有新解答，难问题有浅叙述。空间开放，展望未来，时至今日，仍然开卷有益，魅力无穷。

在科普游学中说清为什么，是活动组织者的责任和情操。1870年，德国化学家沃尔夫对菠菜的铁含量进行了研究，在笔记本上记录自己的发现时，他写错了一个小数点，导致计算出的菠菜的铁含量是实际含量的10倍，菠菜也一直由此成为人们印象中含铁丰富的食物。后来，美国数学家以沃尔夫的失误为例，讲述了科学的宣传失误，会导致荒谬的后果，从而正本清源，拨乱反正，也使得公众正确的接受科学知识。联系现在许多企业在景区景点组织的各式团建活动，往往动手多于动脑，娱乐多于思考，用口号制造热点，却很少提出为什么，也很少思考为什么。其实，对企业面临的问题，技术工作的难点，基础知识的短板，来一次补课消化，很是必要。

详解新概念中的为什么，表达出时代进步的更高要求。在如今的互联网时代，科学和生活融为一体，现实世界和虚拟世界互相交织。譬如近年兴起的微信热，交流快捷，图文并茂；抖音短视频，生动形象，引人入胜。但其中传播的科学知识，有时却因缺少“为什么”的追究，缺乏权威，容易走偏。朋友圈里的科普帖，信手转发，体现温暖，很有人文关怀。仔细读来，涉及食品安全、养生保健、健康知识、生活窍门，不少确有道理，但也有一些不够专业，常识错误，误人子弟。读了这些所谓的科普信息，就会令人或将信将疑，不能确定；或深陷其中，上当受骗。对待此种现象，显然只有弄清了“为什么”，才会有判断力和话语权，才能有方向感和自信心。因为我们生活在一个由资本和技术联合打造的新环境，满足了许多愿望，也有陌生和困扰。此时，反思对“为什么”的主动权，方可胜券在手，志在必得。

李象益获奖后接受记者采访，认为目前的科普缺乏深度教育，建议将知识学习和科普活动真正纳入大教育范畴，讲解内涵，探讨运用，使现代科学的传播方式广泛应用，这也是卡林加获奖者的心声。

由此想到，我们热闹的旅行中，应当统筹兼顾，文理并蓄，增加一些知识点内涵，丰富一些学科学活动，从而使我们的心智学识在出行中走向成熟，不断成长。

游古城了没

对旅行者而言，如何选择目的地，是必考题也是多选题。一旦决定出发，开始出行，心底蛰伏的愿望总要变成现实。无论是豪迈的独行侠，还是抱团的驴友营，都已开始赶早的准备；无论是任性率真的自由行，还是备好精准的路线图，都在启动先前的预案。因为在旅游构筑生活要素的当下，“世界那么大，我想去看看”已经成为众人的共识，旅行者的视线里，行程无数，阅历丰富，一路上体会着自然和生命的况味。旅游的方案因人而定，选项任君抉择。

旅游目的地指向哪里，心中桃花源究竟在何方？可以是“横看成岭侧成峰”，也可以是“淡是无涯色有涯”，没有标准答案，却要好中选优，这成为衡量多元理念的分水岭，探索能力高低的试金石。互联网改写旅游版图，微信群召唤即时组团，朋友圈沿途实况直播，出国可以说走就走，景点可以无缝对接。车未来，心已动；去哪儿，不思量；做攻略，向远方。于是，很多人剑指异国，在十国游、美加游、澳新游之间来回穿越。他们钟情的核心竞争力，在于一个“远”字；他们向往的旅游新常态，在于一个“飞”

字。到此一游跑的是量，拾遗补阙想的是爽。与此相对应的，是另一种安详休闲的时尚旅游，那就是见山望水记乡愁，踏青田园享自然，重新考量原住地，在农家乐流连忘返，在生态园悠然自得，品品土菜，嚓嚓自拍。来就来了，玩到尽兴；笑就笑了，发自内心。同样的如入无人之境，尽享江南习俗，创想幸福生活。

其实，不同的旅行策划，相似的人文理念，远近配套，中外混搭，无法强求统一，难以与人评说，只要走得顺心，玩得开心，热闹洒脱，那就是一次成功的旅行。有位朋友退休以后则是依照自己先前的打算，在常熟的古城区有计划地从容漫步，仔细考察，溯源吴文化，探访小街巷，一览山水城，在文化遗存前增长见识，在怀旧时光里走走停停，徜徉于此，沉醉于斯。难能可贵的是，他将收集的资料、内心的感悟整理成章回段落，按序列发到了微信朋友圈。于是，童年时玩耍的街巷，上学时走过的小桥，乘凉时听来的典故，逐渐在记忆的深处复活。开始感慨好多年来，在长江路黄河路奔忙，在高新区开发区穿行，在虞山尚湖陶醉，在沙家浜湿地开怀，多少日子没有去走走常熟的古城区。眼光放得很远，视线瞅得很实，却偏偏忘了脚下的土地，竟会不经意间与之生疏起来。这片以虞山城墙与护城河所围合的区域，面积约2.4平方公里，分为8个街坊，涵盖西泾岸、南泾塘、琴川河三大保护片区。面积不大，尽存历史格局；地域集中，彰显特色风貌。石板小路延续城市记忆，粉墙黛瓦垒筑旧时年华；阳光斜映在青砖折射岁月沧桑，雨水淋湿的屋檐滴落江南梦境。60多处重点文保单位，包含了方塔、燕园、仲雍墓、言子墓等著名景点和文化遗存。环城河滨水景观带、琴川河文化景观带，是进入古城的“两带”，北门大街、书院街，县南街、红旗北路，西门大街、方塔街，引线街、东门大街，是了解古城的“四轴”，而方塔街商业中心、北门街、清河坊居住综合片区、西泾岸、南泾堂、文庙历史文化片区、虞山公园风景名胜片区，则组成了古城的“七片”，还有南门坛上的历史文化街区，使历史风貌得到还原。市井风情相融相生，地域生活生动再现。面对这样的精品线路，想一想，总是令人神往；看一看，便会沉浸其中；走一走，未免有了穿越的感觉。民居神秘古老，线路纵横交错，低头一脚跨进，半晌转不出来。眼前的景物不仅古朴，也很厚重；心头的底气悄然积淀，成竹在胸；曾经的阅读变成故事，鲜活灵动。旅游的提醒和搜索功能，就在这样的古城游中被又一次激活。

如此，出行有了第三种选择，时尚发布了新一轮样本。在周末假日，看看资料，游游古城，走一条有思考的路线，做一回有品位的游客，当一次有头脑的“吃货”，重拾内心好奇，产生不尽诉说，你就可以自信地向着周围人发问：去常熟了吗？游古城了没？也许就占据先机，凝聚人气，心底多少有了一些现代江南名城的文化自觉。

把玩当回事

生活中的文化，无处不在，无时不有。就以家庭而言，教育孩子，助其成才，是最大的文化。子女有出息，家长再苦再累，呕心沥血，心甘情愿。从拼爹到拼妈，演绎着人生的奋斗轨迹，浓缩了世代的成功梦想。无论是“赢在起跑线”还是“最后一公里”，来不得半点的松懈和马虎，并为此消耗了家庭的主要资源。知道成本巨大，感觉行程艰难，但是不能够轻易放手，不可以止步不前。“萌娃投票”，当然要参加；课外辅导，一定要到位。看着孩子沉甸甸的书包，望着灯下做不完的练习，家长们未免也有些狐疑，内心开始动摇。然而，也正是我们共同营造的社会“内卷”氛围，让孩子们像陀螺一般高速旋转，忙个不停。所谓的正事多了，玩就少了，它被遭受歧视，挤到边缘，难以施展。童年时的玩耍，青春期的快乐，成为多少学生的奢望。看来，在家庭生活的统筹中，把玩当回事，对其重新审视，正是一个值得讨论的话题。

作为中小学生，成长的每一天都在学习知识，接触生活，了解社会。他们迈出摇摆的步伐，闪烁好奇的目光，探索众多的未知，这是人生的重要阶段，是成熟的必修课程。在这期间，玩，就是生活的润滑油，是成长的催化剂。也是天性使然，发展需要，这些与生俱来的欲望看似微不足道，却是汹涌澎湃，难以遏制，不可阻挡。苏格拉底曾经在雅典的大街上对青少年做过一个模糊的定义：他们年轻，有求知欲，精力充沛。时至今日，我们在公园里、风景区、游乐场，时常看到父母想带走玩兴正浓的孩子，却遭遇到不依不饶的强烈反抗，旁观的路人起先或许感到好笑，随即他们就会发现问题的本质：我们的孩子是不是玩得太少了？而按照现在的公共设施和物质条件，青少年尽可以舒展天性，享受快乐，也只有这个时期，他们不必为实现个人的价值深谋远虑，不必为承担家庭的责任辛勤操劳，不必为应付社会的压力撑起脊梁。可以玩得气喘吁吁，大汗淋漓；可以玩得异想天开，充满好奇；可以玩得兴趣所至，忘了时间。其实此时的家长们也一定会认同这样的幸福时光，无论成本高低，条件好坏，孩子开心也是大人的愿望。

有首歌这样唱道：“天空飘来五个字：那都不是事。”本来，玩，随时可以实现，尽兴就能高兴。“50后”“60后”的小时候，生活远没有现在富，条件远没有今天好，却留下了时代特有的玩乐印记。诸如车铁环、打弹子、牌结结、掼菱角，女孩子尽情地跳牛皮筋。没有变形金刚，没有遥控模型，也能玩得心满意足，玩得风生水起。经常没有时间限制，没有作业牵挂。对玩兴正浓的孩子，大人们也会格外开恩，一笑了之，甚至一旁观战，或一起加入，定格成岁月深处的永恒记忆和经典画面。而当我们一旦进入现代社会模式，竞争格局的形成，生活轨迹的变化，教育新规的运作，让玩的问题日渐突出，因为不当一回事而成为一件事，因为有正事，玩就不是事。上课放学，人接车送，没有了玩的路径；高楼分隔，各自回家，没有了玩的同伴；作业满满，负担如山重，没有了玩的时间；模式固化，管制严格，没有了玩的乐趣。课外的兴趣爱好被演绎为特长的培训、就业的神器：钢琴考级、美术拜师、奥数苦练。家长承诺的外出郊游也会因各种原因不断推迟。于是，有学者写道，在物质化的喧嚣中，我们已经进入一个青春快速消逝的年代，人们过早成熟，过早老去。

不知不觉之间，玩的问题日渐突出。玩不了，玩不好，玩得少，没法玩，让众多的青少年成长经历有了缺憾，对童年乐趣少了留恋。美国密歇根大学的调查显示，在20年的时间里，孩子平均每周失去12个小时的自由时间。严密的设计规划中，玩被人为地控制起来。因为无用，所以压缩；因为分心，所以减半。面对均衡教育的现实差异，金榜题名的社会期盼，就业择业的严酷筛选，玩，又好像不能当回事。

鲁迅故里的百草园，瓦砾成堆，杂草丛生，树木蔓藤，飞鸟虫兽，却是儿时鲁迅游玩的好地方。从百草园到三味书屋，先生的学习和生活情趣带给人丰富想象。时至今日，玩始终是一件事情，就看我们把它放到什么位置。发展要顺乎学生的自然天性，成长要定位为社会需要的有用人才，这也是现代美好教育的重要理念。在常熟的青少年活动中心，常熟籍两院院士的画像令人起敬，他们也因为玩童年、爱科学而成为大家。在玩中留下美好记忆，在玩中感悟各种真知，在玩中融合素质教育。玩的作用，不可小视；而玩的方法，今非昔比。我们也许不能马上改变惯性力量，也许高考的分数还很重要，但随着“双减”的到来，把学生从“刷题”“做题”的沉重负担中解脱出来，进而缓解家长的焦虑，已经就在眼前。无论老师、家长还是社会，如果都能把玩当回事，孩子的童年定会幸福无比，也能因玩成器，从而努力找回曾经遗失的校园美好。

仁者乐山的大视野

不知何时起，但凡有朋来，总习惯于陪其芦荡泛舟，尚湖品茶，却不经意间冷落了虞山之巅的剑门。也许是山高却步，也许是配套缺位，心理上产生的忽略，让不少客人留下了遗憾。如今，剑门保护性提升改造摆上日程，观剑门石，看常熟田，走长寿桥，最美江南呼之欲出。此情此景，置身其中，山水相拥，物我两忘，构筑成仁者乐山的大视野。

中国古人喜欢用比喻手法寻找人生品质的对应物，自然山水不可或缺。孔子对山水并不厚此薄彼，说出了他的著名语录："知者乐水，仁者乐山。"现在想来，以水的流淌为智，以山的宁静为仁，形象贴切，准确到位。在市民旅游由观光型向休闲型转变的今天，让剑门景区成为休闲的美好去处、漫步的向往之地，是建设美丽常熟的大手笔。

景点是山之本，秘藏其间，世代传承。剑门景区的旅游景点，特质明显，魅力独到。剑门奇石、藏海古寺等名著江南，拂水晴岩、湖甸烟雨闻名遐迩。尤其还有前人足迹、石刻题记、历史故事点缀其间。通过保护性提升改造，让景点除去岁月的尘埃，让山水焕发生机和活力，让设施更加科学便民，让景区的江南元素得到彰显，实现山水城在一望之中，儒释道在一峰之巅，琴书画在一路之上的旅游意境，丰富内涵，满足需求，功莫大焉。

人文是山之魂，主题亮丽，基石厚重。旅游景区的提升，不仅是自然风光的展示，也离不开历史文化的渲染。某一个典故的风华绝代，某一个人物的风流倜傥，某一件文物的前世今生，都可以在设施的改造中得到重视，整体挖掘，串连成章，跌宕起伏，情景交融。对游人而言，历史可以是深度体验，人文也就是整体印象，相对于自然生态，文化资源和环境背景只有通过统一规划和精心布局，剑门景区的独特优势才能充分发掘。曾有旅行家评论奥地利首都维也纳“低头抬头都是文化”，而对于文化而言，也应平衡于山水之间，或者让人喜悦，或者给人安慰，而世上湖山，福地美景，两者皆已有之。

自然是山之根，春风化雨，丰泽滋润。虞山尚湖，得天独厚；剑门景区，气象万千。景点的湮没，线路的阻断，设施的陈旧，显然都是改造的理由，然而一旦动手，务必心怀敬畏，谨慎行事。原始的排布，山水的陈列，都是生态的造化，自然的恩赐，常常内设玄机，自有规律。有学者指出，不能为了谋取窗口的旅游景象而破坏了山水的整体美学生态。这话让人警醒，因为对很多人来说，什么是建筑？建筑就是用水泥浇铸的后悔。庆幸的是，剑门景区的改造方案，多方听取意见，反复进行论证，求真务实，十分严谨，体现出江南文化的精致典雅。

游人是山之尊，聪慧灵动，入画入梦。游人面对虞山，感悟的是这座不高的山为何成为名山，于是下决心做一回仁者，登剑门奇石，赏虞山秀色，望江南烟雨。其间，会经拂水岩，伫松风亭，走山间栈道，观严天池琴台。用精心选择的线路引人入胜，热忱服务，宾至如归，是旅游业追求的高境界。多角度欣赏风景，多层面寻访历史，多元化感受休闲，沉浸于其中，不知今夕何夕，则是游人向往的好境界。以游客为中心，设身置地，换位思考，以人为本，注重细节，剑门景区的保护性提升改造，就会做得看似普通，实则不凡，服务到位，质地上乘，充满人文精神、美学形态和自然理性。旅游文化的高等级，由此产生。

古代圣贤的山水情怀，视野开阔，通达远近，崇尚流变。水让我们感叹事物无常，山让我们领悟天地恒昌。仁者乐山，就在和剑门景区的再次相遇中，认真践行对待山水的全新理念，还原一个梦中江南。

城市形态多面观

提出城市形态，有点像论文课题，如同穿上了一袭朦胧外衣。但某次听选学讲座，教授却把这个问题说得生动直观。什么是现代城市，就是“自来水直接饮用，下水道可开汽车，用海水冲刷马桶”，高瞻远瞩，理念先进，令人震撼。

率先基本实现现代化，建设江南宜居城市，我们为此梦想，为之奋斗。古希腊哲学家亚里士多德说过：“人们之所以从乡村来到城市，是为了生活得更好。”改革开放时至今日，我们在春天里再次出发。置身的城市面貌巨变，沧海桑田。高楼鳞次栉比，灯火彻夜闪烁；马路四通八达，远郊已成闹市。作为如影随形的生存家园，文化聚集的现代社区，城市的功能日臻完善。我们感慨城市的经济繁荣，产业转型升级，科技创新驱动，城市能级不断提升；我们感叹城市的功能合理，公共设施改善，社会管理创新，生活服务到位，群众享受有尊严、有体面、高质量的生活；我们感受城市的生态环保，绿水青山相映，空气水质净化，远近出行方便快捷；我们感怀城市的人文融洽，古城文脉和现代理念融合成和衷共济、包容开放的常熟城市精神。老人在朝阳中晨练，孩童在暮霭里晚归，城市的凝聚力和亲和力外化为随处可见的文明行为和道德榜样，山水因人而鲜活，世界因人而美丽。

在走向全面小康社会的进程中，城市的形态备受关注，文明的发展要求更高。尤其是如何按照城乡发展一体化的要求，着力提升城市功能和建设水平，缩小二元差距，城乡互动发展，构筑共同繁荣更高平台，成为富民惠民安民的重要环节。君不见，在城市化的时代潮流中，有许多城市面临的困惑值得我们警醒。雷同的设计，相同的追求，高楼、广场、步行街制造了审美疲劳，城市陷入“千城一面”；繁华的表象，过度的亮灯，装饰性的绿化，城市展示出“虚假表面”；道路加宽，车流拥堵，喧声四起，城市让人们“面对面”。楼群高了，目光短了；汽车多了，速度慢了；房子大了，朋友少了。城市筑起的“水泥森林”，让普通人群的生活变得麻木不仁，城市的现代化弊端正在人们不注意的时候甚嚣尘上。蓦然回首，许多人禁不住会发出同一个声音：我们需要怎样的城市形态？

有学者举证欧洲城市的发展，历经三个层次：一是打点生活；二是打点历史；第三个层次最高，叫作打点自然。这也许能够让我们顿悟。因为作为一个完整的城市机体，生态宜居和人群素质在多方面彰显出它的文明程度，而不仅仅是城市的建筑、道路和商业的繁荣程度。硬实力和软资源应当兼顾得当，互生共荣。法国巴黎的香榭丽舍大道，两旁不允许建造高于八层低于六层的建筑；德国的小城镇，布局疏密得体，街道优雅宁静；我国也对各式各等奇形怪状的建筑提出了限制的要求。这是因为建筑是凝固的音乐，城市的记忆，也是一本打开的书，让人看到一座城市的历史，在欣赏城市，阅读建筑，观摩街道中深度体验城市文化，这也成为广大游客打卡城市地标的根本原因。所以，城市现代化不应当成为破坏城市历史文脉和原生风貌的理由。本不相同，各具特色的城市群落，才是百花齐放，点亮视线的所在，也是人民宜居宜乐，舒适生活的追求。无论雄心勃勃，还是顺势而为，城市都是由执政者、设计师、建设者、管理者和居住者共同创作的书法作品，布局严谨，深浅相宜，飞白无痕，断笔有意，重在散发出整体性光芒。城市也无论大小，是否漂亮，重在用多种形态特别是适合自己的形态充分表达。

时至今日，常熟作为现代江南城市，因为七溪流水、山湖同城的自然资源，因为薪火相传、名人辈出的文化流派，因为设施配套、体系健全的科学管理，而成为现代名城。面对城市发展你追我赶、社会繁荣高标对照的要求，我们需要清醒头脑、长远眼光和务实作风，不在荣誉里坐而论道。时代呼唤着城市形态的华丽转身，人民群众把握着社会发展的评判标准。内涵和外延同步拓展，城市和农村统筹兼顾，设施和管理相融到位，物质和精神双手齐抓，走向全面小康的城市形态进程，应成为市民群众持续增收、生活质量普遍改善、各项素质显著提高的过程。与城市形态打造的硬性外观相配套，还应当有优质的教育、方便的就医、人性化的养老、均衡普惠的公共服务、科学务实的城市管理，这才是执政为民的初心使命，这才是民心向往的江南福地城市形态。建设美丽常熟，走向共同富裕，就是要使常熟人热爱常熟，使新市民流连常熟，使外地人常来常熟。一座城市的知名度、美誉度，在不懈奋斗之后，在充分准备之时，迎来高光时刻，终于隆重来临。

花随玉指添春色，城因形态聚人心。美国著名城市研究专家詹姆斯·特拉菲尔说：“科技改变城市面貌，欲望则铸造城市的品格。”在希望和欲望之间正确取舍，在愿望和展望之间风雨兼程，在追梦之路砥砺前行的常熟人，必将实现“城市让生活更美好”的灿烂前景。

导游的亲和力

本来期待着天气清朗，谁知下起了连绵阴雨，似乎让美好的景色打了折扣。在这样的气候面前，有志向的旅行者并没有改变原来的打算，寻找梦中景点，抵达梦幻家园，永远是他们心底的牵挂。报载，国庆的黄金周期间，有两亿多民众外出旅游，六百万游客走出国门，真正体现出全民旅游、全域旅游的浩然气象。在此过程中，有太多的因素会影响旅游的好心情，但重要的环节却是人文情怀和贴身感受，譬如，导游的亲和力便是绕不过的话题。

当前的旅游潮流中，旅游产品勇立潮头，旅游业态聚焦眼球。深度游、小众游受到青年人的欢迎；跟团游、度假游往往是老年人的选择。对他们而言，有一位温馨贴心的导游，无疑是旅途中的向导，游乐中的幸事。而说起导游，常会让人想起高颜值的形象、流畅的解说和贴心的服务；也有人会想起导游变成导购，暗下骗局，损害旅客利益的套路。因此，在汇聚文明旅游的进程中，导游的亲和力主导着旅游环境，变得十分重要。

趁着假期，忙中偷闲，笔者有幸加入欧洲的三国游。落地法兰克福，行车于黑森林和滴滴湖区，在日内瓦湖畔徜徉，在因斯布鲁克仰望阿尔卑斯山的高耸，甚至在维也纳金色大厅听了一场交响音乐会。其实，国外陌生的环境、无法沟通的语言以至对国外旅游安全的担忧，是大部分游客心头的纠结。而我们发现，本团的一位男导游在每一个游客们需要了解的关键节点，都会及时的介绍景区人文、关照旅游事项、提醒安全要点，在你需要帮助的时候，他总会及时地出现，热情地相助，到位地引导，得到了全团旅客的一致点赞。原来，导游的亲和力并不是要像演员般表演，做生意般吆喝，死记硬背导游词。这一种亲和力，往往靠的是对游客心态的准确把握，对旅行知识的常年积累，对异域风情的熟悉了解，以品牌要素为支点，以服务旅客为目标，在貌似普通的从业岗位上，用敬业精神、创新理念和人生价值观，为向快乐出发的队伍树立起一面引领的旗帜。

金牌导游是如何炼成的？是乐在其中，爱岗敬业；是借助平台，不断成长；是学习提高，实践磨炼。从而优化服务能力，给游客带来惊喜。那次九寨沟地震中，导游们的英雄举止，让游客们看到了时代精神的闪光，而更多的普通导游，正在各自的岗位上和线路中奔忙。对每一个城市乡村和旅游景区而言，推动全域旅游，提升旅游品质，努力打造旅游目的地，在加强硬件建设和设施配套的同时，不能忘记擦亮旅游品牌、树立区域形象，必须花大力气培养旅游人才，充分发掘人才作为旅游业发展的第一资源。其中，引入现代理念，加强导游培养，理顺管理体制，激发群体活力，全面营造优良的旅游人才成长生态，是旅游业创新创造的活力源泉。在我国，凡希望从事导游业务活动的人都必须按规定参加导游人员资格考试，包括了健康的政治素质、良好的品德素质和独立工作能力、组织协调能力、公关能力、导游讲解能力、特殊问题的处理和突发事件的应变能力的考核。这些要求汇聚在每一位导游身上，其实就是游客们认同的亲和力。

用最直接的方式触摸山水，以最传统的工具探访秘境，和远处的风景对峙，与内心的自己对话，在风景与自己的中间，站着一位导游，心神相通，物我两忘。从聚力创新的道路上走来，带领我们向未来的道路走去，带团的导游，其实也是走心的职业。智慧旅游也好，网络定制也罢，在互联网高度发达的今天，每一种幸福的感觉总是要体现价值认同、互助精神和包容情怀。

导游的亲和力就是这样，在有形和无形之中成为我们共同朝向的精神坐标。

有卡在手 福地畅游

每当岁末年初，业界推出的重要举措，就是常熟旅游年卡的发行启动。似乎还沉浸在上个年度的旅游行程，好像还忘情于江南山水的空灵意境，新旅游时代已然走来。无论是热衷著名景点，还是喜欢休闲养身，旅游年卡都是旅行者和市民们的上佳选择。家门口的景点，城乡间的风物，总是想着说去就去，随时亲近。而自进入21世纪以来，旅游年卡连续发行20多个春秋，覆盖常熟主要景区，成为放松身心的通道，追逐梦想的桥梁。

旅游年卡是便民卡。作为吴文化的发祥地，名城常熟景色秀美，景点众多。得益于多年来对协调发展的远见卓识，对生态环境的自觉保护，对历史遗存的传承弘扬，古韵今风浑然天成，青山绿水灿然生辉，常熟成为名实相符的旅游目的地。而常熟旅游一卡通实现了一卡在手，福地畅游，景区可以轻松进出，城乡可以任意游玩。兴趣所至的地方，尽管流连；意犹未尽的处所，反复去看。这不仅让旅游的经济成本直线下降，也让众人的出行热情大幅高涨，有了地理行程上的认同和心理直觉上的融洽。随身带着旅游年卡，激活了旅游热情，飙升了景区人气。持卡人从发行当年的几万人，增长到现在的近百万人，增量扩展的程度不言而喻。因为方便，所以流行；因为实用，受到欢迎。便民的系统工程，显示出特有的生命力。

旅游年卡是智能卡。置身移动互联时代，“旅游+”正成为旅游业态积极谋变的新表达。出行分类多，旅行个性化，呼唤着线上线下的资源整合和旅行体验的及时分享。适应了市民对游历常熟的热情和未知区间的向往，旅游年卡的发行，催生了不断创新的服务方式和载体运行的对接平台。市民卡加载旅游功能，与银行联手推出园林卡、发行旅游休闲年卡，服务空间日益扩大。而适应游客数字化的旅游体验，娴熟运用App的刷屏技能，常熟旅游年卡不断丰富网络充值方式，开通微信等充值平台。人在路上，心在网上，思维跳跃在朋友圈上，轻松充值在手指上。旅游线路有念想有玩头，旅游节庆有颜值有潮流，旅游服务又方便又温馨，无论是本地人还是外来客，都因为持有旅游年卡，享受到实惠的旅游产品，体验了便捷的预定方式，在互联网时代秀出了自己的存在感。

旅游年卡是公益卡。登陆常熟旅游政务网，你可以轻松查到旅游年卡全攻略。本着“旅游，让百姓生活更美好”的民生理念，年卡售价多年不变，针对城镇特殊困难职工、最低生活保障家庭等群体，给予半价办理的优惠；对于特别帮扶对象，给予免费办理的服务；对于优秀人才等，给予优惠办卡的关怀。而为了方便老年人等特殊人群，线下服务网点不断扩大。在各大景区游客中心，在各大银行、城乡邮政、常客隆等众多网点，在相关旅行社，都可以进行充值，轻松搞定。把转型路径和提档升级互为融合，让业态扩展和公益理念互荣共生，一张旅游年卡，历经打磨，日臻完善，让持有者卡在手，心远行；游福地，爱常熟；走城乡，观江南。引领着锦绣风景的新天地。

行文至此，又得新知：旅游年卡开始衍生新动能，增设友城卡。去周边城市景区游览，到水乡江南休闲，也可以来去任自由，置卡无关卡。这样的连线成片，组成大景区，推动大旅游，旅游年卡从一纸凭证，完成心理认证：同处锦绣江南，共创美好生活。

点燃夜色

对一座城市来说，拓展空间，靠的是山水城一体的优越地理；延续时间，靠的是诗书画传承的人文积淀。日出时的朝气夹杂着繁忙，流露出吴地风雅；日落后的傍晚，却长久地笼罩着冷清，难以见到在夜色中享受生活的追寻和努力，这也成为不同城市之间的显著差别。

自媒体兴起之初，撰稿人喜欢采用耸人听闻的标题，“出大事了”就是常用的一种，长此以往，自然名不副实。不过日前值得关注的一件大事，就是常熟开启了夜间经济新模式。在雄峙的南宋方塔之下，“虞歌畅晚”常熟夜间经济品牌璀璨亮相，古里镇铁琴铜剑楼知旅文化街区夜市系列活动同时启动，现代江南名城的夜色将由此点燃。

繁荣夜市，点燃夜色，其实有着悠久的历史。改革开放初期，城市的激情得到充分释放，夜生活的繁华给人深刻印象，服装摊位、街头小吃、路边游艺在昏暗的灯光下吸引了大批游人，条件当属简陋，运营不造声势，却自然而然成为古城生活的一部分。随着时代的脚步向前迈进，影视场馆、酒吧咖啡、KTV相继兴起，每一波的时尚浪潮都涌动着对新生活的好奇和尝试。这中间有蜂拥而至的喧闹，也有五光十色的排场。太多的热情涌动其间，消费的潮流浪涛拍岸。在辛勤的劳作之后，夜市夜店夜生活让个体得到充分释放，助力城市继往开来。

夜色的灯火明灭之中，其实也充满着波折和变数。随着经济形态的转型升级和产业结构的不断调整，点燃夜色成为一道难题，面临着巨大考验。在宏观经济升降起伏的曲线引领下，微观生活悄无声息地改变着原有版式。夜生活的热情，更多的被线上娱乐、宅家追剧、棋牌博弈所替代，人们向着体验个体时光的方向游离，不是所有的幸福都要在夜色之中动起来。所以，那些融合在山水之中、场馆之中、街巷之中、手艺之中的文化旅游特色基因，都在仰首期盼一次真正的激活，在春和景明的白天扑面而来，在万家灯火的夜晚迎风起舞。

现在，“虞歌畅晚”拉开帷幕，整体布局策划严整，政府大力支持引导，点燃夜色成为推动文旅繁荣、焕发名城活力、助推消费升级的重要举措。这不仅是新冠肺炎疫情之后的经济追补，而且是精神生活的全方位追求。依托深厚的历史文化底蕴和独特的生态居住环境，建设夜间消费集聚区，引进夜间经济精品项目，开发夜间经济创新产品等，都是点燃常熟夜色的熊熊火把。推出夜间经济品牌固然要精巧的构思、时尚的策划、独到的运营，更需要内涵的丰富、内容的提升，内生动力的支撑。发放电子消费券、创新发展夜间经济商业模式，丰富夜间经济产品形态，完善夜间公共服务，探索夜间经济赋能城市发展的有效路径，将是保障品牌质量的有效方法。

在“虞歌畅晚”启动的这一天，方塔商圈和古里镇知旅文化街区灯火通明。“万物来潮”“绝对分享”“头号玩家”“国潮快闪”四大活动吸引了众多游人，太极健身、旗袍走秀、广场舞蹈、民乐表演争奇斗艳、色彩缤纷。沉寂多时的古城在一个夜晚突然醒来，显示出充满活力的青春本色。有一位文旅业界的资深人士发来微信，祝愿夜间经济长期繁荣。

点燃夜色，当然需要瞬间的激情，更需要恰到好处的发力，持之以恒的努力，不断催生市场活力，方可维系持久的光明。

文体旅消费的嘉年华

听说现在的“双十一”，取了代号叫“双节棍”，跳动起营销开打的市场节奏。疫情之后，经济复苏、市场解冻，重塑“双循环”的新格局，让所有人都兴奋地用各种方法点燃文体旅消费的澎湃引擎。

新冠肺炎疫情对文体旅消费的影响有多严重？据世界旅游经济论坛披露，2020年全球游客骤减3亿名，国际旅游损失3200亿美元。面对这样的下行压力，要让文体旅的消费热起来，迎来属于自己的嘉年华，是一个不小的难题。

疫情进入新常态，文体旅的融合也进入了同频共振期，“虞歌畅晚”在方塔商圈亮出品牌，“苏州锦鲤”来虞山公园拍打浪花。夜公园、水世界、灯光秀、音乐会、铁人赛，文体旅的全面融合，为市场注入“买买买”的强劲需求。文创赋能的消费升级，体育加盟的精彩赛事，迎合游客需求，重振市场信心，让花钱购物成为美好生活的切入口，匠心策划、精心打造的一系列文体旅促消费活动，在商业街不断吸引人流，使购物车不断清空。松盛糕团的老字号，令上海游客长相思；千村美居的新景点，让旅游达人竞打卡。游山玩水和吹拉弹唱，赋能高质量发展和高品质生活，迈开脚步行走，敞亮钱袋消费，正在成为一种生活方式。

“双十一”举办至今，网店购物风潮正劲，潮玩文化快速崛起。线上商户刚开始收割，短视频商户已弯道超车。“种草”文旅产品，推动沉浸体验，与抖音、腾讯、同程、携程等知名头部平台深度合作，直播带货打开新空间，创意市集汇聚新玩法，实景演出激发新动能。对文体旅而言，把场景搭起来是1.0；让夜晚亮起来是2.0；“网红”打卡、美食擂台、新文创、新零售和新营销属于3.0；5G技术数字化，构建全域旅游的智慧文体旅，建设运营管理的江南不夜城才是4.0。业态创新的奇异功效，在丁真事件和女县长策马直播的广泛影响中得以彰显。所以说，启动消费是当务之急。

高质量的文体旅是振兴消费的重要条件，在体验经济时代，要想再现文化产业价值，必须打通商业运营的产业链。基于传统的文体旅参与方式已经落后，面向市场主体的文体旅融合，必须破解瓶颈，勇敢突围。比如，业界叫好市场不叫座，耗费资源的许多活动没有体现性价比；比如，旅游商品不缺数量缺创意，旅游商品同质化，创意产品一般化；外面的世界无限风景，游客的内心波澜不惊。怎样让消费成为公共性活动？从创意端到生产端，消费者的注意力才是商家的突破点。所以说，新型消费是人心所向。

消费的目的是让顾客下单，顾客下单的动机是文体旅消费需求的释放，玩起来、嗨起来、买起来的背后是能够提供更安全、更具品质、更丰满的消费品种，创造做内容、做渠道、做花式的各种新思维和新语境。面对供大于求的过剩经济，消费力增长是经济复苏的核心竞争力。五光十色的旅游场景、五花八门的活动安排，时常会让游客心满意足。然而，拿起消费的尺度衡量，只有那些适应新变化、注重可持续、业界成翘楚的文体旅产品，才能坚守品质，本固枝荣，具备刺激消费的实用性。因为市场的不确定性，要想掌握主动，占据先机，就必须用确定性战胜不确定，这就是所谓的“想，却是问题；做，才是答案”。如前人所云：“逆水行舟，一篙不可放缓；滴水穿石，一滴不可弃滞。”只有提高执行力，激扬决胜力，把助力消费作为职责所在，把启动市场当作破题关键，才能迎来水涨船高。

消费的本意是为了美好生活，消费主义却是歧途。盘点一下引爆文体旅消费的嘉年华，已有成效，对照令人心动的大目标，我们要做的，是不是还有很多？

天下常熟星灿烂

曾经在电视台看到一个画廊，满墙照片都是流光溢彩的舞台和热情奔放的演出。那些熟悉的面孔，不是周围的同事和朋友，而是全国人民耳熟能详的明星。改革开放以来，随着经济社会发展，文艺事业繁荣，兴起了很长一段时间的明星演唱会，明星在各个城市引吭高歌，奔波献唱，舞台上下唱和，城市乡村共鸣，激发了地域自豪感，振奋了群众精气神。

想起常熟举办过多次不同主题的演唱会，笔者也曾接待过多位明星。但凡在值得纪念的庆典，山水之城的节日，大都会举办演唱会，业余团队载歌载舞，大牌歌星临场压阵，满场的荧光棒如同繁星点点，恍若梦境。此时，文化名城也好，江南风情也罢，都有充分理由选择在这一时刻载歌载舞，欢聚一堂，尽情演绎改革开放累累硕果，奔放表达历史进程皇皇篇章。这可以叫作：诗人兴会更无前。庆祝活动的过程，往往被精心安排组织成思想教育、凝气聚神、再展宏图的过程。如此体会这样一种互动互创关系，回过头来，品味庆祝活动，欣赏歌舞晚会，遥望火树银花，我们的理解才会日渐深刻，我们的审视才会客观公正，我们的感受才会愈加强烈。记得在历年的多次晚会中，有一台晚会名曰“天下常熟”，群星毕至，歌手云集。消息不胫而走，市民互相打听，星光灿烂，歌声豪迈。想一想，一座沿袭了三千多年文化传统的城市，本来已经矜持庄重，稳如磐石；本来已经秘藏内涵，底蕴丰富，却也要在夜晚狂欢，难忘今宵，颇有点“老夫聊发少年狂”的激情。其实，这正是城市的年轻，时代的魅力，福地的形象。回顾常熟的发展进程，光辉岁月无不浸透了百万人民的汗水和智慧、奋斗和光荣。也就有了一次次欢聚，一回回庆祝。来常熟的各路明星，星光炫耀，出手不凡，让我们忘情欣赏艺术精品，共同营造欢乐海洋。打开电视荧屏，看到的那些明星来过常熟的不少，没到过常熟的不多。常熟的喜事盛事，可谓多也。而以“天下常熟”为晚会命名，气势恢宏而又直奔主题，尤其是晚会上还有许多咏唱常熟的作品，这是常熟人跨越历史的自豪和精神生态的丰润。白居易说“歌诗合为事而作”，丰收锣鼓，盛事歌舞，恰恰是艺术对生活的真实写照；星汉灿烂，若出其里，也正是天空对大地的精彩折射。想那浩渺的文明天空中，常熟历史上曾出过486名进士、8名状元、10名宰相，当代中国科学院、工程院院士中常熟籍的有26人，院士数量居全国同类城市前列。在遨游的星际里，有一颗“常熟星”昼夜兼程。常熟人以有形无形的星际联盟，把自己锁定在面向世界、面向未来的运行轨道上，一路高歌，直达目标。

时至今日，明星晚会已经渐行渐远，趋于式微。网络资讯仿若湍急河流，现场直播打开多层窗口，各类演唱信手可以下载、头条抖音开启新的时代。厉行节约，廉政勤勉，求真务实，共同富裕，营造出风清气正优良生态。而那些盲目的乐观、无端的庆贺、铺张的排场，在反思与清理中退出舞台，不再时尚。

“夹岸高山，皆生寒树，负势竞上，互相轩邈，争高直指，千百成峰。”时代的进程，奋斗的磨砺，使我们更加懂得，苦中有乐，唯自信者胜；危中有机，唯创新者赢。中流击水，乘风破浪，是面对挑战的正确态度。看常熟近年来实践生成、市场配置、政府引导的各类文创空间和夜间经济，会让人释然许多。

从明星晚会到夜潮兴起，文化旅游发展的年代永不休止，在这样一个意义上，当年的“天下常熟”文艺晚会也不是简单的文艺活动，这是一扇具有象征意义的新视窗，这是一把打开眼界之门的金钥匙，这是一次综合社会风潮和灯光色彩的大穿越。它直指那处我们祖辈赖以生存，如今变化非凡却又毕竟熟识的世上湖山——常熟。

第四辑

仰俯

仰首见山，俯身亲水；远山含烟，近水如蓝。

虞山不高，却因文脉千古；尚湖不深，却因人文成名。在山水之间朝天引吭，向芳草大地倾诉深情。置身其间，物我两忘。

素颜晨起画卷里，分灯夜读诗意中。缘来常熟，即使停下脚步，依然踏歌而行。

旅行者的驿站

在当下，合着新旅游时代的节奏，追求个性的旅行者总是不断进行着新一轮的选择，身微动，心远行，游中国，走天下，体验景区的深层乐趣，感知纯粹的别样风情。由于互联网改写了旅游版图，目的地自主选择，路线图变得多元，欢乐亲子、时尚运动、赏景品蟹、文化探访、禅修养生，旅游资讯纷至沓来，线上菜单尽在掌握。而常熟图书馆三峰分馆建成开放，为休闲旅游增添了更多文化气息，缘来常熟的行程中，亮起又一处旅行者的驿站。

久远的记忆里，在常熟县南街的中段，有一长排玻璃橱窗，每天会更换许多报纸。无论曙光清晨还是暮色黄昏，总有人在认真读报。没有后来客厅般的阅览室和数字化的浏览器，朴素的条件下，精神的渴望总是那么强烈，求知的冲动依旧毫不动摇。笔者曾有幸加入这样的群体，在充满墨香的氛围中，某一天读到了徐迟的《哥德巴赫猜想》，如获至宝，一口气读完，后来才知道这是一个当代文学发展中的重要时刻，直到今天，众多谈史怀旧的文章依然时常将这部优秀作品提及。而那一排橱窗，正是当时常熟图书馆走道的所在。

转眼间，常熟图书馆已经迎来百年华诞。作为中国的私家藏书中心地，常熟自北宋至清末，涌现出数以百计的藏书家和闻名遐迩的藏书楼。由此而形成的现代公共图书馆，古今有共性，精神永传承。而知识消费方式的快速更迭，催生着图书馆的重大变化，从追求拥有到注重应用，阅读的环境条件和场所平台不仅日益现代化，而且更具人性化，打造出江南名城的现代文化服务体系。也就在这个寒冷的冬季，来常熟的旅行者，心中向往着李白的轻舟、陆游的毛驴和苏东坡“老夫聊发少年狂”的豪放，再一次踏上征程。在三峰景区，他们惊奇地发现，常熟图书馆三峰分馆悄然迎客，为休闲旅游增添了更多文化气息。本来，旅行者走走停停，在每个季节里不断上路，总是在寻找眼中的诗意风景，心底的精神故乡。人们想去的地方，地域不同，形态各异，却总是有着久远传说、文人屐痕和精彩辞章，自然山水成为人文山水，旅游征程成就放达人生。在这样的行程中，突然看到了一座图书馆，一段本来没有明确目标的轻松游程，在此变得有滋有味，如同走进歇脚的凉亭和朝圣的殿堂。

原来，图书馆不仅是文献资源中心，还是市民休闲娱乐的社区。应用于“互联网+”的模式，“图书+”应运而生。时至今日，常熟图书馆已经有了20多家分馆，这片位于三峰陈家坞的阅览之地或许形制有限，但作为旅行者的地标，在走遍常熟、游历天下的进程中，宁静的留驻必将催生新的出发。如此将精神养分“最后一公里”送达，举止一般，意义非凡。

想起年轻时学习写作，不知文章作法，却总是心有不甘。后来为找到写好开头的秘诀，去了图书馆，终于在某本书中读到

“不会写开头就不要开头”的内容，如法效仿，顿感轻松，至今受用。从那时起，切身体会到公共文化场馆的重要性。常熟的图书馆、博物馆、文化馆、古琴馆、美术馆和江南文化艺术中心等文化场馆，无论大而辉煌，还是小而体贴，都是外观漂亮的文化地标，是教育上的资源，旅行者的驿站。因为在当今社会，随着人们文化程度提高，移动互联覆盖，文创产业繁荣，每个人内心的思考都高度活跃。罗曼·罗兰说过，人，需要为自己塑造一个心理的单间。想必在公共场馆感受氛围、接受知识、听取讲解是置身单间，而下载App、点赞朋友圈的手机屏幕也是各自的单间，里面珍藏了所见所闻和生活感悟。随手而为地添加内容，兴趣所至地写出心得，每个人都在旅行中寻找自己思想上、精神上的驿站。如博物馆，拥有藏品一万余件，有着反映常熟历史文化和人物活动的实物资料和艺术珍品；美术馆主体建筑围绕红豆古树，表现出久远而又现代的主题；庞薰琹美术馆风格独特，著名书画家精品力作传世育人；古琴馆作为古琴之乡的代表，集展览演出、培训交流于一体，成为“中国古琴江南保护基地”；等等。这让人想起了江南文化名城的那些古意民居，幽深小巷，清澈河流，素雅田园，碧玉入湖溅新茶，闲敲棋子落灯花，一个琴韵书香的常熟，谈及思想，总是那么文质彬彬，形神俱佳。当然，这些场馆也正面临着从以藏品为中心走向以观众为中心的转变。让展览有思想，把观众变用户，是世界场馆发展的趋势和潮流。发达国家的博物馆有专职的策展人，视听手段现代化，乐为观众讲故事，注重细节，显示水准。现代江南名城的旅行者驿站，当然应具备与时俱进的底气和实力，充分弘扬人文精神和文化自觉，生动体现古今传承与社会和谐，因为这也是驿站的价值所在。有人说，没有赫本的“蒂芙尼”只是石头，没有爱情的“德芙”只是巧克力，那么，没有驿站的旅行当然只是盲目的行走，有意义的人生，有思想的旅行者，依靠自身的充实才能走向远方。科幻作家刘慈欣的《思想者》这样描绘凝视星空的思想者：“如同卓越的国画大师在完全空白的宣纸上信手勾出的一条飘逸的墨线……宣纸上所有的一尘不染的空白立刻充满了生机和内涵……”

诗意乡村，并不是传说

也许是好些年前，来常熟的旅行者往往聚集于虞山尚湖或者是古城街巷，因为那里有太多的名胜古迹和文人辞章。一路走来俯拾记忆，满目望去皆为水墨。遇着天晴，粉墙上开了惊艳的鲜花；正是雨天，灵动跳脱着江南的韵律。有人说，旧物易逝，新景难寻，但常熟不是这样。有故事，有传说，才会繁华入梦，岁月犹新。假如哪天不小心一脚跨出城去，也就颠覆了旅游的日程，但凡进入了乡村的领地，就如同一尾鱼投入了浪花的怀抱，在碧浪清波中感受欢乐，不会再有固定的程式。

乡村旅游就这样兴盛起来。这不是由于城市太小，而是因为乡村太大。绿野仙踪，清新脱俗，行云流水，虚实相间，自然中的水乡总是美得质朴而沉醉，表现出梦里江南的地道乡愁。坐小船穿行于河网之中，沿田埂游走于稻麦金浪，每个人都有体验乡村旅游的情思遐想。散文作家王慧骐先生看了央视七套的介绍，知道了常熟董浜有一条老街和一家半夜时分就要热闹起来的老茶馆，几经波折，方才体验到其中的滋味，还在《苏州日报》发表了《我欠董浜一个道歉》的文章。也许这可看成关于乡村游的美文。以亲身经历说故事，用真情实感写文章，让淡淡的诗意贯穿其中，读者无不为之心动。乡村旅游的魅力，以一种原始淳朴的味道，让人不再满足于在远处赏阅乡村，而是期待身临其境，拥梦入怀，见证田园底色，浸润美丽风光。

十几年前，浙江的美丽乡村建设开启篇章，“两山理论”成就千村做示范，万村成景区。乡村旅游保持和维护了绿水青山，又给农村和农民带来“金山银山”。发展乡村旅游，助力乡村振兴，旅游在经历了轻松行军之后，又迎来了一次诗意的慢走。此时，乡村游就像是征途上的露营，凉风习习，星光灿烂，芳草微香，可以使情侣示爱，可以让诗仙梦游。有乡土、有乡愁、有乡情，旅游文化引领下的田园乡村复兴，不收门票，开启通道。因为做好乡村旅游，也许有很多条件和要求，但有四点不可或缺：地缘是乡村文化形成的自然条件，地理位置决定风貌特点；血缘是乡村文化的亲情纽带，体现了区域的核心价值；业缘是乡村业态的特色展现，产业链和服务链由此形成；情缘是乡村的人际关系和自我认同，热情和笑脸让历代文脉源远流长。乡村旅游，彰显了绿色生态，留住了本土人才，亮出了田园风景，当然使人耳目一新。那飘散在炊烟中的风情，渗透进血液中的性格，典藏于生活中的民俗，让乡村游本身没有产生太多的奇迹，却用时代的审美和思维，表现出区别于现代商业文明的氛围和特质。

常熟的乡村游，条件得天独厚，环境宁静闲适，早就开创出福地行进的新版图。从十里虞山农家乐起步，直到如今的生态园林遍域中，乡村旅游的精品线路演绎着全域旅游的大手笔。早在2015年，常熟电视台就进行过特色休闲农家的评选活动，记得屏幕上打出了这样的词句：山水之城福地风光，休闲农家何处有？梦里江南绿色田园，虞山人家飘茶香。时至今日，当初的农家乐早已升级换代，乡野的新景点犹如繁星满天。闻名遐迩的蒋巷村，投资上亿元开河挖渠，建桥铺路，新农村考察游、生态农业乡村游每年吸引游客200多万人次。常德盛建了咖啡店、临水台、大剧场、健身房，住下来的游客能够吃生态果蔬，看田园景色，人在画中游，心往村里留，流连忘返，不知所往。

诗意乡村，曾经被当成传说，是一种对理想的描绘和向往。当今现实让我们共同体会到乡村振兴、融合发展的勃勃生机。诸如在家赚钱的微商，靠流量吃饭的“网红”，如果也来一番乡村旅游，或许能感受到田野的力量硕大无边，直播带货商机无限，从城市到乡村的距离不用丈量。

于是，带着仰慕和向往，共同开始诗意的旅程。

让文创的花样多起来

时光流逝，岁律更新。过往之年的旅游，由于形式多样色彩丰富，也由于文旅融合创意纷呈，让人念念不舍，乐此不疲。大数据显示，岁末年初的旅游中，国内超过90%的游客参加了文化活动。前往博物馆、美术馆、图书馆和科技馆的游客达到40%以上，优质文化旅游产品与文化旅游新业态给游客带来了不同以往的精神享受。在潮流的裹挟中，无论是街头飘来的咖啡香气，还是桌上砰然打开的红酒，都代表了这个城市最美的样子，带给你充满质感的好心情。

很多人都看过纪录片《我在故宫修文物》，由此对历史文化产生浓厚兴趣。位于故宫神武门外的角楼咖啡营业后，变身“网红”打卡地。故宫的特色咖啡、另类蛋糕，令众多游客慕名而来，这无疑是旅游文创的经典案例。因为凡是让人忘不掉的景点，心驰神往的城市，都因为有了文化的磁场而凝聚人气，氛围浓郁。因为知音，无关性别、年龄、职业、财富等心灵以外的东西，仅仅是磁场的相吸，电流的感应，灵魂之间的契合。正由于文化是旅游的灵魂，旅游是文化的载体，当旅游有了文化之魂，才会树立起属于自己的品牌基因、精神标识和地域印记。

让文创玩出新花样，我们也有过尝试探索。旅游设施营造文化环境，旅游线路贯穿历史传承，旅游产品倾注地方特色，民俗活动有看点，乡土文化成清流。但在总体上，文旅融合还处在起步阶段，创意出新还存在很大空间。在旅游消费升级的大背景下，要让文创花样多起来，离不开创造性转化和创新性实践。“綵衣堂”品牌推出的文创伴手礼，蒋巷书院组织的吟诵《弟子规》，图书馆在景区设立的阅读点，均是吸引眼球的新鲜事。

让文创玩出新花样，要的是温故知新创意足，团队活力敢探索，产品衍生能解读。许多地方讲述名人的诗文辞章，开发方言的旅游功能，进行非遗技艺的现场表演，都是在文旅融合的创意上动足了脑筋，写出了文章。故宫的文创活动之所以玩出了新花样，就是把高品质作为旅游的底色，使得藏品活化，文化赋能，活动升值。

作家卢梭曾经说过，假如他是富豪，他将在一道树木葱茏、景色优美的山坡上拥有一间质朴的小屋，这能帮助他忆起童年时代的幸福时光。这就是文人心中的诗与远方。因为每一个游客总是在旅游中寻找属于自己的精神桃花源，期待着前面会有好玩的事情发生，因此，用文化点亮旅游，用旅游提升生活，是未来不变的风景线；而让文创玩出新花样，并不是单纯寻找形式上的特别，而是要有内涵上的提升。本来，文旅产业的增长率和晋升点，就是取决于内容质量的竞争。要想茶香四溢满园春，看了多遍不厌倦，势必要让旅游活动中的文创花样点燃激情，把热闹活动办得不同凡响，让人有一种拿起手机拍照、放下背包参与、立马发送朋友圈的冲动。

于是我们知道：文创的花样多了，旅游的天地就广了。

旅游的元素

从自己所住的城市向着远方出发，历经风雨，相遇阳光，在邂逅惊喜的发现、意外的遇见、不舍的怀念之后，终于回家。此时，很多人或许已经忘记了旅游攻略，也许说不出景区景点的详细介绍，然而那些温情的细节、暖心的元素，却久久萦绕在游客的心头。

比如，旅行途中进过的小店。名人马未都说："我喜欢小店，小店有很多种，生活必须是一种，生活情趣是另外一种。"景区景点的小店，如果有特色，见情调，服务好，一定让人流连忘返。比如，车窗之外看到的房屋。作家冯唐曾经用9个元素描绘自己心目中理想的房子，其中第4条说，"房子要有景色，每天看看不一样的云，想想每晚的梦，和自己聊一会天，日子容易丰富起来"。这样的元素，生动而具体。又比如，有人在报上刊登了喜欢明式家具的理由。明朝至清朝前期，商品经济发展，城市乡村繁荣，极简主义成为时尚。常熟的红木家具也因为料好活细、大匠制器，既走进历史，也成为旅游的精彩元素。

由此看来，推动文旅融合，激活旅游库存，旅行中的元素十分重要，注重细节的改革不可缺少。要让快乐的出发充满快乐，要让轻松的旅行心底轻松。我们看到，业态创新的模式下，也有许多令人感动的元素，催生了城市的旅游文化增加生活气息，释放品牌魅力。在常熟，一张旅游年卡，使用方便，功能丰富，成为相遇美好风景的通行证；一款手机App，打开了景秀江南新窗口，微旅行，让人感受古巷老屋、月影花院；一件伴手礼，活化藏品，创意赋能，貌似旧物，却是新品，让人充满好奇和惊喜。在这里，旅游的元素因为细节的完美，让人怦然心动；因为设想的周到，让人心生感动；因为服务的温暖，让人宾至如归。由此说开去，住在墨香飘逸的民宿书院，品尝地道的手剥虾仁，吃上热腾腾的常熟蕈油面，喝着淡雅剔透的虞山绿茶，旅游的元素已然渗透于产品之中。广大游客对美好生活的幸福感和获得感，就是从这些看似不起眼的简单元素之中，留下印象，浸润身心。

联合国世界旅游组织指出，全世界旅游活动约有37%涉及文化因素，文化旅游者以每年15%的幅度增长。要让文化元素成为旅游元素，除了具备高瞻远瞩的视野、恢宏大气的布局，更多时候是要考虑游客的需求，不应当纠结于是否符合自己的主观设想。旅游的元素，每一次出现的时候，其实并不张扬，它就是走进景区时第一眼看到的指路牌，就是随时停靠在你身边的观光车，就是在咿呀桨声中向你摇来的摆渡船，就是纪念馆人手发放的宣传册……教育基地是凝心集力的旅游元素，金牌导游是飙升人气的旅游元素，创意活动是释放心情的旅游元素，厕所革命是环境更新的旅游元素，而景区门外的免费停车场，更是让人感觉到旅游服务的暖心贴心。推进文体旅全面融合，助推旅游消费全面升级，让全域旅游成为日常城市的生活方式，切不可急功近利，更不能分散单干，而是需要有“融”乃强的创造性转化和创新性努力。旅游元素的发展变化和提质增效，实则是在更高起点上推进了文旅领域的改革开放。

只有真改革，细治理，精流程，才能让旅游的元素熊熊燃烧，成为点亮行进途中的那一束火把。

常有“虞”见 熟能生“俏”

某日和朋友喝茶时，谈及旅游推介的话题，总感到应该会有更大的空间可以拓展，比方说，用谐音起一个标题，可以形象直观地让人们记住一处旅游目的地的鲜明特征。于是，标题上的8个字，成为一种说得过去的选择：将常熟藏头，用谐音互动，是否能给游客一种新鲜的体验？直观地说，与友人结伴，在虞城相见，可能不止一次，但是这里却发生着可喜的变化，如同成长中的江南女子，相见时已然不是当初的模样。

人们说起文化和旅游，最普遍的心态，就是想象着会遇见什么，并且进行了出发前的假设、行程中的寻找和到达终点后的回顾。而在常熟，“虞”见的最初定位，就是奉献给游客一方朴素的江南山水和一处城乡风情混合的所在。随着来“虞”的客人不断增加，见的标准也随之提高，景区景点可以相见，人工的修饰不再热门；名人古迹可以相见，历史的脉络期待厘清。表面的浮光掠影，不会令人沉湎其中；生硬的环境营造，不会产生互动的体验。虽说是客随主便，却期盼着在主人家里可以得到更生动的“虞”见。如何让旅游线路贴合城市热点，怎样让历史文脉融入现代生活，虽然提出了很大的课题，但总是从“虞”见开始出发，缘来常熟，情系江南。我们总是希望有更多的客人，往返流连，夜宿常熟。然而，留住客人的最佳手段，是让“虞”见变得别出心裁，创意独到，从变中见到难以预料的惊鸿一瞥。

文化和旅游的互融，体育赛事的加盟，使得现代江南名城必须实现优秀传统文化的创造性转化和创新性发展。如果说，以往常熟因年年丰收而得名，现在则是要寻找区域特征与文体旅相结合的最佳视角。依靠着历史积累、精神记忆和人文创新，常熟不断变化着自己的整体形象。所谓的“熟能生‘俏’”，不仅指坚实的经济基础、完善的产业布局、优美的生态环境，而且指文体旅的融合共生、精彩不断的创造性演绎。城市的文化符号，应当注重第一印象；景区的项目引领，应当形成个性标识。而常年不断、每季举办、如约而至的各种节庆活动，更是要围绕生“俏”做文章，不仅要“俏”在表象，还要“俏”在内涵，由表及里，表里如一。当然，生“俏”的江南不一定排场宏大、富丽堂皇，不必要形式多变、张贴标签，而是要让人切实感受到发展的脉动和进步的足迹。同样的景区再来时，又有了新变化；同一个景点回首时，又讲出新故事。所谓的“江南福地，常来常熟”，因为生“俏”，才想再来，只要来了，就如同老朋友相见。这有点像红酒搭配牛排，到底是单宁的作用还是口感的需要？也许一种是味蕾，一种是精神，总之都是真实的需要。因为在春和景明、天光云影的衬托下，生“俏”的常熟就是我们熟悉的江南。

常有“虞”见，熟能生“俏”，是检阅文旅成果的重要窗口，是吸引群众参与的文娱盛宴。作为文化界定的区域性标记，江南的记忆早已走出地理的范畴，博采众长，熔古铸今，常熟文体旅的承载，也不会拘泥于某一种具体的指向。“虞”见多了，审美的眼光更加精准；生“俏”多了，江南的梦想总在心中。厚重的文化记忆，世俗的常熟生活，无论是衣食住行，还是琴棋书画，都能精致温婉地留住我们共同的乡愁。

如此一来，胸襟大了，江南就小了。

守正创新 有融乃强

新春前夕，正是张灯结彩、载歌载舞、吃香喝辣、年味浓郁的幸福时光，常熟市文体广电和旅游局正式挂牌了，这是精心布局的机构改革，是业态创新的有效融合，也是事关文体旅的大手笔和大文章。在人们的关注和瞩目之中，融合发展从理念走向行动，从探索走向创新，表现出高质量发展时代的阔步迈进，从而以机构整合作为改革突破，以自我革新适应时代发展，以融合手段强化行业管理，使得“看山看水看江南、见山见水见文化”成为一种新常态。顺应这一轮改革融合，抓住这一波发展机遇，常熟文体旅开启了因势而谋、由势而动、顺势而为的新征程。

早在2500多年前，孔子就阐述了“无文不远”的道理。旅游、体育和读书相结合，使得“读万卷书，行万里路”成为至理名言。迈入新时代，文体旅的融合已经是大势所趋。注重幸福感，追求高品质，旅游不仅是到此一游，体育不仅是锻炼身体。从景区走向社区，从闹市走向乡野，从体育场馆走向文博馆，民俗风、文艺范和历史感，共同构建了个性化、深度化、特色化文体旅融合的新产品。正如古人所言：“山不在高，有仙则名；水不在深，有龙则灵。”凡是有吸引力、感染力、竞争力的旅游目的地，都是魅力独到的文化空间、体育运动的理想场所。多年来，常熟举办的“文化+”“旅游+”“体育+”等以江南文化为标识的创意节庆系列活动，因为遵循了客观规律，顺应了时代发展，因而博得了群众喝彩，留下了美好记忆。

文体旅的融合发展，守正是根基，创新是灵魂。文以载道，旅以致远，体以求乐，文体旅的空间搭建体现出发展眼光和区域特色。让主流文化在传承与发扬中春风化雨，让人文资源在跨界融合中传播扩散，让创意产品在品位提升和空间拓展中展示活力，是推动好融合、真融合、深融合的有效举措。迪士尼主题公园的唐老鸭和米老鼠体现了动漫形象的文化创意；无锡灵山小镇拈花湾，从佛经中汲取典故，使灵感成为鲜活的元素。以文促旅，不仅包括文化资源，还有文化创意和文化需求；以旅彰文，不仅要发展旅游，还要让人们知道旅游背后的文化价值和生命意义。体育活动的蓬勃活力，则体现了人文精神的弘扬广大。

大道至简，任重于行。实现融合发展，不是唱出来、喊出来的，而是务实创新干出来的。搭建平台载体，激活活动阵地，深化行业管理，提升优质服务，必须找准职能匹配的最大公约数和最佳连接点。文体旅的部门组合、资源整合、产业融合、理念契合，将是诗与远方携手、线上线下互动、历史现代交汇的重要转折。为此，凝聚共识是谋篇布局的前提，共同目标是制订规划的依据，职能完善是政策出台的要素，上下努力是动能充沛的源泉。以科技、创意、市场、资本的力量，推动资源向产品转化；以价值共创，推动新业态发展共生；以市场建设为中心，增强产业融合能力。常熟的文体旅发展，必然重设起跑线，站上制高点，打开新格局。

这样，“崇文、尚和、创新、超越”的常熟城市精神，将在文体旅统一有序、供给有效、产品创新、富有活力的发展环境中，为推动常熟走在高质量发展的前列树起灿烂旗帜，烫出鲜明烙印。

融合共生的精彩之处

在文体旅融合发展的大背景下,《常来常熟》读物精彩亮相。这是思维更新的新窗口,是业态再生的大平台。在这里凝神驻足,可以看到融合共生的精彩之处,在我们习以为常的节庆活动、场馆展陈、文艺演出和赛事聚会等等文体旅工作的运行中间,散发着不经意的光芒。

文体旅的融合发展,以机构整合为标志,进入了实质性运作的新阶段。这不仅是职能部门的重新分工、编制岗位的清晰认定,更主要的是关于生产要素、基础设施、公共服务和产业融合等方面的改革突破。对于充分发挥文化、体育和旅游在经济社会高质量发展中的重要作用,具有里程碑式的意义。同样的岗位职责,同样的服务对象,因为机构融合、标准提高、视野开阔,凝聚了文体旅的核心竞争力。起步伊始,成效初显;融合前戏,精彩在后;磨合有方,方兴未艾。文体旅的改革推进、特色工作、品牌魅力,都将集合在"江南福地,常来常熟"的旗帜之下,感动民心,令人瞩目。

融合共生的精彩之处,立足于起点的提高、思路的创新、工作的超前，依据“宜融则融、能融则融、文旅交融、体旅互动”的发展思路，“三年中期发展规划”将得到有力践行，核心项目建设将得到全面推进，各类重大赛事活动将举办得有声有色，一批艺术精品、文化遗产、旅游活动将在互相交织、共同浸润的氛围中厚积薄发，释放活力。公共文体设施全域联动，传统文化保护机制顺畅运行，智慧文体旅建设有效跃升。强监管、优服务、惠民生，成为政府和业界的共同担当。优秀的文化产品，共享的全民健身，普惠的旅游体验，因为文体旅的全面融合，体现出高质量发展的鲜明特征。

融合共生的精彩之处，使得我们的读物有了内容丰富、形式多样的事实参照和丰富表达。作为一本面向读者、服务机关，反映活动、分享经验的政务版读物，我们为此感到庆幸，充满自信。窗外是江南的黄梅雨季，细雨绵绵，却没有了以往的沉闷。花朵因水分蓬勃绽放，枝条因气温纵情生长。室内关于如何组稿的讨论进行得如火如荼。文章当然真实反映新闻事实，交流注定认真概括工作经验，地域风格会在每个栏目逐一展示，精彩案例将在统一布局中生动体现。常熟非遗会在读者眼前沉稳走过，江南山水将是人们欢快出行的共同选择，全民健身延伸的每一处空间、文艺领域诞生的许多件作品，都将在这里缤纷亮相。当然，不会停留于浮光掠影，不只追求于浅吟低唱，我们的本意，是要激活沉睡的文化库存，寻求有效的创新实践，刷新共同的生活体验，让融合共生的精彩之处，凝心聚力，成风化人，既有艰苦奋斗、踏实肯干的思想品德，也呼唤出市场意识、法制精神和创新文化。因为文体旅融合的重要责任和使命担当就是要发时代之先声、开社会之先风、启智慧之先河。而这一切，在读者与编者的互动中，可以开卷有益、信手拈来。我们将志在出新，重在赋能，乐在启迪，在更高起点上，致力于文体旅领域的思想解放和实践创新。

于是，在文化场馆、运动场地、旅游景点，随手翻阅的文体旅宣传品，将会与你同在。

文体旅之高质量

当下的时代发展中，高质量成为各行各业的基本底色和努力方向。对制造业而言，高质量就意味着转型升级、突出创新、生态环保，从而体现出工业互联、智能制造和数字经济的鲜明特征。对文体旅来说，高质量的边界似乎更加广阔。江南文化的历史传承需要美学眼光，全民健身的时尚标记应当释放活力，旅游的诗与远方则是要不断满足日益多元、展现个性的旅游需求。所以，地理文化的凝聚，山水秀色的感知，灵性与神韵的交融，因为追求了高质量，所以能体现出山水之城的别样精彩。

文体旅之高质量，立足于思维的高起点。随着人们生活水平的提高，不论是内涵丰富的区域文化还是说走就走的休闲旅游，都对行业发展提出了新的要求。我们常说，“江南福地，常来常熟”，这里的江南，应当是判断区域特色的美学尺度；这里的福地，也许是寄托心灵的精神家园。江南素来有着浓厚的文化氛围，崇文重教，人才辈出，反映在生活上，就是那种颇为特殊的从容优雅、风度沉稳的生命跳动。而将一座城市建设成为旅游目的地，更是对一方土地振兴发展的整体考量。为此，在指导思想的宏观规划、工作方案的制订和推行中，高起点的思维应当贯穿始终。城市愿景、地域乡愁、旅游诉求等等，都是通盘考虑的重要因素。学习先进、对标找差、自我完善，才能后劲十足地跨出起跑线。

文体旅之高质量，依托于项目的高标准。文化、体育和旅游设施，是丰富产品供给、集聚资源优势的保障。文体旅的发展初心和政策落地，必须要依靠项目的建设完善，便民利民。常熟，有着优质的图书馆、美术馆、博物馆，是历史文脉的生动再现。从格局宏大的体育中心到社区门口的活动设施，总是呼唤激情的内心，随时遇见承载的舞台。无论走出去还是请进来，旅行者都能找到一处和自己对话的景点，我们的项目建设，由此有了坚实的基础。但是在发展的形势中，更需要突出优势。场馆有了，设施很新，如何重视功能的发挥，在人与物之间形成良性的互动，是一个永不过时的话题。文体旅的沉浸式体验，就是以设施场馆的活化为前提，业态的转型升级、资源的整合利用、品牌的诞生打造，很大程度上取决于每一个项目从建设到完工、从投入到使用都能顺势而为，做到更好。

文体旅之高质量，发力于工作的高要求。如果说文体旅的融合，刚刚走出第一步，那么强势发力还要依靠经久不懈的努力。三大行业的健康有序发展，当然要依靠政策推陈出新、监管优化升级、活动充满创意，但这些目标的实现，却是要依靠干部职工发奋图强、认真工作。例如，制订行业规划，需要广泛借鉴，思路开阔；落实岗位责任，需要职责明确，制度完善；组织创意活动，需要兼收并蓄，勇于探索；强化市场管理，需要深入一线，勇于担当。诸如非遗的传承和光大，群文的培育和提升；赛事的组织和安排，新人的发掘和培养；景点的整治和改良，线路的优化和推介。每一项工作的过程节点中，都与高要求紧密关联。

文体旅之高质量，还有许多关联的元素，却又是让人容易感受、表现鲜明的城市特征。长江之南的概念下，吴越的江南花团锦簇。一个人的乡愁，是与环境之间的亲密缘分；一群人的特质，是因常聚某地而产生的文化认同。常熟的文体旅，向来具有优越的美学视线和追求自觉，给我们以一种蕴含的韵味，“日午画船桥下过，衣香人影太匆匆”。在优美的画卷中，生活的节奏正在加速，高质量发展，也自然成为我们的奋斗目标。

国潮彰显与文创复兴

前不久，“虞歌畅晚”品牌活动在常熟城乡影响广泛，国潮夜市实力圈粉，拥趸众多。将民间工艺、传统产品与新潮消费一体布局，用心独到。尽管传统手艺和文创产品与现代制造业的大批量制作背道而驰，但是在传统文化和智慧匠心的磨砺下，不断散发出经久不息的光芒。当传统手艺与国潮趋势相互碰撞，古老非遗与现代设计有序交织，我们共同认识到，“国”是老手艺的魂，“潮”是有追求的心。

笔者曾经在天津历史文化街区漫步，所见天津“泥人张”七代传承，令人惊叹；电影《黄飞鸿》中的佛山狮头技艺传承人欧琦辉，将狮头进行3D打印，运用磁悬浮技术，做出令人心仪的“狮来运转”文创产品；此外，北京玉雕的金镶玉新品迭出，传统的年画剪纸不断翻新。从短视频纪录片《国潮手艺人》中，人们看到了国潮彰显复苏的时代趋势。受到互联网时代的新理念影响，分享包容多元的社会价值观，文化传承的工匠精神将新鲜想法和创意执行融会贯通。在直播平台、抖音短视频等现代技术的加持下，古老的工艺火起来，积淀的文化活起来，引发人们对于传统与创新、经典与潮流的认真思考。

国潮是什么？就是对历史文化的尽情彰显和对地方文脉的当代表达。随着消费需求的不断升级和旅游产品的有序更新，众多国货品牌开始改变刻板的形象，努力寻求与时尚的遇合。这无疑融合了青年一代消费群体对潮流的理解和喜爱，唤醒了他们对传统文化的认同。传统意义上的文化产品之所以历代相传，精益求精的工匠精神是它的硬核所在。技艺的沉淀与精进、文化的浸润与融合，都建立在工匠精神的基础之上。从春秋战国时期的鲁班开始，安分守己的工匠总是勤勤恳恳、专心致志地在固有的领域中深耕，不是浮躁做事、急于变现。在常熟，门面不大的松盛糕团，看似寻常的常熟蒸菜，没有什么排场的叫花鸡和鸭血糯，之所以经久不衰，就是因为保留了国货的本色，同时顺应着潮流的变迁。

一部热播的电视剧《清平乐》，把我们带到说不尽的宋朝。直抒胸臆的朝堂，精致的士大夫生活，熙攘的平民市井，律动着《清明上河图》的如梦繁华。宋代之前的唐朝实行宵禁，到了宋朝才有了热闹的夜市，如果穿越到那里，就可以品尝苏轼的“东坡肉”、晏殊的“梅花饼”。由此联想到，在提振常熟文旅市场的过程中，国潮彰显与文创复苏成为行业引领的新课题，始于情怀，不止于情怀，一批文创产品正在向着苏式生活激情奔跑。从15平方米的小店里起飞的凤禧、在服装的裁剪中注入想象的金剪刀、把彩绘艺术和刺绣工艺浸润互动的綵衣堂、用文房四宝讲出故事的贡享文化、让苏作红木融入江南元素的东方红木，由于共同的生活底色、审美追求和时代情缘，推动常熟的文创复兴从静水深流到浪花奔涌，正在迎来自己的高光时刻。在此过程中，国潮的彰显为之提供了进一步超越的有效氛围和无限可能。由于旅游的本质就是换一种方式生活，文创产品也就更加需要在实用性和形式美的结合上多出创意、再下苦功，让人生充满和谐与挚爱。

很显然，从走红、爆红到长红，国潮文创方兴未艾。

千村美居　邀你打卡

在常熟农村，近年来发生了一件新鲜事——统筹规划、整体推进、组团共建的千村美居工程，引来了各方关注。典型的江南村落，老旧不是本色，古朴与现代交融才能更加出色；厚重的人文积淀也只有在传统与创新共荣中才能焕发新机。多年来的等待与期望，在全市突破瓶颈的专项行动中，迎来了华丽转身的美好契机，激发起人民群众的积极性。以往消防隐患的高发地和环境脏乱的“重灾区”脱胎换骨，成为引人入胜的亮丽风景线。稻麦千重浪，乡野换新颜，普通的村落，自然的宅基，在日常的农家生活中成为芳草绿茵、风帘翠幕的外景地，任人遐想，令人惊奇，邀你打卡。

在社会进步的岁月里，我们曾经误认为城市才是农民的向往，热衷于对农田的占用和对道路的硬化。而面对村庄逐年陈旧的现实，对农民的意愿了解不够，怕建设的资金产生缺口，对心目中未来的江南水乡缺乏务实的想象。在学习贯彻“绿水青山就是金山银山”理论的过程中，江南农村的发展方向不断清晰，农民需要的村庄形态浮现眼前。拥抱田野，享受阳光，沉浸绿色，亲近自然，成为农村建设的普通共识。对坚守家乡的农民来说，焕发生机活力的村庄原本就是心中的小康梦境；对在外工作的众多游子来说，家乡的变化始终是牵动念想的那一缕乡愁。千村美居工程正是踏准了时代节拍，符合了农民心愿，引领了正确方向。原来，建设美丽乡村，改变农村面貌，致富农民群众，不是把乡村建设得像城市一样，用高楼大厦、水泥森林取代江南印象，而是要把农村整理得更像农村。这在建设古镇、保护古村的行动中得到了印证，却在农民住宅的翻建中一度迟缓。其实，小桥流水，古巷老屋，粉墙黛瓦，鸡犬相闻，开窗见阡陌，把酒话桑麻，才是带着烟火气的农家生活，才是充满小康味的幸福状态。

千村美居工程从房屋翻建到管线入地，从环境治理到垃圾分类，从遗存活用到道路标识，进行了一次整体布局，推进了一项系统工程，也造就了一批特色景观，尤其是和特色田园乡村、特色康居乡村等创建工程相结合，展示出鲜明效果和亮点特色。例如董浜镇的蔬菜地景融入村庄绿化，连片绿色令人心动；辛庄镇由点到面，连点成片，打造美丽村庄示范带。在海虞镇七峰村，“丰收铜官山，共享常熟田”景观成为“网红”打卡胜地；在常福街道小义村归城，组团式翻建，一改环境脏乱差，风雅小义，毓秀归城，呼之欲出。而在“村民掏钱建新房，政府出资美环境”的共建共治格局引领下，许多村庄一品一景，更多村庄面貌更新，历史文脉、红色经典、自然风貌、产业特色、传统建筑等资源优势得到合理地谋篇布局，打造成为就在身边、沿途可见、映入眼帘、挂在嘴边的景观景点，讲活了往日故事，留住了悠然乡愁，点亮了灿烂明天。

一段时间以来，“诗与远方”唤醒了众多游客心中的梦想，人们把更多的愿景投向了遥远的地平线，却对身边的景物熟视无睹。而在当今的后疫情时代，出门远游与疫情防控常常互为矛盾。此时此刻，来一次走进村庄的微旅行，感受新常熟，体验最江南，开启全域旅游的崭新格局，千村美居必然让你行有所见，见有所得，得而心动，动之有情，享受常熟旅游的别样风采和独特风情。与著名的山水形胜、聚焦的景区景点、知名的名人故居有所不同，在常熟的新农村，起步就能踏进，行程没有边界，说是一场游乐之旅，却在走向快乐老家。精神家园的获得感和梦里江南的沉浸感互为交织，你就会懂得，什么是清静怡人，什么是守望相助。

如果说，做一个有文化的“吃货”、住一间有情调的民宿、带一份有意思的手信是旅游的一种方式，那么，到常熟的千村美居打开传神之作的美丽画卷、碰撞文思泉涌的奇妙火花、亲历春夏秋冬的“四时之变”将是一次特别的行程。现在期待的，当然是有多条旅游线路，在常熟农村的全域精巧布局。跟随导游手中引领的旗幡，我们会发现，就算是老常熟，竟然也有这么多漂亮村庄没有去过。

让工业遗存光彩重生

在常熟，说起利用旅游资源，想到的往往是遍布历史胜迹的古城街巷和散发自然光泽的乡野田园。然而，在推进全域旅游的进程中，我们会发现文旅项目的拓展其实有着广阔的天地，文脉引领，问道历史，丰富体验。而大力保护利用原有的工业遗存，将之改造成为旅游景点，是地方经济社会发展中的重要课题。向工业遗存倾注文化情感和艺术匠心，将沉寂的历史活化再生，“工业锈带”可以化身“生活秀带”，成为景观地带，打造成多元包容的文化空间和城市地标。常熟的地方工业起步较早，一百多年前，棉纺织产业就已形成规模，改革开放以来，工厂企业星罗棋布，传统产业经历洗礼，产业布局不断演变，工业遗存由此衍生。仅常熟城区就保存有棉纺、色织、机械等30多处工业遗存，也有一些工业遗存被废弃拆除，消失于历史的滚滚尘烟之中，徒留斜阳中的一声叹息。

在今天，用文化和旅游的眼光重新审视工业遗存，我们会发现它并不是冰冷的钢铁和砖石，工业遗存珍藏历史故事，见证发展过程，承载理想记忆，是塑造城市文化旅游形象的重要资源。

如同小河静流，炊烟缭绕的绿色乡愁，把一座城市的进步牢牢铭刻。在怀旧与时尚的环境中碰撞灵感火花，在工业遗存和全域旅游的遇合中追求文化新生，工业遗存的有效保护和合理开发成为一个新课题。国际遗存工业保护协会曾经通过《下塔吉尔宪章》，我国也公布了《中国工业遗存保护名录》，北京的798艺术区和鞍钢集团博物馆，凭借原有的工业遗址打造出地标式的文化旅游产品。百年高炉巍然矗立，管道机器井然排布，劳动场景生动再现，工业遗存向死而生，浴火重生，每年吸引着大量游客前往打卡，为我们提供了引领方案和生动样本。

要让工业遗存光彩重生，就应当找到集城市记忆、知识传播、创意文化、休闲体验于一体的表达方式和生动载体。作为老城微改造的一个切入点，工业遗存的改造创新通过重新打造空间分布和建筑主题，让工业文化和现代生活互动共融。我们应当"塑貌留韵"，通过保留老建筑外部轮廓和内部肌理，为破落的工业建筑注入文化创意元素；我们应当"塑业留人"，通过文化休闲、场景体验、生活度假等新业态的引进，让游客有更多的参与感和获得感；我们应当"塑形留品"，既注重外形改造，更体现工业传统，让工业遗存成为地方历史、非遗文化、江南元素、福地生活的聚集之地和展演场所。

用存量的更新改造推动高质量发展，对老旧建筑进行产业转型和业态更新，成为我们建设美丽常熟的重要举措。将断垣残壁、杂草碎石的清光绪唐氏旧宅改造成闲庭花开、古风新韵的现代民宿，这是镜头聚焦之一；将曾经脏乱不堪的豆腐加工厂改建为江南时尚产业园，这是镜头聚焦之二。工业遗存的利用初试锋芒，开始唤醒江南名城的生机和活力。对文体旅业界来说，在城市布局的变更中，抓住机遇，融入全局，让无中生有，旧中出新，无疑是一篇大文章。早在二十世纪五十年代，美国人简·雅各布斯出版了《美国大城市的死与生》，从人文主义视角探讨旧建筑改建的可行性；到了八十年代，美国城市克利夫兰就开始重新规划城市空间，将废弃工厂改造成博物馆。这里的启示意义不言而喻。

说到底，要让全域旅游作示范，工厂车间成样板，需要的是探索不止，坚持不懈。历经曲径通幽，才有风光无限。

玩体育 享旅游

时值黄金周假日，不期遇上了秋雨绵绵，难免让出行的兴致受到了影响。好在潇潇雨水使得虞山尚湖间漫山遍野的绿色灵动起来，一切往事皆有了顺其自然的超脱与宁静。滴落的水声是一种平和的音乐，犹如俞伯牙知遇钟子期，大家都在心底呼喊着过瘾。如果说，生长是这片景区日复一日的常态，那么，运动，就是时尚一回、显摆一把的卓越表现。“嗨”起来的虞山尚湖，开始丈量从这里奔向万水千山的距离。

常熟尚湖国际半程马拉松暨环太湖马拉松，从一重重彩色的拱门间出发，将豪气和喜气一路播撒。来自国内外的1万多名跑友参加了本年度的马拉松。不仅代表性足够广泛，同时也不乏世界顶尖选手。参赛者在比赛的全程中都是和风景做伴，繁花养眼，满满的氧离子为选手们提供了超强的肺活量，在竞赛的氛围中开始了真正意义上精神和身体的旅行。说这是体育固然不错，说这是旅行也很有道理。旅游加体育，展现出常熟的精气神，焕发出休闲新活力。

当年那个叫菲迪皮茨的士兵耗尽自己的体能把雅典人获得

反侵略战争胜利的喜讯通知给大家，由此也开创了人类历史上的一项伟大的赛事。如今的尚湖马拉松，要溯源到最早的常熟阳光跑步俱乐部，一个民间组织的自发赛事发展成为整座城市为之瞩目的盛大活动。这多年以来的传承，需要的是坚持和呵护、拓展和感召，以至于从少数人的信念传播扩散，带给更多的人以勇气、挚爱和光荣。在山水间奔跑，在花木中穿行，虞山尚湖总是让运动的人生更有底气，也让旅游的行程增加了动能。在马拉松比赛的同时，名目繁多的跑团旗幡迎风招展，业余和专业的运动员都想在这一块风水宝地展示能力。正因为风景太美，旅游和体育已经难以区分；也正因为空气太纯，比赛与享受早已浑然一体。运动起来的画面那么富于弹性，一种宏伟的互创关系油然而生，不分彼此。有来自遥远古希腊的格言在耳畔响起：如果你想强壮，如果你想健美，如果你想聪明，跑步吧！

常熟的运动休闲资源丰富，赛事路程与旅游线路互生共荣，体育旅游展示出诱人的综合效益。精彩激烈的比赛和干净漂亮的城市因绿色与运动交相辉映，两者汇合的共同作用，恰好顺应了当今社会发展和人民群众日益增长的美好生活需要。城市的发展，靠什么脱颖而出，有气势地占据新闻头条，这当然与经济活力、科技创新、全球联系、基础设施、资本潜力、营商环境等均有关系，而宜居的生态环境、优美的旅游景区、开放的包容心态和蓬勃的体育活动，会让现代江南名城的城市精神闪烁夺目的光芒。对生命价值的关注和敬畏，对生活品质的向往和追求，使得人们从余暇的休闲走向积极的体育娱乐，心灵的惬意和身体的放松能够兼得，运动的酣畅淋漓与旅游的诗与远方殊途同归。

“旅游+体育”的深度融合，带来了度假方式和消费理念的重大转变。玩体育，享旅游，已经十分成熟地为福地常熟翻开新的一页，体育潮，旅游热，势必浩浩荡荡如马拉松的队伍，沿着城市的经络大步前行。

常熟本来就是一座古韵今风、依山傍水的宜居之城，今天，因为旅游和体育的联姻，陡然增添了张扬的神采和自信。

仰慕鲜活

每当闲暇之时挺起腰板，从落地玻璃窗遥望天际线的风光，每当周末放松自我，径直走出这座城市，那么，此时此刻的心中所盼，一定是两个字“鲜活”。

从年龄来看，青春比暮年鲜活；对职场而言，下班比上班鲜活；以环境比较，旅途比室内鲜活。步履所至，目光所及，总是那些平日里无暇顾及、不曾见到、渴盼已久的世象万物。这里面，有空气阳光，有花草树木，有告别郁闷和呆板、终于可以放松心情的自己。可以说，整个行程之中，鲜活始终与我们相伴，也始终在前方召唤。

鲜活是什么，是渔夫起网时骤然的喧闹，是大海退潮时沙滩的闪烁，是锦团绽放时瞬间的辉煌，是婴儿面世时可爱的啼哭。

到常熟旅游，和去名山大川截然不同。江南城市的这一种灵动鲜活，让每一位旅客有种最切身的感受：自由自在。不因拥挤的通勤担忧，不为劳累的攀登所累。说说笑笑，走走停停，不经意间，已穿越岁月风烟，走过城乡景点。常熟的鲜活，鲜在风物，活在人物，城市并不庞大，山水也不遥远。即使是品茶吃面，欢声笑语依然弥漫开来，怡人的书声是那么悦耳，感怀的音乐是这般跳动，水波也会显出欢快，云朵也会飘出节奏。

在常熟，旅行的鲜活用不着刻意寻找。很多时候，鲜活的表现也很平常：家人相聚，赞叹菜肴的美味；友人共饮，品尝佳酿的甘醇；园林晨练，感慨露珠的晶莹；夜观天象，遥想星际的浩瀚。这样，不动声色、不事张扬，鲜活悄然来到人们面前。

鲜活，蕴含生命的张力。人类历史，古往今来；万物生长，雨露阳光。在蓝色的星球上，动植物无不以各种顽强的存在方式，昭示演化的存在。每一次递进，当然扬弃旧物；每一次蜕变，定然宣告再生。繁华之所，鲜活旁若无人，一路高歌；荒芜之地，鲜活星星点点，犹如标识。因为鲜活有强盛的健康基因，因为鲜活有科学的运行规律，谁也不能拒绝鲜活，谁也无法抛弃鲜活。有了鲜活的存在，就有了歌声微笑，就有了难忘今宵，就有了旅游水涨船高。

鲜活，凸显季节的特征。斗转星移，物竞天择；四时更替，周而复始。每一个季节的展开，都和鲜活有缘；每一次高潮的到来，都因鲜活鼎盛。春枝新绿，夏花绚烂，秋叶静美，冬雪皑皑。鲜活以一股豪气，隐约夹马蹄鼓角，开辟道路，决不妥协；鲜活也以一种优雅、淡雅的书卷之气，如期而至，忠实践约。显然，不仅在春夏，鲜活一袭轻衫，书声琅琅；即便在秋冬，鲜活照常不受拘束，侃侃而谈。由此，我们忽然意识到，不为清规戒律约束，不受外来因素干扰，正是鲜活的秉性。观察那些很受欢迎的沉浸式旅游，每一条线路，每一次活动，每一个所在，都是物我两忘、悠然自在的选择。烟雨中游虞山，脚下早已湿透；寒风中听钟声，冰雪落在脸庞。而心驰神往的那份期待，不负来时初心，分享幸福时光。

常熟的早晨，一杯绿茶，一碗蕈油面，那是鲜活的开始；桌子摆在浓荫覆盖的百年名树之下，话语跳跃在唐人名诗的千载竹径之中。鲜活是心态上的年轻，状态上的灵动。即使夜宿农家，也把这一种氛围保持到目光如水、吟诵如歌的深夜和凌晨。鲜活的远行，周而复始。正因为具备周期，鲜活就有了酝酿的时机；因为容量集中，鲜活就有了表现的舞台。古人云："命圆于不滞，运昌于不塞。"一语道出了鲜活的使命。

问渠那得清如许，为有源头活水来。仰慕鲜活，就会有许多新奇和创举，也会有许多发现和改变。但鲜活将是永恒的主题、不懈的追求和灿烂的景象，鲜活将让你我的江南之梦，永远年轻。

坚守淡定

常熟作为书香之城、文化之都，古城街巷遗存丰厚，过往岁月令人怀念。而开辟精品路线，推出研学旅行，是文化旅游融合、丰富产品内涵的必然选择。对青少年来说，参加一次常熟之行的研学活动，则成为走近江南文化、提升素质涵养的绝佳机会。

自古以来，读万卷书，行万里路，是青少年熟悉社会、诠释人生的重要途径。学习方式的实践转化，传统文化的当代表达，离不开参与实践，走进场馆、探访故居、现场观摩、动手体验、阅读作品，这些都是成长的好方法、旅游的新途径。比之那些蹦蹦跳跳、吵吵闹闹的走马看花，研学游的作用非常明显，既非只学不游，也非重游轻学，而是要游学得当。在具体的组织进程中，要让青少年在研学时看得清、听得进、学得好，则必须引导他们静下心来，以坚守淡定要求自己。

说起淡定，常令人想起“采菊东篱下，悠然见南山”的悠闲，“看庭前花开花落，望天上云卷云舒”的意境，“不知有汉，无论魏晋”的超脱。对学生来说，淡定就是在学习时矢志不渝，奋斗不懈。在应试教育的驱动下，学习紧张的程度令人窒息，而有了旅游的机会，却又要研学，是不是有些残忍？然而，众多学生对研学的积极态度和认真投入，非常自然地解释了什么是淡定。现在减轻过重作业负担和校外培训负担的“双减”行动，恰恰是美好教育的体现。对于狂热的应试拼搏，研学是一次放松，淡定也是一帖良方。

恰逢高考填志愿阶段，有人云，试卷考学生，志愿考家长。许多家长夜以继日，研究排名，查询学校，选择专业，但是却忽略了征求子女的意愿，忘记了兴趣是最好的老师。有一个经典的情景我们常常记忆犹新：在中小学的课堂上，老师常常会问同学们长大后想干什么，许多双小手高高举起，回答出不同的愿望。这些理想的种子，开始萌芽，茁壮成长，直至成年，心中还孕育着那个儿时的梦想。

如果说，研学缓解了读书的焦虑，那么淡定则是缓解了竞争的焦虑。在当今社会，名利肆意盛放，诱惑四处招手，谁没有体验物质的冲动和享受文明的渴望？挑灯品砚、焚香读书固然风雅，对酒当歌、一掷千金更为现实。而置繁华于不顾、视劳作为享受、一门心思做学问、超然自得搞科研的科学家，看似有违人情，其实是淡定品质的榜样。

淡定的养成取决于志向。研究历史人文，投身自然科学，探索客观规律，本身就是一次“我的长征”。那些等待发现的成果如同暗夜星辰，依稀可见却又遥不可及，去念想、去心仪、去追寻、去奋斗，是有志者的心路历程和必由之路。而一路走来，风雨飘摇，前路凶险，满目荆棘，安危莫测。要想达到业务的顶峰，攀登光辉的顶点，坚定的志向就是内在动力，淡泊的秉性就是品质支撑。从热爱开始，直到专注忘我，继而自觉奉献，这是一个价值观的养成过程。不为挫折所败，不为浮华所动，把自己的注意力集中在不懈追求的境界中，决不怯阵，再不回头，这也是淡定。

淡定的尊严令人震撼。我们读过中外名人的许多故事，每一个片段几乎都与淡定有关。因为没有淡定的超然品格，就难以有创造的成果。和许多优秀人才“面对面”，令我们感到震撼的，首先是他们身上的那份淡定——不谈荣誉，不计回报，唯有讲到自己的专业领域，才会神采飞扬，侃侃而谈。比如和常熟科技人员的优秀代表端木银熙接触，他就是一个地道的农民，形象质朴，言语不多。可一旦提起水稻育种，他立刻滔滔不绝从头讲来，深入浅出，令人心动。在常熟万亩良田的现代农业基地参观，青少年学生当然会从感悟成熟、境界脱俗中肃然起敬。

显然，淡定意味着一心投入，拒绝诱惑；意味着物我两忘，全神贯注；意味着科学为先，真理为上；也意味着人生的快乐和幸福。从紧张的工作中汲取愉悦，在繁忙的劳动中放松身心，这就是淡定的境界、高尚的品质。

自然，做到淡定知易行难，坚持淡定考验严峻。有人起始认真，继而动摇；有人中途退出，半途而废，都是受不了外界的种种诱惑。其实，学科无论文理，跟潮流，看风头，图实惠，都做不到淡定，也难以成才。对旅游而言，研学就是把漫不经心的行走变成学习和成长的通道。当然，淡定不是拒绝烟火，而是对世界充满博爱情怀，对科学抱以崇敬心态，对职业能够钟爱一生，才能向淡定的境界不断靠拢，才能在各自的领域有所建树，为社会文明进步贡献聪明才智。

在旅行中真应该多读一些名人故事，看淡定如何在他们身上表现得那么优雅，那么从容，凝铸为一种伟大的人格。

成就偶像

我们这个年代，是产生和制造偶像的绝佳时机。世俗大潮顺势而下，物质主义诱惑人心，许多人幻想一夜成名，更多人等待幸运降临。于是，出现了多元的成功标准，形成了各自心中的偶像。追星一族，为自己的偶像而奔忙，不惜彻夜等待，不惜举止疯狂。有一种说法为此辩解，叫作选择偶像不需要理由。从多年前的“超级女声”，到如今的“鲜肉颜值”，人们对偶像的追求从没有停止，带节奏的表演也是变化无穷。

如何振兴文化产业，推介旅游景点？在这一道考题面前各种答案层出不穷，花样翻新。其中较易实现的方法就是在旅游大军行进的路线上竖立起一群偶像。诸如湖北荆州的关公雕塑。可是此等巨制，却成违章建筑，一建一拆之间，几亿元打了水漂。“荆州大意失关公”的案例发人深省。

回首偶像成就史，之前为了烘托偶像的高大，追星族借来英语fans的音译，把自己称作“粉丝”。粉丝间的pk，逐渐成为时尚的代名词。因此，人们口头上所说的“NBA粉丝”，可以理解为“NBA迷”，“相声粉丝”可以理解为“相声迷”。进一步演化，就出现了许多粉丝自称的诙谐叫法。粉丝们的忠诚和忘我，让被崇拜的偶像倍感幸福。

近年来，常熟文化旅游的路线图上出现了科学家的名字。王淦昌，这位“两弹一星”的功臣，学有所成，隐姓埋名，忠诚报国。在王淦昌故居纪念馆，人们对偶像有了新的理解。当文化经历着世俗的喧哗与嬉闹，科学家们却禁不住回忆起自己的青年时光，在他们心中必定会有自己的偶像。有时，偶像会是大家共同熟知的名字，爱因斯坦、居里夫人，他们那么遥远，高不可及，却又那么熟悉和亲切；有时，偶像会是世界范围的领军人物，行走在前，难以望其项背，却依然可以感受到他们的光辉；有时，偶像甚至就是自己的老师，近在咫尺，情意深厚。他们的真知灼见，高人一筹；他们的奋斗精神，令人敬佩。此时此刻，科学家们的偶像真实而具体，鲜活而感人。这些年来，数十位两院院士、近百名著名专家——其中不少是王老的学生——来到常熟瞻仰自己的偶像、敬爱的老师，感激之状，溢于言表。

偶像的本义，无非是经塑造而成的受人崇拜的具体的形象。偶像崇拜延续至今，在现代社会也就产生了各种引申意义。偶像的通俗解读就是榜样。然而，作为科学家，为探求未知一路前行，为追求真理抛却私利，尽管有偶像的成功召唤着他们，有敬业的精神强烈支撑，但因为领域的人迹罕至，因为学识的高深专门，因为成就的难以显见，他们的粉丝可谓少也，他们的行踪不受关注，更难有前呼后拥、鲜花簇拥。而像王淦昌，甚至要隐姓埋名，隐迹于国际科坛。这也许就是科技人生与艺术人生的不同。如果科学家也想着争当明星，成为偶像，让科学研究热闹起来，让探索发现一路锣鼓，估计这将是一次徒劳的远征，因为，刻意追求偶像的行为，本不属于科学家。

有一个小山村，风景十分优美，村里的人想搞旅游开发，但因为没钱做广告，所以游客很少。有个女孩说，想引游人来，不如在通往我们村的路边都种上油菜花。于是，那金灿灿的油菜花从大路边一直开往大山深处，开到那个小山村。后来，记者来了，画家来了，游人来了，这里很快成了方圆数百里的名胜佳地。记者问：你们为什么这么火？村里人答：我们没有刻意追求火，只是为别人开出了一朵自己的油菜花。大家一听，愣了；再一想，乐了。

这个故事和科学家的偶像观颇有相通之处。从不想为了成为别人的偶像而奋斗，只是用智慧开一朵灿烂的生命之花，在岁月中获取沉甸甸的果实；甚至连这个果实也不为自己享用，只为了让别人看到和享受旅途中的风景。这是无与伦比的献身精神，这是催人泪下的崇高品质。许多发现和发明的伟大意义，甚至在他们身后若干年才迸发出熠熠光辉。即使这样，也没有影响到科学家的伟大。人类文明进化史上，成为偶像的科坛泰斗，真心赢得了历史的尊重。

原来，在常熟旅游的日志中，还有如此意义非凡的记录。让我们从普通情节和渐远往事中，找到人生之路的意义——让科学家成为我们的心中偶像：从今天的努力开始，为明日的偶像奠基。

精彩概念的人文传播

在科普宣传周启动仪式的现场，正在搭建舞台、悬挂标语，远处还停着一整排大巴。打听一下方才知道，简短的仪式之后，将组织市民和学生沿着旅游线路参观人文履痕，造访科普基地，在有情节的故事中了解古往今来，在有知识的场景中滋养科学素质。这样的安排充满了新鲜感，覆盖范围广，参与人数多。深入浅出的知识，喜闻乐见的形式，再一次展示科学的魅力。宣传的主题每年更新，科学的知识常年演绎，精彩生活新概念，得到不间断的人文传播，山水资源也在文旅和科普的融合中永续增值。

在文化旅游形成产业、走向市场、彰显活力的进程中，内容的硬核、知识的作用、游玩的意义开始受到重视，自然和人文互相携手，理科和文科互为补充，让经典的文史启示当代实践，让科学的原理提升认知水平。精彩概念的人文传播正在日益受到重视而迅速推演，成为推进科学发展、提升综合实力的重要举措。

丰富文旅内涵，传播科学思想，重在以人为本。人的现代化是社会现代化的重要内容，也是社会发展进步的决定力量和核心因素。沉浸于城市面貌的日新月异，醉心于公路交通的四通八达，我们还不能踌躇满志。人的素质的提高，也是现代社会和文明家园的软实力，没有硬性指标，好像可有可无，一旦事关群众的评判、市民的认同，素质的差距就能显现出来，不该小视，不可轻视。因为面对不远之处的宏伟目标，我们必须振奋精神，整理行装，快速前行。此时，需要经济转型的创新驱动，社会发展的和谐吉祥，也离不开公共素质的强势提升。不然，在缺乏准备的时刻，匆忙到来的基本现代化，就会基础不稳、质量不高。我们不能为此留下遗憾。

自古以来，科学传播和文旅行进都是互为交叉，不是平行地带。在亲近山水自然中了解天文地理，在采撷奇花异草中总结养生规律，林木溪泉相依，盐茶药果共生，墨迹非遗相佐。精彩概念的人文传播早已经历前世今生，留下众多实例。

生活高质量，文旅是情景；人的现代化，科普来推动。我们所说的基本科学素质，就是指一个人能读懂报刊所刊登的科普文章，能够通过一定的渠道获取科技信息并进行基本的判别和利用，能够参与相关科学话题的讨论。这是一个看来普通却又十分诱人的前景。由于我们正处在一个充满变化、信息海量的年代，通过刷手机，在互联网上也可以增进知识，提高水准，但是在太多结论面前我们往往不会选择，无所适从。“吾生也有涯，而知也无涯，以有涯随无涯，殆已。”古人的话清楚说明了盲目了解、随意跟风的危险性。而通过有系统的整理、有筛选的讲解、有权威的引领，科学常识和正确原理会通过人文手段影响受众，待以时日，逐步改变，定会收到不一样的效果。试想，如果公众科学素质不断提高，科学理念深入人心，科学的生活方式逐渐形成，那么，某些迷信愚昧的流言蜚语，误导众人的坊间谣言，将会四处碰壁，没有市场。以美丽风景营造的生活背景，以先进文化引领的精神世界，以科学思想照耀的人生道路，才会健康阳光，一路向上。

精彩生活的新概念，来自不间断、多渠道、有分量的传播。用丰富灵动、先进实用的科普知识代替那些虚假广告、垃圾短信；用生动活泼、寓教于乐的宣传方式吸引眼球，博得人心。科普应当耳濡目染，温馨感人，春风化雨。我们要倡导实干的精神、坚守的韧劲，使精彩概念的人文传播一以贯之，持之以恒。

文化和科学的声音，应当宏大而响亮。

巧思之巧

在江南文化品牌的培育弘扬之中，笔者对可触可感的苏式生活美学有了更为贴近的认识。在博物馆看手工织锦，在研究所观双面绣诞生，从内心深处为此种文化创意加艺术创新的典范表达所震撼。回到虞山之麓，也为红木家具、常熟花边等地方特色产品的别样精彩积极点赞，感受到这一类巧思之巧的延展和相通。不同地域的代表人物，总是用通用的现代手法融合传承的技法匠心，做出符合时代需要的适用之物。生活用品亦即精湛的艺术作品，在巧思的土壤上开出绚丽之花。

年轻时听过一句令我印象很深的至理名言，就是“多想出智慧”。本来人的大脑如同一部机器，零件精密，构造复杂，只有高速运转，不断使用，才能产生智慧和悟性。要做文创产品固然要拜师学艺，自当有风格流派，但巧思之巧是贯穿于作品的共同红线。前些年有人议论爱因斯坦的大脑体积大于常人，然而，爱翁如果不是秉性勤奋，多想巧思，大脑体积再大恐怕也是枉然。如果说文创讲究辨识度，科学追求精确度，那么，巧思之巧会让人明白，或者用创意，或者用创造回答问题，思想才是开启想象力、创造力的源泉。

巧思的基础在于博学。以科学家为例，他们之所以会受到社会不同人群的共同关注，就在于他们掌握的科学知识反映了各自专业领域内的自然规律。而这一切，又是以渊博的知识为基础，以扎实的功底为支撑，以独特的发现为先导。在发现真理的过程中，他们思维的方式会见贤思齐，思考的路径会择优而从，思索的角度会别开生面，从而体现出巧思的特征。但把这种发现的过程当作“小聪明”，却是认识上的无知。须知，科学在中国享有如此荣光，就是因为它的客观规律性。胡适说过：“有一个名词在国内几乎做到了无上尊严的地位，无论懂与不懂的人，无论守旧和维新的人，都不敢公然对他表示轻视或戏侮的态度，那个名词就是‘科学’。”显然，凡是科学上有成就者大都运用巧思，获得了人们的尊重，但知识功底不足，发现眼光不明，偶尔有了巧思，也难以迸发出智慧的火花。

巧思的灵感源自实践。从文化而言，对“琴棋书画诗酒茶”广泛爱好，还是要最终立足于在某个领域的持久坚守，传承演绎。传统的技艺代代相传，作品的生命却在于出新。此时，巧思正是突破的基础。兼具科技化和国际范，生活美学才会进入生活、方便生活，为敏感的青年人接受。在探索发现的过程中，科学家常常会因某一个难点止步不前，也常常会因某一个困惑百思难解。此时，拼搏的精神固然重要，坚韧的态度不可或缺，但如果静下心来，细想开去，转身另择小道，扭头重起炉灶，在实践中积累的经验就会厚积薄发，在脑海中盘桓的念头就会闪现火花。据载，凭借引进细菌、珊瑚与水母的基因，哈佛大学的专家们给实验鼠大脑神经染上五颜六色，这项“脑虹”技术可帮助科学家建立大脑神经网络详尽图表，这之中的巧思，受到《自然》杂志的推崇。而在1957年，流行性乙型脑膜炎的医治十分棘手。名中医蒲辅周先生在诊治病人的实践中，精妙地构思出相同病症的不同处置方法，治愈167例病例，共使用了98个不同的处方。事实说明，巧思不是凭空想象，不能唯心推演，而要自觉主动地总结经验，循序渐进地发现缺口，这样的巧思才能破难题，出成果。

巧思的发源仰仗创新。追求精致和儒雅，向往自由和包容，是以人为本、遵循自然的人文情怀；而创新创造，敢为人先，是新发展理念的题中之义，也是巧思多想的立身之本。只有在科学实验、产品研发、革新攻关等过程中始终有创新之求，时刻作创新之想，巧思才会应运而生，妙想才能鱼贯而来。自当是创新冲动在前，才有妙想方案在后。近几年来，中国航天走向宇宙的宏伟壮举，载人空间站的成功运行，长征火箭令人称奇的连续发射，振奋人心。而把巧思比作卫星，创新喻成火箭，科学技术在其发展过程中直击长空，声名大噪，彪炳千秋。联系在繁荣文化旅游的努力中，文创空间的布局，实景演出的编排，节庆活动的组织，产业项目的运营，无不散发着巧思的魅力。文旅和科学，皆是因为创新才能通过不同的思维方式，最后成功相连。

让巧思的灵感时常闪现，让巧思的成果为民造福，需要平常岁月的辛勤耕耘，在坎坷的道路上艰难前行。日积月累，不断学习，善于思考，才能拈得巧思之花。文艺工作者或是科技工作者，工于专业，巧于表现，为了等待某一巧思的突然出现，他们常以苦思、笨思作铺垫，以真干、实干作阶梯，对科学精神始终弘扬，对艺术创造投入身心，才迎来巧思如泉，成果若锦。所以，巧思绝不是一时幸运，妙想也非信手得来，这一道理，众人皆知。所以，倡导开动脑筋，知行合一，不断尝试，就是为了努力扩大巧思的成果，不断获取认知的胜利。在客观规律面前，攻城略地非上策，顺应自然方有余。此余，就是游刃有余。

原来，用笨拙的方法催生巧思，才是真正的巧思之巧。

疑问再疑

在当下的文化旅游热潮中，农文旅融合带热城郊游，夜经济激活市场消费热。当新冠肺炎疫情困住人们远行的脚步，城郊和乡村的开放式景区和景点受到广泛青睐。在美丽农村的沃土田园和乡野阡陌，看植物生长拔节，望庄稼丰收在望，莫不是极大的享受和惬意的休闲。

"喜看稻菽千重浪，遍地英雄下夕烟。"1953年8月，当袁隆平来到偏远落后的湘西安江农校教书，没人会想到，他的一生将在田野上谱写精彩篇章和伟大传奇，对杂交水稻的研究获得全面成功，成为国家功勋，为人类造福。而在常熟，模范人物常德盛和育种专家端木银熙与袁隆平结下了不解之缘，他们的事迹同样感人。现在想来，无论是技术员还是科学家，在奋斗的岁月里，在前进的征程中，也会用鲜花、美酒庆祝成功，也会有欢呼掌声响彻耳旁，但更多的时间，他们是在没有足迹的原野间寻路，在长满荆棘的山梁上迂回，充满了孤独和寂寞。此时，信念成为他们最坚强的支撑，坚韧成为他们最显著的品格，而疑问，则是他们手中紧握的那柄锐利的武器。

本来，科学的征途阴云密布，广袤凶险。聪慧的眼光随着浓郁的雾气不停变化，严密的思维随着时间的推演轮番转换。人面模糊，到处都有死角；身形变幻，让人反应不及。突然间传来熟悉的呼吸声，有野花丛丛，毫无顾忌地扭动身体。在此期间，科学家的头颅朝着阳光吸收能量养分；步履一刻不停，向着既定的目标呼啸狂奔。自然，每逢一处转折，每过一个单元，他们都会停下脚步，费心思考，仔细端详，在传统认识、陈旧感知的合围中，发出不可抗拒的疑问。

让我们回顾袁隆平的科研道路：1960年发现天然杂交水稻表现出明显的杂交优势；1964年开始水稻杂交研究；1973年与他人合作实现了杂交水稻不育系、保持系、恢复系三系配套，首次育成强优势水稻；1974年突破育种难关，成为世界上第一个培育成功籼型杂交水稻的人。正是在每一步研究的转折关头，开拓进取，不断疑问，才能使我国在矮秆水稻、杂交水稻育种和超级杂交水稻育种上三次领先世界水平，又在后来的岁月里再创新高。可见，科学家的疑问，是对原有知识的综合性提升，是对新生事物的创新性拓展，是对未知领域的探索性进军。为什么是这样不是那样，为什么那样不如这样，这样和那样为什么大相径庭，那样和这样为什么殊途同归？正是这无数的疑问，垒起了向上的台阶；正是破解了这些疑问，人们的认识水平不断提高。以疑问为先导，以科研为突破，以实验为基础，历经无数次失败，遭受多少次挫折，疑问再疑，思索再三，科学家的疑问才会有正确破题，自然界的疑团才能够迎刃而解。科学家的故事一波三折，绝处逢生，这会让人们发出疑问。其实，科学家早有疑问在先，才有成果在后。科学陶冶思想，科技改变生活，科普提高素质，疑问的磁场，影响巨大。

显然，疑问是站在深厚学识的肩膀上，向着高处攀登的云梯；是在已有成就的台阶上，变换着角度的思考；是不为表象迷惑双眼，试图接近本质的探索和追求；是肩负着神圣使命，对自己爱国奉献良知的拷问和解剖。疑问的精神就是科学精神。不是吗？苏步青用20种不同的方法证明了一条几何定理，陈景润用成捆麻袋的稿纸去证实哥德巴赫猜想，霍金在没有自由的轮椅上演绎着《时间简史》，摩尔根从一只小果蝇身上得到了遗传理论的重大发现——其间，他们都挥动疑问的武器，对错误的论点无情砍伐，对已有的结论挑剔验证，对伪科学的误导坚决抵制。疑问，使他们犹豫不定，心绪难平，更让他们遵循规律，尊重事实；使他们学无止境，暗恨书少，更让他们钻研不息，挖山不止。从提出问题到分析问题、解决问题，他们历经艰辛，走向成熟。他们面对现象，面对事实，也可以微闭双眼，不作疑问，但生命的无畏，科学的尊严，探索的欲望使他们的思想学识充满灵感，浸透激情。他们注定以疑问探路，一路前行，决不满足。

科学的疑问以追求为伍，奋斗的生命和理想相约。从屈原的《天问》以来，我们探求未知的理智和热情总在前沿，始终如一。有一首名为《疑问》的诗歌写道：雾啊，你何时才能散去／雨啊，你何时才肯休息／我不抱怨，也不抽泣／只能将自己埋在刺骨的秋风里。

秋风里的科学家，在丰收的季节里依然勤勉奋发，埋头奉献，只有待到心中的每一个疑问找到答案，甚至疑问再疑，他们才笑容满面，安心休息。

想不到一次即兴而去的郊游，因为袁隆平产生了这么多联想。闲走开心智，入境思前贤，让我们对楷模表示由衷的敬意。

放纵表情

想不起从何时开始，“诗与远方”成为文化旅游的终极目标和心底向往，被广泛使用而大量出现。如同无数张时尚的标签，在风中起舞，也顺势拨动了令人沉醉的琴弦。

仔细想来，这样的描述很是贴切，既通俗又浪漫，说出了旅游的特性，摇曳着远方的风景，也唤醒了忙碌得紧张劳累、疲倦得无所适从的表情。

什么情况下，我们会涌现出门旅行的念头？有人因为工作有了成绩，旅游成为奖励；有人因为节奏太紧张，旅游可以舒缓；也有人诸事不顺，心情压抑，旅游成了疗愈手段。尽管出自不同的缘由，带着各自的初衷，但正常情况下，一旦踏上行程，大都会放松心情，放纵表情。

置身梦里江南，惦念诗与远方，常常是为了在变换的空间里获得新鲜和激动。平时的生活中，也许是从红酒牛排中触摸到诗的质感，也许是在无线网络里看到了远方的模样。因为现实的生活，如花朵繁茂盛放，如玻璃反射阳光，时常让人有目不暇接、满眼缤纷的感觉。大家见面常谈日子好过，难免在岁月静好中麻木起来，让平时的表情变得迟钝单调，这是其一；同时又因为职场奋斗，志存高远，人际关系交错复杂，凡事当为人低调，处事小心，努力收敛自己的表情，这是其二；自然不排除也有人在世事洞明中掌握变脸绝活，微笑恭谦与假意惺惺，淳朴忠厚与相貌狰狞，不同表情能瞬息转换，印证了表情的丰富，这是其三。更多的，却是探索时的担忧，发现后的惊喜，胜券在握的得意，超越他人的欢喜，都通过表情的渠道相继展现。而此时，迎风出镜，御风疾行，发自内心的解脱和呼唤，让众多的表情演绎成一种表情，不是轻松微笑，就是开怀大笑。在此刻，身后是世俗万象，前面是诗与远方。

在旅行中放纵表情，不仅是山水唱和，晶润秀美，诗文辞赋一路相随，更是健康的心理、积极的态度、宽广的胸怀让你感慨人生无悔。记得有位大学教授的一群学生即将毕业，教授把他们带到实验室，分别在玻璃容器里做了水变成冰和水蒸气的实验。学生们不明白教授的用意，觉得这个实验过于简单，谁都懒得回答问题。教授却严肃地说道，这里的道理非常深奥。假如一个人对人生的态度是0℃以下，那么他的生活状态就会如冰一样凝固；假如他对人生持有平常心态，那么他就是常态之水，能汇进江海，却离不开大地；假如他对人生的态度像开水一样沸腾，那么他将成为水蒸气，成为云朵，热情地拥抱天空和大地。学生们哗地鼓起了掌，他们永远记住了这一堂实验课。

紫藤挂云木，花蔓宜阳春。假如在旅行途中，我们听到了这个故事，是不是会为此沉思良久，觉得放纵表情很有必要？教授从人世万千表情中概括出来的基本三种——冷漠、平淡、热情，让人警醒，给人教化。显然，去未知世界探求，在人生征途前行，为既定目标奋斗，必须有饱满的状态，沸腾的热情。不能“王顾左右”，不可徘徊再三，不用修饰表情，向往原生态，做回我自己，这才是“诗与远方”的真实境界。有研究说，生活态度认真，可以增寿4年；每天保持微笑，能够多活7年。这是美国科学家对8900人进行研究后得出的结论。可见，旅游就是生活，启程就有快乐，你的表情你做主，宁静怡人才健康。

那么，在放飞心情时，勿忘放纵表情。

让公共体育设施华丽转身

日前读到一篇文章，叫作《生存还是生活，由你自己说了算》，观点鲜明，语言生动，让人深受启发。而在当今时代，要想生活好，则需对体育热爱，对健身坚持，才能获得有质量的人生。常熟城乡公共体育设施的建设与发展，正是以人为本、面向基层、保障基本、服务群众的社会系统工程。通过多层面布局，网格化覆盖，高质量施工，精细化管理，为市民群众提供了十分钟健身圈。茶余饭后，节假期间，步道健身，场馆打球，山水之间，尽情舒展，畅快呼吸，不仅使人获得体格的健美与强壮，而且享受着心灵的畅快和愉悦。灵秀江南地，养生绝佳处。

星罗棋布，公共体育设施日臻完善。在城乡一体化进程中，顶层设计立足现代化建设的大局，理念引领，规划先行，在市镇和村级社区，及早启动全民健身场地和公共体育设施建设，让体育场馆成为城市标识，活动场地布及各大区域，健身设施建到居民新村，这为群众性体育活动的开展夯实了基础。有学者认为，人的生活质量分为三个维度：一是物质生活质量，主要是健康；二是人际关系质量，主要是沟通；三是精神生活质量，主要是心态。其中，健康是基础。但是，每天读养生保健书籍，每晚看电视健康讲座，都没有体育的功效影响深远，魅力无限。先哲孔子喜欢游泳，常和弟子到明澈的沂水中流击水，但弟子有人横渡，有人顺流而游，唯孔子年过半百，却逆水而上，上岸后还要和学生们大谈体育的好处。如今，历史上孔子弟子“弦歌而治”的地方，公共体育设施的现代化水平不断提高，不因经济发达忽略体育，不因生活富足忘却根本，尤其围绕民生体育、群众体育，设施结合景观建设，赏景与锻炼完美融合，休闲运动相得益彰，居民幸福指数不断提升。

利民惠民，公共体育设施城乡均等。常熟市公共体育设施建设伊始，就本着利民实用的出发点，全盘安排，城乡互动，把体育设施建设纳入经济社会整体发展，与美丽镇村和政府实事工程建设相结合。如镇级体育中心递进发展，村和社区合理布点，农村集中区及时延伸。应当指出，随着农村的变化不断加大，农民的生活质量不断提高，群众对体育的热爱与潜能日益激发。全市10个镇全部建有体育中心和一批全民健身工程点，全民健身活动和群众性运动会常办常新，这也形成了农村的独特景观。因为城乡均等，资源共享，正需要科学安排与合理布局。而常熟体育的新亮点，是学校体育设施对外开放，这一思想的解放，使公共资源优化整合，给人民群众带来便利，农村体育也由此走上了更广阔的舞台。那些基层赛事、地域品牌、群众竞技，唤醒了沉睡多年的热情。参与健身、追求文明生活成为农民的时尚。

管用得当，公共体育设施释放潜能。完善公共体育服务体系，重在把握内涵和特征。就是要立足群众参与活动，享受体育，而其中的公益性、普遍性、基础性不可或缺。围绕充分利用现有资源，当理顺机制，强化整合，包括调动社会力量，实行多元投资；加大场地开放，充分利用设施；提高服务质量，创造和谐环境。围绕建立城乡联动机制，应当认识到提供体育产品也是政府服务，目标是实现体育服务更加方便可及，发展更加均衡，社会满意度更加提高。公共体育资源向基层倾斜则是我们党群众路线的重要体现。围绕提高全民健身意识，在学习与宣传方面更是任重道远。《读者》杂志曾排出人生的十大奢侈品，位列前三的是：一颗不老的童心，生生不息的信念，背包走天下的健康。所谓“请客吃饭，不如运动流汗”。但要让大家都明白这个浅显的道理，并非易事。我们所说的提高生活质量，包括许多方面，但愉快健身，开心体育，持之以恒，一定是提高的基础。软件硬件同步，心态状态兼顾，娱乐快乐互融，富有特色的公共体育设施的华丽转身，正在眼前。

面对跌宕起伏的人生，公共体育的能量，超出你的想象。固然在资源均等方面、管理创新方面、全民参与方面，还需要各方的积极努力，但历史文化名城的明丽画卷中，体育的身影永远闪动青春的光彩，这是因为生存有限，生活无限。

相信品牌的力量

记得前些年，央视打出了一句理念前瞻的广告语：相信品牌的力量。从纸船到航母，从积木到大楼，从竹蜻蜓到直升飞机，人类的生产能力随着科技进步和创造升级，得到共同的认知——超越梦想不是梦想。在现代农业定格为国家战略、农业产业化经营势如潮涌的今天，这句广告语也让我们对品牌农业情有独钟。颠覆传统的改革，就发生在从田间到餐桌的过程中，因时而动，顺势而为，乘势而上，就是要在改变的时代改变自己。

我国南北朝时期出现了一位杰出的农业科学家贾思勰，他编撰的《齐民要术》是一部内容丰富、规模巨大的农业生产技术著作。他亲自下田，请教老农，博览群书，穷尽一生建立了较为完整的农业生产科学体系。而与此同时，这本书竟然还是农业经济的经营指南，介绍了许多以小钱赚大钱的方法，比之传说中原始农业的发明者炎帝，贾思勰代表了历史的进步。时至今日，品牌农业已经成为现代农业的重要标志，成为农业标准化和产业化的有效途径。源于田间地头的食材经过价值提炼、加工包装、模式创新和传播推广，与食品工业和现代商业对接，成为餐桌上的品牌食品。在这一产业链的形成过程之中，摒弃了一家一户的落后生产经营方式，原料包装升值，实行标准生产，质量得到保证。尤其是引进了工业化的技术和管理，使传统农业脱胎换骨。而常熟积极培育壮大了一批农业龙头企业和农民专业合作社团组织，成为品牌农业的强大支撑。传统品牌流光溢彩，如虞山绿茶、王庄西瓜、沈巷葡萄、宝岩杨梅；新育品牌活力充沛，如董浜黄金玉米、横塘蔬菜、海明蔬菜、金唐市水产。尤其是对各处农村的大米品牌整合资源，提高质地，精益流程，向市场推出“常熟大米”地理标志，品牌的知名度、美誉度进一步提高。显然，常熟百姓对农业品牌已是耳熟能详，品牌农业是通往现代农业的“金钥匙”。

解决好“谁来种地”的问题，通过富裕农民，让农业经营有效益，让农业成为有奔头的产业，让农民成为体面的职业，是关于“三农”问题举旗定向、寻道问策、破题开局的重要指南。传统农业的大部分农产品，由本地区经营，当季销售，小批量运输，市场空间小，消费认同差，农民收入低，有的还存在质量安全问题，影响了生产积极性。只有让品牌农业成为打通食品工业和农业的媒介，成为农村经济的第一抓手，农民增收才能落到实处。央视纪录片《舌尖上的中国》记录了传承历久的中华美食，然而，在市场经济条件下，美食只有成为老字号，成为大品牌，进入产业链，才可以从小店铺、小作坊走出，自我突破，面向世界，历久弥新。在这点上，有中国农业专家预言，品牌农业是“中国的第五次财富浪潮”，因为推动农业产业的改革与进步，帮助农业企业成长成功，捍卫舌尖上的美味与安心，有着广阔的市场前景和利润空间。同是猕猴桃，新西兰从中国引种后，进行了改良，推出了口味偏甜的全新品种——黄金奇异果，早在2012年就占到全球市场份额的28%。可见，品牌农业的生态化、价值化、标准化、产业化、资本化，需要在实践中不断完善。这离不开理念改变、规划布局、招商引资、科技支撑、人才培养、各方扶持。常熟在农产品品牌建设中，对高效设施农业、农业综合开发、农业产业化经营采取措施，培育后劲，成效明显。专业批发，订单购销，农超对接，网络销售，让众多品牌走向市场，形成规模，收益颇丰。品牌农业成为农民增收的“支付宝”。

农业强、农村美、农民富，必须大力推进城乡发展一体化，城乡统筹，共享红利，唯此才能让品牌农业融入城乡经济社会发展的新格局。公共资源的配置，生产要素的流动，农村财力的增加，与品牌农业息息相关。《汉书·食货志》是阐述汉代“三农”问题的大文章，食为农作物，货为生活用品，“二者，生民之本，兴自神农之世”。班固为农民算了一笔成本账，得出的结论是农民辛苦劳作一年，净亏本450钱，认为面对农民的困境，政府必须介入。汉文帝听从他的建议，开始减免农业税。而发展品牌农业，则是历史的巨大进步，不但减免，更要创收，形成新产业，促成大变化。面对新常态下经济社会如何高质量发展的问题，按照自然规律，符合农民意愿，着力生态建设，品牌农业大有可为。这就需要全面整合品牌资源，集中做强；大力提升品牌价值，培育环境；不断加大政策力度，大力扶持，还要注重通过市场运作，提升文化内涵，扩大品牌影响。一旦我们将支持品牌农业的言行融入工作习惯之中，加上地理资源和基础优势，常熟的农产品就会插上翅膀，品牌农业定然成为城乡互通的“高架桥”。我们应当相信品牌的力量，并为此不懈努力。

在空间美图沿路赏景、千村美居“网红”打卡的同时，让我们共同关注常熟的农业品牌，你看如何？

永恒的主题

当今的旅游市场，因为安全有序，欢乐祥和，闪耀出最美亮色，满眼是热闹红火。旅游民宿、度假酒店、休闲农庄业态更新；红色景点、主题公园、文化街区打卡如潮。加之以旅游产品的沉浸式体验为模板，以家庭亲子为招揽，在供给侧一端点燃了文旅消费的熊熊火把，又延续在夜间经济的天空中，飞溅出夺目焰火。消费升级的背后，是各类商机的叠加显现。

对游客而言，面对如此之多的繁华和精彩，消费的冲动推波助澜。即使是疫情期间，出国、跨省流量下降，但近郊游、乡村游、自驾游热度不减。在网上购票、智慧出行的同时，跟团旅游、散客旅游的人数可观。因为对陌生的区域、向往的景点，似乎借助旅行社的帮助，沿着成熟的路线，可以提高效率，避免盲目，玩得尽兴。然而，往往在开心启程之时，也是上当受骗之际，旅游的骗局和陷阱时不时在身旁出现。所谓的“低价团”“负费游”，实际是在旅游线路、交通工具、住宿条件等方面大打折扣。比如一日游第一站是景点，然后游客就会被拉到偏远的仓库购物，“优惠”销售的玉石动辄上万元，实则成本价只要几百元。令人“细思极恐”的消费陷阱稍不留神就会遇上。此时，回想起之前看到的防骗提示，也就更多了几许自责和后悔。

在令人兴奋的循环消费景观下，消费安全被提上议程，冲上热搜，人们在兴奋之余开始冷静思考，在全民旅游、全域旅游的新时代，如何保障我们的消费安全？

每年的“3·15”晚会，导向鲜明，客观生动，案例惊心，层层剥茧，揭开那些唯利是图、违法违规、不讲良知的黑幕，其中也有旅游消费的陷阱和骗局。出门时我们常会说，旅途愉快，一路顺风，然而，面对消费安全，是否已经做好了充分的准备？

毋庸置疑，安全是消费的前提。我们的衣食住行，人生的吃喝玩乐，因为需要，就要消费；因为满足，就会幸福。旅游是一次主动的寻找，消费是一种愉悦的享受。逛街的女同胞，在繁花似锦的橱窗前提高了审美情趣；酒店的全家宴，在觥筹交错的热闹里增进了手足情谊。经济拮据，先满足基本需要；一掷千金，让生活奢华起来。由于理念不同，条件各异，贫富有别，消费的行为也会千变万化；因为爱好相左，个性不同，情趣差异，消费的追求产生了不同结局，经受了不同体验。但是，谁也不愿意上当受骗，花钱买来烦恼和不满。

旅游消费的不安全从何时开始，似乎缺乏具体的论证。但道德沦丧，品德堕落，一定是做出挖坑设局不良行为的开始。从热衷消费到不敢消费直到被迫消费，消费者心态的演变曲线赫然入目。在热情微笑、殷勤服务的掩饰下，消费陷阱、霸王条款纷纷露出狰狞的面目，这一切就是为了盯着你拼搏奋斗鼓起的钱包。茫然四顾，面对灯红酒绿，面对陌生的场景、拥挤的人群，捂紧钱包成为一件难事。过于警惕就失却了出行的轻松快乐，疏忽大意又会带来意想不到的损失。难得高兴、偶尔为之、放手一搏的心理，让期盼已久的旅游最终走上了歧途。

如何让消费真正安全？爱尔兰的马克·博伊尔在他的著作《一年不花钱》中，提出了他的生活主张：住破旧的大篷车，利用太阳能电池板，食用自己种植的土豆，手机只接听不打出……原来让消费安全，就要使生活倒退，我们自然不敢苟同。但通过倡导这种极端做法，也许能让社会警醒。

为了消费安全，我们已做了很多，包括出台法规、健全机制、维权调处、打击恶行，但为何还不能使消费骗局最大限度减少？这是因为在心灵的低谷里奔走徘徊，就永远登不上精神的高地。消费领域里的诚信缺乏，普惠的格局被迫打破，良心沉沦，底线失守，道德溃败，这些才是消费不安全的根本原因。推崇诚信，扬善贬恶；主流媒体开道，网友鼎力相助，我们就会营造出每天都是“3·15”的氛围。

在推动消费升级的背景下，强调一下消费安全，似乎有点不合时宜。然而，旅游市场的现实告诉我们，未雨绸缪，有的放矢，才能有效防止千里之堤毁于蚁穴。唯有商家拿出诚信，游客保持警醒，政府与民众共同参与，执法与教诫同步推进，才能打造文明旅游、安全消费的社会新风，这应当是每年“3·15”宣传活动永恒的主题。

认识邻居

年前，远方的大哥、大姐来常熟，游了虞山尚湖，看了古城新貌，感慨这里的变化。正因为多年未来，之前的经历如同还在昨天，思念的情怀愈加浓烈。他们的一个愿望就是去原来我们居住的老楼走走看看，探访一下那里的邻居。对他们而言，其实和邻居的交往就是来常熟的年份记忆，在常熟的真情实感，承载了他们对于人际交往的质朴向往与和谐氛围的江南乡愁。

这件事让笔者沉思良久，有点想不明白：只是数年间偶尔的几天小住，竟然记住了邻居，而且在探访回来后十分兴奋，历数着种种令人感动的小事。显然，要么是有什么特别的渊源，要么是有哪些重要的互动，否则，按照现今的处世哲学推断，似乎不太可能。就在不久前，在某个场合有人郑重地向众多朋友提问：你们的邻居如何？一时间，尽皆沉默，无言以对。显然，大家都不认识自己的邻居。

现实的后果有些严重。邻居的地位与作用，自古以来十分重要，不可替代，那句耳熟能详的“远亲不如近邻”，通俗易懂地说明了邻居之间的友好相待、融洽相处对于生活质量和幸福指数的催化功能。也许是高楼大厦的隔断作用，在现代小区的设计理念下，人们的生活空间充分预留了个性框架和私密保护。在很多人看来，邻居的功能已经弱化，周边的交往不再重要，认识邻居，似乎有点多此一举。许多人买房时，为交通的便利思虑再三，为学区的功能多方打探，为房屋的质量刨根问底，确定条件良好，方才下单，却很少打听和何人为邻。连新加坡的作家洪生也说，人如冬天里的刺猬，太过疏远就会觉得寒冷，可是过于靠近又会互相刺伤。然而，在我们民族的优良传统中，儒家思想影响下的古代邻里故事流传久远。作为道德的基础，仁的核心是仁爱贵和，孟母三迁，就是为孟子的成长选择良好的环境和可以信任的邻居。时至今日，社会的发展、科技的进步、住房的改善并不能忽略生活中依然会发生的邻里关系。那种见面微笑、互致问候的温暖，一家来人、多家串门的亲热，谁家办事、众人相助的团结，都会成为人生中难忘的记忆和生活里世俗的快乐。有人认为，移动互联网所建构的社会特征已经产生，社群化的新时代已经来临，人们不再关心宏大抽象的主题和身边的其他事物，熟悉的世界开始一去不复返。但事实上，面对朋友圈越来越纷繁、朋友却越来越疏远的现状，更多人认为，无语相看朋友圈，天地衷情向谁诉，心理问题要关注，呼吁让社交回归线下，让邻居变得亲热，让友情真诚可感。

于是，认识邻居开始显示出生活的现实性和历史的必然性。某小品讲述新楼装修时邻居之间互相影响，还有人去装修了别人的房子，闹出了许多笑话。其实，对待邻居只要心存善良之心、宽容之心、和谐之心，搞好邻里关系就非常简单。清代宰相张英

“六尺巷”的故事，让“千里修书只为墙，让他三尺又何妨”的诗句流传至今。而当下那种与邻隔绝、不相往来的自闭式做法，看似清静，却未必有利。马克思曾经指出，人是一切社会关系的总和。大而言之，地区之间、国家之间的互通有无，友好相处，也是一种邻里关系。过去的“丝绸之路”上，中国输出了丝绸茶叶，换来了异域的骏马明珠。当我们从大的陌生人社会，向一个个可能相互隔绝，更可能相互沟通的熟人社会转变时，在家庭、社群和单位三大社会单元之间，需要对自己的存在进行必要的准确定位，需要重新审视邻里关系和与人的交往界线，想一想自己的邻居是谁，想不想认识，能不能沟通，或者也像常熟的流水琴川义工团或其他公益慈善组织那样，在有人需要时伸出自己的援手。

邻居，可能是陌生的，也可能明天就会熟悉。因为我们的生活中，本来就有许多熟悉而又陌生的面孔：送包裹的快递员、物业的保洁员、电梯的修理工、公交车的驾驶员、小区门口饭店的服务员等等。如果在繁忙的生活中，挤一点时间给予陌生人关注，找一点机会认识邻居，你会不会觉得，人与人面对面的现实交往和情感沟通，很是充实，值得回顾呢？

职场理念的文化范

在社会生活中，就业是民生之本，职场是人生舞台。职场是一个大话题，职业梦连着中国梦。空前激烈的竞争中，文化的影响不断扩大，随着结构性矛盾已上升为就业的主要矛盾，择业理念影响了许多人的生存选择。无论是回归体制、下沉基层，还是灵活就业、自主创业，职场理念的文化内涵不可忽视。

百变职场，繁花迷眼。随着新冠肺炎疫情肆虐，经济下行，职场文化中的社会心理焦虑也在不断增加。面对名校毕业生应聘流水线操作岗位，本科毕业生当上外卖小哥，留学归来者担任家庭教师，一系列求职动向引起了人们的感叹和思考，是高能低就、教育失配，还是就业内卷、认知反差？各种声音层出不穷。日前，有幸在常熟旁听了一场“赢在职场”论坛，成功者故事一波三折，新文化理念引人入胜，互联网思维大行其道，颇受启发。有人念及早些年的企业文化，结对帮带、班组攻关、团队竞赛，为产品的创新激活智慧，很有作用；有人想起很流行的人性化管理，心理疏导、老板谈心、生日关怀，使办公室成为出彩舞台，吸引了有志青年投身职场。据此得出结论，获取文凭不等于再造人生，在职场奋斗才能体现价值。想不到，追梦时代的职业理念如此具有文化范，释放出强烈的变革元素和创新信号。

前些年有志青年锁定北上广，看中的是发展机会和广阔平台；后来发现工作、生活压力大，纷纷逃离。由于收入差距、声望高低、发展预期、环境差异等众多因素，青年人职业取向多元，常与父母相左，与传统冲突。职场上的人生追求，由于期待，充满激情；也由于现实，变得世俗；更由于遥远，产生纠结。因此，应当用职场文化对年轻群体进行心理疗伤，以优良品德对奋斗人生进行硬核支撑。在职业选择的广阔空间和人生起步的十字路口，必须通过职场文化的浸润影响，大力倡导家国情怀的就业观，乐于奉献的价值观，勇于追求的人生观，从而让青年人懂得职场的追求是什么、成功的标准有哪些、心里的定位放多高等问题，明白各行都有成功者、人人皆可成英雄、自我适配是关键的道理。在这里，职场文化应当承认成功观的多元立体，也要指出个人杂念必须摈弃。却原来，职场理念连贯古今，辐射四方，蕴含辩证法，自有大道理。

职场文化的精气神，原动力来自职场伦理。干一行应当爱一行，还是职业流动有利于实现个人价值，如此之类的话题，经常在求职人群、企业白领、专家学者之间谈起，争论得风生水起，也构成了就业、创业、职场奋进的思想舆论氛围，成为职场环境的重要组成部分。而有重点的宣传，有实证的说明，有力度的示范，是引导职场文化正确走向、健康成长的基本保证。权威咨询机构以大数据解读未来大学生就业趋势，这是宏观引导；为青年人端上“创业咖啡”，给政策、建平台、助融资，这是环境打造；专家学者纵论职场“创业就像马拉松，跑没跑过不一样”，这是心理辅导；而以有远见的目光，扶持创客团队和创业公司，这又是直觉灵敏、心智成熟的资本开道。职场理念的文化范，就在整体布局、有序规划的引领下，成为青年人和大学生面向人生的指路牌和风向标，鼓励他们展开青春的翅膀，冲破内卷的罗网，自辟新路，拥有创业的一片蓝海；立学为先，积沉丰厚的人力资本；自强不息，永葆奋斗的质朴底色。应当看到，今天的大学生经历了自我意识的觉醒、消费主义的洗礼和明星文化的熏染，不安于现状，不固守俗套，更加追求自己的个性诉求和精神自由。因此，生硬的说教和强制的管控，难以引起他们的认同，而通过职场文化的思考和辨析，才能引起他们的兴趣，调整自己的观念，在获得经济安全的同时，掂量充盈的人生价值，做出合理的职业选择。

“骚雅及今闻鼓角，山川从此待文章。”职场理念的文化范，是社会进步使然，就业择业造就；是“饭碗诚可贵，自由价更高”的形象表述，是对话职业梦，劳动有尊严的底线坚守，也是一个城市精神面貌的底气来源。那些线上、线下的创业论坛，电视、报纸的栏目专版，培训机构的辅导讲座，微信平台的公众传播，岗位人才的招聘路演，表演多彩，形态各异，却影响着就业择业、创新创造的双向选择，改变着理想沉浮、职场追梦的行进方向。不可以文过饰非，不需要心灵鸡汤，如同在旅行的路途中要善于定位、勇于穿越、敢于攀登那样，职场理念的文化范，也应该在各方面的齐心协力、共同努力下，经历洗礼，自我完善，追求家国梦，演绎正能量。

感动常在的现实意义

在常熟的乡村田园畅游，有一个乡镇因为名声远扬，又加之交通便捷，很多游客都曾到访。“东乡十八镇”之首的称谓并非徒得虚名，此地今日不仅保持了市面的热闹繁华，而且综合实力不断增长，妥妥展示着现代江南历史名镇的崭新形象。这个地方就是梅李。

来到梅李，必然看到地标建筑——聚沙塔。这座古塔原称“聚沙百福宝塔”，位于常熟市梅李镇东街浒浦塘畔，始建于南宋绍兴年间。塔身八面七层，原高20多米，现高32.83米，系仿木塔楼阁式砖木结构，历经塔身纠偏扶正和全面修复工程，展示出宋制结构的特有风格和设计施工的精致匠心，是全国重点文物保护单位。而以此塔为核心建成的聚沙园，将聚沙成塔的哲理寓意和学史明理的人文精神融会贯通，令人在游园赏景中洗涤心灵。

来到梅李，还可以看到无形的丰碑——弘扬孝爱文化、打造人文品牌的社会整体性氛围和自觉性行动。

梅李的孝爱文化基础厚实，润泽人心。《三字经》、“二十四孝”中的尽孝典故，均成为打造孝爱梅李的文化资源。让历史故事生动感人，让当今典型深入人心，让孝爱文化进入生活。正由于传承弘扬了优秀传统并使之感动常在，由此形成了道德暖流和文化共识，使梅李成为精神文明创新案例和中华孝爱文化之乡。详解细读，颇得教益。

感动常在的现实意义，源远流长。自西周伊始，以“孝”作为伦理观念，尊祖敬宗代代流传。而孔孟以儒家思想传播孝道，影响深远，形成体系。司马迁《史记》“八书”的第一篇就是《礼》，指出“人道经纬万端，规矩无所不贯”，稳定家庭方能稳定社会。而《孟子》中“人人皆可为尧舜”则从性善论出发，旨在传扬孝道提高素质，设计出一种社会发展的理想境界。在孝顺父母、敬重兄长、家国同构的大背景下，经过岁月的推进演绎，留下众多的慈孝故事，让孝悌成为中华民族的美德。

感动常在的现实意义，质朴平凡。孝爱的典型，出于日常生活，存在于普通家庭，常常表现为细水长流。孝爱梅李品牌培育、“十大孝星”评选活动、《孝爱在梅李》故事集锦均让人感受到道德魅力和生命内涵。似乎没有曲折的情节，不用追加人为的渲染，孝爱的本身因为触动人类情感，牵涉手足亲情而直达心灵。孝爱的行为或许会不被注目，慈善的举止或许会被当成小事一桩，而其中涉及的品质养成和人性光辉，却是凝聚人心、传承美德的原动力。孔子曰：“礼失而求诸野。”在普通人群之中，蕴藏着如此自觉崇高的心灵弦歌、和谐乡风，必将是社会文明进步的不竭源泉。

感动常在的现实意义，重在创新。梅李镇从孝爱入手，因地制宜，抓手直接；有序组织，形成载体。剔除封建孝道的糟粕，彰显与时俱进的命题，使孝爱文化潜移默化地与惠民安民融合起来，从而体现党的执政理念，赋予传统美德时代意义，精神文明建设技高一筹。以孝爱为抓手，以家庭为单元，以情感为主线，道德品质、思想素质的提高不再是脱离实际、泛泛而谈，而是涌动在日常生活里，体现在长幼起居中，扎根在心灵感知上，得到社会的广泛呼应和普遍认同。让家人子女有责任感，让老师同学有爱心，由近及远，由易及难。首先是自己孝爱，家庭孝爱，而后是邻里和谐，社会和谐。在全面建成小康社会的进程中，提高人的文明素质始终是我们的目标。

想不到走了一趟梅李，受到如许感动。那么就从感动开始，继续思想之旅，建设精神家园。

第五辑

遥思

从启程时的精心选择，到相遇后的温暖真相，常熟文化旅游的征途中，此岸桨声，彼岸灯火，水墨写意与绚丽写真互动共融，叠加生辉。

有意义的旅游不是对着风景发呆，而是能在移步换景中怀想。动起来的情思敞开衣襟，落下去的哲理不同凡响。

目光的翅膀舞动时，视线腾空而起，投向远方。

做旅游，原来不是旅游

在当下优质旅游的新时代，因为一处美变身处处美，全域旅游令人瞩目；也因为一人乐成为大家乐，各种玩法层出不穷。从旅游业态到出行体验，全方位创新、全过程惊喜，使旅游成了日常生活的热门话题。“黑科技”炫出智慧风，住民宿新晋成“网红”，去湿地俨然是时尚。有人感受到旅游业界的升温，认为做旅游真的很不错，在向往风景的同时也心仪起相关职业。笔者曾和一位正在求职的女大学生闲聊，方知她的理想就是当导游或是从事与旅游相关的行业，问她为什么，得到的答复很简单：可以旅游啊！原来，她把做旅游和去旅游，当成了一回事。

想那些意气风发走向大自然的人们，在山水间忘我，在花木间沉醉，在古城街巷念想着史诗般的历史重现，在名人遗址读懂了青铜样的人生注解，终于知道了何种生活才能更有底气，哪种眼光可解城市风情。车行或是步行，同行或是独行，旅行者在属于自己的春天里，注重的当然是感受和体验。就在这一种行程之中，看到了“常熟，一个有福的地方”旅游推介团队，交谈之间，得知精心策划方案，动用了多少脑力；付之活动展示，又牵扯了多少人力。任务之繁重，时间之紧张，一天要跑两个城市，用语言和行动、用互联和创意搭建起展示江南魅力的舞台，努力把流淌在血液里的元素和张扬在性格中的审美，如一幅画轴徐徐打开，放射出“文开吴会”“道启东南”的辉煌。

由此想来，知道了做旅游就是要如保洁员工，把园林道路打扫得干干净净；就是要如景区司机，每天不厌其烦地在相同的线路奔波；就是要如餐厅厨师，让天南地北的客人品尝特色美味；就是要如金牌导游，用语言和知识的魅力诚待游客。把非遗传承制成綵衣堂的文创产品，把百年招牌做成令人念想的“王四食品”，这是做旅游；将花边工艺绣进了文旅发展史，针法独到，图案精致，将苏作红木雕出了《富春山居图》，两岸交流，名扬海外，这也是做旅游。由远想来，让虞山尚湖郁郁葱葱，碧波万顷，生态修复，这是做旅游；让沙家浜芦苇摇曳，船桨咿呀，让琴川河畔粉墙黛瓦，民居如叠，这也是做旅游。那些精致标识、智慧平台，让旅游线路延伸到游人脚下；那些精美画册、创意节庆，让城市乡村打扮得淡妆浓抹。有一部《山水人和》的风光片真的风光起来，有一本《缘来常熟》的口袋书被人装进了脑袋。于是，我们知道了，做旅游是一项系统工程，也是一项惠民工程。大格局，微时光，记录了挚爱和荣光。

曾有华山清洁工，垂挂在悬崖绝壁上清理垃圾，身影在天地间伟岸；曾有四川地震时的最美导游，寻找游客的喊声在心底回响；更是有常年居住在不到6平方米小屋里的黄山迎客松护理员，忍着孤独和寂寞，守护着稀世珍宝。读读他们的故事，走进他们的世界，做旅游和去旅游的区别不言而喻。“名非天造，必从其实。”旅游业界的大变化，也是厚立从业之德，多积尺寸之功的必然成效。

春起樱缘，福满琴川。樱花锦簇的日子里，成群结队的人们前来感受“一段好春藏不住”的美丽时光。做旅游，原来不是旅游，但这般的盛世花海，正是献给旅游工作者的美好篇章。

心中的圣贤

曾经烂漫的花海已经开始零落，参天的古树却依然不见衰老。旅游景点似乎习惯了人群的潮涨潮落，精品线路总是坚定地伸向远方。去一片山水沉静，在一座城市寻访，不仅是放下了往日奔忙的心境，其实更是在做实景的阅读。有人用资本作注，有人以流量为王，也许根本抵不上旅行者内心的小小愿望：在古城跟随前人思想的屐痕，闻着原始淳朴的味道，体验因为传承带来的勃勃生机。以新念旧，以静思动，你就会感到，常熟因为有圣贤端坐，那份绚烂的文化至今仍放射着人文光芒。

言子文化节，在文庙尊经阁盛装开幕。有国学演讲、遗址寻访、临碑拓碑和古文背诵等活动。创意的形式可以多样，举办的初衷实则不变——就是让旅游文化在圣贤精神的引领下不断丰富内涵，持续释放能量。有人说，自从有了言子，常熟人就有了儒雅。作为孔门中的少年弟子，言子是唯一的南方人。他主张“小康大同”，是思想家；他主张“经世致用”，是教育家；他参与《论语》编辑，宣扬“齐家、治国、平天下”，又是文献学家。而他把儒家文化带到江南，“一洗其陋而归于儒，其功不在泰伯下”，开拓了崇文兴教、重视才艺和道德建设之先河，让江南文化新风扑面。孔子为此称赞他：“吾门有偃，吾道其南。”现在想来，圣贤之伟大，不仅行事端正，自身勤勉，更在于重视做好宣传工作，将政治见解和道德思想传播天下。依仗丰厚的文化传承、博大的人文精神，常熟旅游获得了历史名城资源馈赠的持续赋能，取之不尽，用之不竭。

从言子文化节开始，我们进一步懂得了作为吴文化的发祥地、儒家文化的传承地、江南文化的共同孕育地，常熟旅游得天独厚。同时，以文促旅，以旅会文，文旅融合，就有了更好的先天条件和更优的发展环境。从言子说开去，吴祖泰伯、仲雍，舍天下而得未来；昭明太子，以一座静静的读书台开启智慧之源；虞山文化流派，让琴川自古多风雅；虞山十八景，一步一景皆故事。仅25处名人墓地，就有精彩的人物生平、感人的岁月往事和众多的民间传说可以成为旅游话题和思考索引，牵动游人的情思，滋养生活的情调，收获丰富的情愫，从而得到有益的启迪。也许，在放松身心的旅程之中，精深典籍未必能读，亭台铭刻无暇去记，游园惊梦、歌声婉转也都能轻易放下，唯有铭刻文化印记的那一处古迹，承载岁月风尘的那一门非遗，偶尔途经，惊鸿一瞥，虽说时间短暂，却已牢记于心。如同院落边的繁花香草，屋檐下的雕笼金丝，因为趣味十足，所以引人聚焦。旅游中，依山而恋，枕水而眠，生命叙事总是如流星划破长空，改变人的认知，充盈闲暇时光。有道是，万水千山都走遍，景物总有许多面，与生俱来，你有多少发现？

虞山脚下，圣贤端坐，经天纬地，顶天立地。旅游文化的传播，其实也是纵向行动，横向思考。行程漫漫，风物无边，是先哲在前引路，文化浸润胸怀。因为旅游文化的本质，就是把每一处景点都变成文明的坐标，让众人一路走去，重新寻访，感受千百年前就已存在的庄严。

也许，你可能并不熟悉那一段历史；也许，你曾看到、听到却又忘记，但是这都无关紧要。因为在常熟走一遭，置身其间，物我两忘，圣贤已在你心中留下了深刻的启示和久远的畅想。

羽化而出的精灵

风和日丽的天气似乎很快过去，高温与梅雨的交替出现让兴致勃勃的旅行者愁上心头。气候与旅游的舒适度紧密相连，这早就成为不争的事实。幸好在虞山公园的参天大树下喝早茶依然有荫凉的快意，曾赵园池塘里的荷花正在准备盛装登场。苏州举办了“十碗面”的评选，常熟的蕈油面赫然在列。自信的回忆和曾经的时尚总是有点纠缠不清。名人宅院的弯曲粉墙，悄然圈起了恍如隔世的小天地，两边挑起的屋檐，把光线渲染得极其古典。小桥流水框出了长条形的街市，虽然很是陈旧，却没有掩盖掉当年的轰轰烈烈。本来想写一些看起来超脱的文字，未料想邮箱里跳出的提示，告知有许多中小学生开辟了第二课堂，走进百年历史探寻书院文化。这才猛然想起，园林景区那么多深藏的历史待人去读，亭台楼阁竟也有静默的岁月待人去记，山水相依，知行相伴，在历史名城，每一个角落都散落着传奇。

原来，身穿汉服的小导游，引领小同学们走进石梅小学，在读书台、桂花亭、古银杏和游文书院的一系列活动，是“常塾·研学堂”的课程体验活动。在景点听介绍，在石板习书法，在园内作版画，源自这种创新型学习的教案设计；常熟文庙的“触摸语言的魅力”、瓶隐庐纪念馆的“疯狂的原始人”两项体验课程，让小朋友们首次尝鲜就欲罢不能。如果说，这样的旅行，还有书斋文化的浓重影子，那么在大自然领略非遗的精彩，则是让人见识了什么是流动的课堂、行走的风景。知常熟花边之精巧，见到了非遗传人的现场展示，对精巧的感受才落地生根；知常熟美食之精美，参与了叫花鸡的制作，对滋味的体验才能舌尖远行。而招募虞山小剑客，学习剑道跆拳道，是把体育课搬到了山水之间；又有在曹家桥看农产品加工，在绿野间观无人机喷洒，在农田中体会插秧之艰难。这里的研学游，变学为游，游中真学，边游边学，学游一体。走出课堂的小学生，冲破书卷之茧，羽化而出，一飞冲天，“冶香轻似落花过，快橹瞥如飞燕来”，俨然找到了启动灵感的天地，释放童心的所在。

于是想到，为什么旅游在这些年忽然掀起大潮，其实真的是生活安定的真实写照。未必有多少不甘落后的奋起心态，也不会有走遍千山万水的终极目标。自然的生活状态就是走向自然，宁静的精神成长就是归于宁静。封闭与开放、依赖与自立，永远是伴随人们一生的对峙。想着旅游业界，动情而又用心，煽情而又暖心，如同气派春晚的开场舞蹈，聚力制造高潮；如同情人佳节的满街玫瑰，随时诞生浪漫。这长长菜单上的花式旅游，让快乐在行走中迎风招摇，让爱情在美景中拥入怀抱。有格调、醉时尚的是旅游，历史气息与现代书香不谋而合；能刷屏、常爆表的是旅游，镜像天地和笔墨记录相得益彰。而现时登场的“旅游+”，加出了跨界大融合，加出了业态新动能，加出了小精灵的漫天飞舞，和满城繁华万家灯火，共同构成了一座城市的惊喜。

研学游，创造新鲜感觉，释放紧张压力，可说是宕开了青少年成长的表情包。那么重的上学书包，那么多的课外补习，那么早的“不要输在起跑线”，既可轻言对错，无法不置可否，轮到自家头上，也要如此拼搏。不过，因为有了研学游，我们的家长和社会，又多了一种选择：研学不松劲，旅游争上游，学生动起来，教育活起来。从小懂得好奇，自幼品味乡情，注重重塑自我，从而成为冲出茧壳的精灵，这里有着远见卓识和致用理想。

时尚的旅游不是感冒

早年听人说过，生命是一个过程，幸福是一种感觉，爱情是一个人突然生病，时尚是一次流行性感冒。听了朋友对每句话的诠释，仔细想想不无道理。尤其是对时尚的理解，颇有第三只眼睛看人生的居高临下之感，把本来光鲜、很是潮流的处世态度和生活追求，说成是互相感染的病态。某种服装流行了，大家都穿，撞衫不可避免；某种款式吸睛了，大家都用，结果是共同失去了原创。时尚如一棵新苗，露头伊始，众人采摘，它自然不再长大，逐渐枯萎。想来，盲目的跟风、简单的模仿、无效的追求，会让时尚变质，让理念落伍，事后再看，非但没有引领潮流，反而是东施效颦。

对“时尚”两个字进行拆开解释，时即时间，尚为崇尚。关键是如何掌握时尚的标准。有人视奢华为时尚的标识，有人视简约为时尚的本原。当你面对形状怪异的建筑、网络流行的语言、无法理解的歌曲心存郁闷之时，或是在有时看不懂时尚，或是看不惯时尚的时候，试着想一下“时尚就是流行性感冒”的比喻，也许能会心一笑，瞬间释然。

在大众旅游、全域旅游、优质旅游的新时代，精品线路相继推出，旅游产品精彩纷呈，创意节庆繁花似锦。当你决定进行一次旅游的时候，也就意味着对时尚的旅游进行选择，为旅游的时尚自觉买单。然而，也正因为立足点的不同，会有各种不同的答卷。比如，当想着如何去常熟的山水之间享受生态之美，用发自内心的呼吸与自然交流，淘宝直播却选择了常熟中国服装城玩起了选款活动；当想着去常熟的工业旅游点欣赏锦衣翩然的服饰馆和生产线，波司登却远赴纽约办起了时装秀。而看一下沙家浜旅游节的精彩安排，有许多闻所未闻的新选项：智慧旅游展，将线上的产品生动演示；大闸蟹音乐节，把享美食与听音乐融为一体；涂绘常熟，以童心展示名城魅力；冰雪狂欢节，在江南打造出北国宫殿；创意稻草人，竟然是农耕人物和十二生肖的情景体验。用创意发掘旅游资源，以时尚集聚游客人气，常熟旅游的时尚观，表现出青春勃发、个性多样、公众认同的新特点，融合了普罗大众的需求，兼顾了旅游达人的喜好，一路看山水，一路访古迹，相遇新鲜事，重拾好奇心，有充满厚重感的名胜，有“嗨”出精气神的摩登。这里的时尚，成为流行，却并没有感冒。

其实，当下行色匆匆的旅游，炫之耀之，魅之酷之，沉浸于世态，超然于物外，让焦虑的心境平和洒脱，得以摆脱烦躁的生活。在行程中间，可以遇见静态的山水，可以遇见动态的自己，还可以遇见来去无踪的时尚，这意外的收获真是让人欣喜若狂。如果说，不时尚是一种惯例，那么，时尚正因为打破了惯例而生生不息。本来，追寻美丽的风景是旅游的时尚，现在，体验美好生活才是风景之上的选择；本来，做个独自背包客是时尚的旅游，现在，优质的跟团游因为景点精细，保障到位，综合协调，服务周到成为众多游客的向往；本来，住高档的宾馆是用旅游演绎时尚的标配，现在，品牌化、集约化的民宿成为精神家园的诗与远方。于是，对立统一的时尚，变化无常的时尚，积淀文化的时尚，因为旅游，就有了长袖飘飘、锣鼓喧天的舞台。

如果说，“会当凌绝顶，一览众山小”是旅游的时尚，那么，“结庐在人境，而无车马喧”也是休闲的情怀。出行是心灵放假的选择，绿色是美好生活的底色。有人出发时患上了感冒，在到达目的地之后神奇康复；有人宅在家中一切安好，在行程中偶遇风雨便染上风寒。这正是旅游对人的考验。出发时，想一想旅游与时尚的关系，歇脚时回味“时尚就是流行性感冒”的比喻，你或许会若有所悟，诗兴大发，像徐志摩那般念道：悄悄的我走了，正如我悄悄的来；我挥一挥衣袖，不带走一片云彩。

文创产品如何与众不同

在今天，旅游早已不是地理和物理层面上的移动，而是人们不断寻求精神收获的过程，也是小康社会标配，美好生活必备。作为文旅融合的有效载体之一，旅游文创商品日益引起业界的关注。植根于地方文化土壤，面向繁荣发展的大众旅游市场，打造有文化的旅游商品，讲好有特点的常熟故事，要求我们必须勤于思考，勇于实践。

文创产品如何与众不同？这是一个值得讨论的话题。但是核心的要义就是要处理好地方文化传承和文创产品创新的关系。一丝不苟的传承，远见卓识的创新，文化点睛，科技赋能，才能不断增加文创产品的市场价值和文化认同。记得早先国内的“中国式景区”，除了风格雷同引人诟病，旅游商品更是让游客产生了抗拒心理。无论走到哪里，都能看到一样的扇子、相同的杯子和说不出风格的手工艺品；无论去哪里，都像去了一趟义乌小商品市场。本来，旅行就是从繁杂生活中脱离，最后却无奈再一次走进平庸，劣质的复制和粗糙的兜售，给游客带来了难以忘却的精神打击。时至今日，我们已经觉醒，将视线投向了文化。从对区域资源的梳理，获得了取之不尽的文脉元素；从对游客心理的分析，找到了心灵遇合的目标；从江南情怀和生活实用的结合点，找到了文创产品主攻的方向；从不断拓展销售渠道，开始形成了具有独特个性的文创品牌。文创产品的与众不同，就是在这种精准性突破和持续性构建的过程中，以创意激发消费，以差异抢占市场，推动了文创产业的供给侧改革，树立起行业创新探索的旗帜。

如果说江南文化是一座富矿，文创产品就是对它最现实的开发和利用。近来，很多专家学者开始热衷讨论江南文化，一种较为普遍的观点是，江南的市镇文明、水乡性格和家国情怀，催生了江南文化的繁荣。人文荟萃之地，商业兴盛沃土，旅游热门景区，形成了文创产品领风气之先的独特优势。据悉，江苏旅游文创商品大赛在苏州举行，打造"文创精品促进融合发展"的主题影响广泛，众多的文创商品，涵盖工艺美术品、旅游纪念品、创意类产品、特色食品等丰富品类。其中常熟圣百合提供的精致糕点、金剪刀提供的高品质旗袍、綵衣堂提供的常熟花边等产品都能集中表现地方文化性、市场创新性、实用纪念性、艺术工艺性和品牌示范性，共同的特点是丰富了旅游商品文化内涵，以创意推动商品提质，以科技联动方便生活。在流行打卡的互联网时代，这些具有常熟标识度的物品，是打卡的延伸和拓展，是一种精神上的回归。

然而，文创产品的与众不同不能一蹴而就，需要长期的探索、艰苦的实践，在挫折和失败中找到走向成功的密码。曾记得"玻璃栈道"大规模走红，但是随着很多问题的暴露开始遇冷；一把梳子从木质变成了牛角，其实也并不是文创的成功。出于经济成本的现实考虑，满足游客千差万别的个性需求，体现和其他城市不一样的文化特质，我们才能把缘来常熟的温情之旅、宁静祥和的城市气质、特色乡镇的蓬勃生机、富含人文气息的一方水土，浸润、包含在文创产品之中。这中间需要的努力可想而知。对此，每个人都应该不当“吃瓜群众”，共同建言献策。

科普的担当意识

随着经济发展、社会进步、改革深入，当代科普承担的任务日益繁重。因为有假消息混淆视听，有伪科学误导大众，按部就班的科普已经与时代发展产生了距离。生活的表象光怪陆离，科学的真相只有一个。而最能说明问题的，就是在抗击新冠肺炎疫情的决战中，奋战在抗疫第一线的广大科技工作者和医务人员，不仅助力于临床运用和社会防控，而且挺身而出，面向公众开展科学普及，针对疑问给出正确答案。钟南山、李兰娟等国士名家，以权威形象和敬业精神，提供信息，点亮明灯，深入浅出介绍病毒原理，言简意赅传播防疫经验，不厌其烦回应社会关切。尤其是当不确定的信息和无根据的猜测影响众人时，这些科学家正本清源，直言不讳，以乐观和耿直、真诚和担当、科学和真理凝聚共识，支撑我们清醒健康地生存。具有科普的担当意识的人们，在风雪武汉、在联网防控、在疫苗接种的每一个关键环节，夜以继日，无怨无悔，自觉警醒，克敌制胜。也因为这一场抗疫之举，科学素养和科学精神集中于担当的言行里，昭示天下。

科普的担当，表现于对真理的坚持。科学，作为一种积极进步的文化力量，向来与迷信为敌。19世纪伊始，科学普及的任务主要由科学家担当，他们在探索未知、攻克难点的同时，承担起传播科学的任务，或参与演讲，或亲自编书，满足大众对科学的渴望，顺应社会对文明的追求。其间，许多人坚持不懈，探求真理，潜心钻研，造福人类。尤其是在需要选择的关键时刻，他们不仅知识渊博，而且品格照人。当有人想以重金购买镭的专利，居里夫人不谋私利，将镭的秘密公开；布鲁诺为传播“日心说”而被烧死在罗马鲜花广场，他在火光和浓烟中依然坚持科学的价值；钱学森在美国人重金留聘面前，毅然踏上了归国之路，为建设新中国奉献全力。当下，尽管科普的主体不断变化，科普的队伍日益壮大，科普的手段日益多元，但是这一领域的基本面，仍然是坚持真理，批驳谬误。“知是行之始，行是知之成。”剖析事物的客观规律，讲解科学的基本原理，引导人们的健康生活，直至培育下一代热爱科学的优秀品质，都需要正本清源，告之真相。担当的出发点，正在于此。

科普的担当，体现于对传播的审慎。在科学快速发展，学科分类细化的大背景下，科普传播的手段日益更新，从电视专题到视频短片，从微博发帖到微信留言，从微信朋友圈到公众号，科学知识进入到人们的日常生活，健康理念渗透到人们的饮食起居，不同观点也因此刀剑相向。诸如一喝就瘦的减肥茶、一贴就灵的视力贴、包治百病的保健品，虚假宣传充斥广告，明星代言参差不齐。数据含糊、认识混乱、指标滞后，许多科学常识因为传播不慎，缺乏担当，被弄得是非难辨，莫衷一是。有学者指出，大众与科学的接触虽然日益频繁，却与科学日益生疏。因为他们直面的往往是被肢解的概念、被拆分的内容、模糊的结论和似是而非的常识。对此，有一则历史故事很有教育意义。1921年，爱因斯坦访问美国，在普林斯顿大学做了一场学术讲演。《纽约时报》记者在一位物理学家的帮助下对此发出一篇报道。但总编辑卡尔·范安达却对其中一个方程式难以接受，几经周折，向爱因斯坦本人求教，最终了解到是爱翁在黑板上抄写时出了差错，从而保证了文章报道的正确性。在这里，科普的担当意识于不经意间散发出耀眼的光芒。

科普的担当，展现于对责任的自觉。科技事业严谨求实，科普工作任重道远，担当的勇气，源于肩负的使命。举例食品添加剂，近年来风波迭起。从“毒胶囊”“皮鞋老酸奶”，到一支雪糕加了19种添加剂，有关负面新闻总是不断刺激公众的敏感神经。其实，早在东汉时期，民间就开始用盐卤制作豆腐；从南宋开始，“一矾二碱三盐”的油条配方就有了记载。食品添加剂本来是优良基因，非法添加剂才是肇事之凶。对此，唯有挺身而出，详析原理，针对事实，澄清真相，科学引导，循序渐进，科普的成效才能巩固。

当然，科普的担当，还离不开自身对科学知识的学习和对科普方式的研究。但只要如钟南山、李兰娟那样坚持科学真理，那样捍卫科学真相，“男儿欲遂平生志，六经勤向窗前读”，担当就有了底气，就能守住底线。不要说科普无关紧要，不要说担当并不重要，我们从当下出发，向未来进军，担当的意义不言而喻。科普虽易，担当不易，且做且珍惜。

科普场馆如何变身文旅景点

在文旅融合、文创兴盛的背景下，“出行可研学，旅游即生活”的理念深入人心，动就观山水波澜，静便去场馆深思，江南美学的延展性令人叹为观止。此时，那些博物馆、图书馆、美术馆、体育馆和纪念馆等众多场馆成为一座城市具象表达的高光去处，文旅行程由此铺垫原色，点燃亮色，缤纷活色。以参观者为中心的场馆，多元包容，彼此借鉴，功能渐显。其间，星罗棋布，大小不一的科普场馆也越来越多地进入旅行菜单，成为活动标配，激发人们学习的兴趣。大家发现，原来在各类精彩的游乐项目之外，作为链接科学和公众的平台，科普馆的惊喜也很多，功效也很大，看科普场馆华丽转身，变身文旅景点，让“常来常熟”更有韵味。

科学社会学告诉我们，科学普及是一种广泛的社会现象。它以时代为背景，以社会为舞台，以科技为内容，以公众为主角，上演着自然科学与人类社会的文明剧目。改革开放以来，科普活动得到了党和政府的高度重视，法律条文阐述明确，组织机构不断健全，各级领导带头倡导。科普形式丰富多样，体现出时代性、创造性和连续性。在此过程中，基础设施加快建设，科普场馆异军突起。1988年，中国科技馆建成开放，经历多期工程，进入世界三大科技馆之列；上海科技馆作为现代都市大型科普活动场所，吸引了大批市民参观学习。与此同时，各地各类科普场馆相继建成开放，功能完善，领域广泛，内容丰富，手段先进，科技资源利用充分，传播成效快捷方便。在常熟，以人文形式催生科学理念已经成为一种常态化运作。常熟科普馆突出青少年活动主题，图片标本兼有，讲解观影同步，成为学生轮训基地；蒋巷青少年科普馆兼备活动基地优势，内容新颖，表达生动；中医药博物馆在传统医术的展示中弘扬现代科学精神；枫泾社区科普馆面向居民，公益互动；沙家浜湿地科普馆立足红色景区，接待各地游客，让红色旅游、绿色风景和蓝色科技互为交融。市民群众走进大小不一、风格迥异的科普场馆，见新奇，开眼界，问究竟，被科普。不经意间，科普馆逐渐成为亲子游乐的选项、团队活动的向往，传播的力量由此产生。

在快乐旅行中认识科普场馆的作用，体验了解科学的乐趣，需要一个渐进的过程。对商业开发的过度偏爱，对建筑高度的狂热追求，对豪华外观的盲目模仿，不仅无知还裹挟着功利。而作为科学普及的载体，科普场馆高擎着公益的旗帜，和博物馆、图书馆等场馆一样，共同构成了人们出游的行程和进步的阶梯。爱因斯坦曾以开玩笑的方法传播他的“相对论”：一个人坐在火炉旁五分钟，他感觉像过了一个小时；一个男人与他喜欢的姑娘聊天一个小时，他感觉过了五分钟。这个妙趣横生的比喻也适用于走进科普场馆的感受，与赏花泛舟相比，自是有不同的收获，不同的进步。

培育科普场馆，不仅要有建设时的满腔热情，全力以赴，还要有着高瞻远瞩的眼光，用现代理念引领创新发展。当下，信息技术广泛运用，网络世界风起云涌，受众的需求日益繁复。英国曼彻斯特博物馆有句名言：“科普场馆最值得珍惜的资源不是展品，而是观众。”想要展品吸引眼球，科普场馆有着出新求变、拓展内涵的巨大可能和无限空间。以人为本，掌握需求；肯下功夫，常办常新；添置改进，延伸功能。如此，科普场馆的知名度和影响力就会不断扩大，对观众的吸引力和亲和感就会不断增加。

当下，我们需要什么样的科普馆？当然是像情景式展览，活态化展示，多功能错位；当然要开放数字资源，推出虚拟场景，提供在线讲座。多种形式创新、展品更新的背后，更要让参观者了解科学原理，感悟自然奥秘，规范生活常识，从技术与艺术的互为渗透中提升科学素质。让基本原理通俗易懂，让物品标本鲜活灵动，让动手参与成为可能，科普馆就能全力打通和其它文化场馆的界限，进入共享空间。此时，人们就会发现，自然科学竟也如此活泼有趣，实验场景可以充满人文情调，兴趣爱好能够重新发现检验。如同在旅行中，用摄影定格风花雪月，用吟诵赏析古韵诗篇，用陶艺奔赴美学之约。科普馆，也一定会用自己坚持的科学与真理，吸粉无数，迎来精彩时刻。

管理科普场馆，使之发挥功能，这是走向现代化的题中之义。不全是规划有无，不全是钱多钱少。不能总以为科普馆“门可罗雀”，不能总误判科普馆“呆板生硬”。时尚科普理念和现代传播方式可以让科普场馆褪尽旧颜，换上新貌。之前许多地方推出的科普大篷车，就是流动的科普馆，所到之处，引人入胜；成功举办的上海世博会，更是尽揽大观，盛况空前。其实，一旦走进科普的境界，你就会有一种理性和真情，为构建拓展科普的硬设施和软实力不懈努力，为文化旅游以科学知识固本强基倾情出力。这应当是一个长期的过程，但宏观上已经破冰，微观上已有典型，这项事业的诱人前景，终会鼓励我们谱写社会进步的传奇。

不可复制

过去留存文章资料，常用的方法是写在复写纸上，如果传播的要求更高，就是用钢板刻写。随着科技改变生活，复制的方法越来越多，速度越来越快，复制的本义，也从《后汉书·刘虞传》中的“控制”引申为现在的“拷贝”，从打印复印一体机到电脑U盘、手机拍照，复制的进化变得让人担心。许多国际谍战大片中的惊险桥段，往往围绕拷贝机密文件而展开。显然，在复制的手段不成问题之后，不可复制成了问题。

应当承认，对唯一的母本进行复制，是传播先进的有效方法。从肯德基进入中国开始，连锁店就成为街头常见的商业模式。然而，大量复制与不可复制是一件事物的两个方面，充满了辩证的互动关系。一方面，要让经验快速传播、众人分享，复制当然是有效的方法，同时也冒着雷同的风险；另一方面，在区域发展、地方进步和行业竞争的新风口，必须找出不可复制的秘诀，从而比那些大量复制的平庸样本胜出一筹，展示属于自己的个性风格、鲜明特质。用可以复制为出发点，以不可复制为转折点，我们就此走上了赋能地方发展、提升城市品位、感受幸福指数的发展历程。

聚焦高质量发展，谋划文体旅融合，不可复制成为放大优势、提升能级的新课题。打造一张不可复制的常熟名片，是时代对常熟发展提出的全新要求。用不可复制的名片进行城市推广，用不可复制的概念进行策划整合，用不可复制的优势吸引项目，提出了更高的行业标准和更严的职业要求。从项目到节庆，从业态到产品，从线路到服务，我们必须思考自身具备了哪些独特的禀赋和优势。比如山湖同城的自然形胜、承载千年的人文故事等，似乎为我独有，别人所无。然而，当我们回顾那些总量不大的文体项目、形式雷同的旅游活动，总不免时常觉得遗憾。此时，一定会感到不可复制的艰难。在网上随意浏览，看到了其他城市的“不可复制”：北京故宫的咖啡馆成了“网红”打卡地；天津的夜游海河，沿岸的景观点亮了夜色；淮安的掼蛋文化成为赋能经济的特色旅游；在长沙，敞开的校门、不打烊的书店、烟火绽放的橘子洲头……许多城市的特色文体旅，给我们上了关于“不可复制”的生动一课。

围绕不可复制施展抱负，其实有着广阔的舞台。诸如，让时尚主题酒店形成艺术风范，让各类文体场馆开启惊喜之旅，让夜间消费活动激发时尚潜力，让缤纷假日经济满足休闲需求，让地方非遗传承融入日常生活，对此，需要打破传统思维，改变一般视角，做出不一样的属于常熟的特有范本。1889年，高达300多米的埃菲尔铁塔在巴黎塞纳河左岸建成，莫泊桑、左拉等300多位文化名流联名抵制；2008年，北京奥运会修建的鸟巢、水立方也有人质疑。然而，这些不可复制的事物，却成为建筑史上的里程碑。有人说，很多时候创新并不是干一件开天辟地的事情，而是用新的方式去满足原本就有的某一个需求。它紧挨在“传统”的旁边，开始的时候不为人接受，最终却证明了自己的成功。在理念表达、资源开发和自我推介的进程中，正是异想天开、不同寻常的思维模式和行事方式，让不可复制成为现实。

名城意韵，文旅和鸣，让我们以更多样的产品供给，更壮大的品牌集群，更开阔的消费时空赢得更多缘来常熟的旅行者。

花开疫散

沿着古城的河岸悠然而行，不经意之间，就能走出江南的生活美学。柳丝烟雨，随梦而至，春的感觉就是在这一个阴雨后的晴天忽然开出密密匝匝、充满灵性的花朵。手机上依然跳动着疫情的实时播报，但是最危急的时刻显然已经过去，庚子年初的惊心动魄渐行渐远，之后的新世界，每一天总是升起新的太阳。

人对自然，当然有着天生的亲近。斗转星移，花树消长，风云变幻，无不令人因景生情，产生着喜悦与忧愁、牵挂和寄托。日前，常熟春季文化旅游“云赏花”盛大举行，22个平台同时直播，超过400万人次热情关注。与巍然的南宋方塔遥相呼应，隔河相望，在古城街巷的环城河畔，沿岸怒放的早樱繁花满树，粉中透白，云蒸霞蔚。低吟浅唱的含笑私语，暗合了李商隐的诗句“樱花烂漫几多时？柳绿桃红两未知”。从这里走起，踏青、赏花、品春都开始遵循着“花俏江南，春来常熟”的当红主题。

如果把江南仅仅概括为杏花春雨、莲叶田田、文化传说、雨巷丁香，未免显得过于笼统。迎春花早早撑起金黄的喇叭，吹响了季节的奏鸣曲；看那一大片牡丹，饱满娇艳，自有一种艳惊四座的辉煌；海棠华美灵巧，气质高雅，在绿意的衬托下一树千花，垂丝海棠、贴梗海棠和木瓜海棠等不同品种，同样的妩媚动人；山茶花在春天显得有点浓墨重彩，玉兰花优雅地绽开自己的淡定从容；梨花开始扎堆，千树万树如潮水般涌动，香味虽不浓烈，景观却令人心动；郁金香生机盎然，因为仪式感而显得十分抢眼；桃花由于特定的身份，颇像当仁不让的"网红"。常熟的赏花季因为文体旅人的精心规划，描画成"花开常熟全域赏花导览图"。线上推介的精彩画面，充满创意的文创产品，集中了景区景点的高颜值元素，充分体现了在这个特殊的春天，因为技术的进步，我们既可以通过视频、图片、直播等方式拓宽视野，也可以身临其境接触到微妙的春天气息。让向往春天的念头变成走进春天的现实，文体旅产业的复苏，就是在这样自然生长的季节里体现着自己的潇洒气度。

云在青天水在瓶，珍爱春光贵在勤。经过宅家的那一段时光，我们鱼翔浅底，偶尔冒泡，现在终于可以走进广阔的天地。面对疫情的冲击，文体旅首当其冲，引起关注。产业复苏，无疑是一个艰难的过程。全球疫情吃紧，战"疫"方兴未艾，我们要有长期作战的思想准备。"赏花经济"是一种手段，产业复苏是一个过程，自然界的春天因时而来，循环往复；经济社会发展的春天，依靠众志成城的共同奋斗。有风有雨是常态，风雨无阻是心态，风雨兼程是状态。升级旅游体验，拉动购物消费，创新推介手段，重启后的景区景点和旅游线路，应该以精准施策和有力帮扶，打赢复苏翻身仗。我们要深入调查研究，及时掌握动态，既看到花开疫散的新机遇，又把握商业形态的新变化。文体旅大消费的趋势当然会长期向好，尽管一些商业形态或许会被压垮。稳定基本盘，推出新产品，以特色化、差异化、层次化的协同创新，启动消费新引擎，在这个春天里，我们将重拾信心，恢复活力。

因为花开疫散的本质，正是时光回暖。

后浪进行曲

在当下的繁华年代，爆红事件经常发生，有情理之中的惊叹，也有意料之外的惊喜。

2020年的五四青年节前夕，被简称为“B站”的哔哩哔哩视频网站推出了一部名为《后浪》的宣传片。声情并茂的演讲，色彩纷呈的画面，充满了前浪对青年人的羡慕和鼓励，把商业资本抢占主流阵地、对网络流量的崇拜表现得淋漓尽致。浪花奔涌，惊涛拍岸，海水的涌动气象万千。前浪因为曾经奋斗，活力渐去，心生念想；后浪却因为生存状态的不同，开始发出各自的声音。直播火了，球鞋涨价了，共享经济人所皆知，精致的小资生活成为一种向往。有人说，《后浪》的走红，玩了一把情怀，招来了是非争执，却引起了代际碰撞，在这一片此起彼伏的声浪之中，产生了如何吸引后浪，推动消费，提升娱乐，繁荣商业的话题。植根旧经验，拥抱新观念，我们要对市场规则、商业文明、经济自由，持以更加科学的态度。在雨后破土的新生事物面前，心态开放、大度包容，无论身在何处，目光看向远处，心灵总在高处。

《后浪》中用这样的场景“诱惑”青年：“自由学习一门语

言，学习一门手艺，欣赏一部电影，去遥远的地方旅行。”尽管工薪阶层的青年人吵着说缺乏条件，但是，这毕竟是值得追求的梦想。在众多的选项之中，旅游无疑是后浪们心仪的选择。因为旅游可以使人用全景式的浏览去体验“人类积攒了几千年的财富”，去层层打开现代文明的成果。在旅游中，后浪们获得了梦寐以求的选择的权利，能够结交许多值得干杯的朋友；在旅游景点、传统建筑、非遗文化面前，后浪们从智能手机、平板电脑的网络世界中抬起头来，纷纷加入向快乐出发的队伍，因为诗与远方总能让后浪更加激情奔涌。

在关于后浪的话题中探讨旅游，我们有理由寻找与市场需求的距离。一段时间以来，围绕刷新区域品牌、推进全域旅游，业界同人费尽心力，全力以赴，从资源开发到项目引进，从活动创新到服务优化，为常熟旅游增添了丰富内涵，拓展了外延空间。然而，从自我出发居多，主观意识较强，缺少换位思考、游客为上的考量。说起特色，忙着介绍自己的山水；说起景点，热衷讲述陈旧的故事。美食停留在自己品尝，活动沉浸于自娱自乐。这些举措曾经获得不错的反响，但是在今天显得过时。从市场竞争的层面来说，过去，传统公司想要盈利大多是从创造喜闻乐见的产品开始，而现代公司更加注重和消费者的关系。以细分对象、满足需求、投其所好、相互渗透为基本方向，由小众自赏到路人皆知。注重潜在的客户，投资今后的市场，必须相信未来属于年轻人，因此，《后浪》才取得了成功。

兴趣因好奇沉浸，青春由磨砺出彩。“B站”的弹幕让年轻人有了宣泄的通道，也打开了面向世界的窗口，因而收获无数人的青睐。在今天，我们要讲好锦绣江南的旅游故事，面向青年是一个必要选项。对后浪们进行心理情感的疏导，莫过于在祖国山水之间、江南福地之中纵情呼吸，催生家国情怀与使命担当，让个人价值与时代脚步同向同行。在此我们也看到了文体旅人在网络空间的推荐营销，实力圈粉颇有成效。前浪翻涌，后浪奔腾，正如那支引起心底共鸣的歌曲所唱：浪是海的赤子，海是浪的依托。

就这样，我们听到了渐次而来的后浪进行曲。

品三国 话文创

记得若干年前，央视的《百家讲坛》栏目让厦门大学教授易中天全网爆红，全民知晓。易先生站在平民立场，通过现代视角，运用三维结构，一家之言品三国，品出了粉丝如云，品出了“易中天现象”。《面对面》栏目采访他时，他谦称自己博不精，专不透，高不成，低不就。事实上，他的课，观众喜欢听，听得懂，记得住，用得上。他使读历史变成了快乐，谈人物变成了聊天，学知识变成了享受。成功之道，值得借鉴。

中华优秀传统文化的创造性转化和创新性发展，是时代性的重大课题。三国故事是文化意蕴丰富、历史影响深远的文化资源之一。阐述解读三国历史，描述演绎人物故事，蕴含着普罗大众基于朴素的价值追求和道德理想。隋唐时期民间流传，元末清初汇成名著，罗贯中的《三国演义》树立起艺术画卷和历史丰碑。古往今来，三国文化源远流长，社会影响波澜壮阔，逐渐成为专门的学问。而易中天先生追求的，却是老少皆宜，雅俗共赏；学术品位，大众口味。现代理念的运用，时尚词汇的发挥，以今人之心，揣古人之腹。追踪曹操能臣之路，解析诸葛隆中对策，纵观孙权江东基业。无不缜密严谨，却又旁征博引；既能陈述清楚，又是妙趣横生。以此联想开来，品三国与做文创，定然也有着意义上的相通、方法上的借鉴，采取创新形式强化历史知识，通过现代理念活化人物故事，通过网络传媒满足民众渴望，品三国和话文创，可以搭建起喜闻乐见、易学好懂、知行合一的大舞台。

品三国，话文创，应拓展创意为先。当今的文创，最常见的方法就是用传统的“面子”，包装商业的“里子”，缺乏画龙点睛、点石成金的手段。陈旧的工厂做出了文创的外表，却缺乏有创意的内容，游客一哄而散；简陋的民宿，挂起了文创的牌子，资源特色和游客要求并不配套；景区景点的伴手礼和特产，看似精彩文艺，却在生活中没有实用价值；等等。再看易中天品三国，处处蕴含深入浅出的讲课技巧，彰显显山露水的成功之道。细心解析品三国的新，平静看待易中天的火，我们就会了解创新探索之路，也是跋山涉水、披荆斩棘走出来的。“幽人一默，放松心情”，并不是信手拈来，脱口而出，必须是要多年积累，精心准备的。对文创而言，提炼传统文化资源的思想精髓与审美特质，将之镶嵌到当今的旅游活动中去，才能拓展创意空间，做好文创产品。在起点中文网，以“三国”为关键词，可以检索出3.6万多部相关作品。而1994年的电视剧《三国演义》去除原著中迷信糟粕，保留对忠义勇武智慧的歌颂，获得成功。如此优秀的案例，为我们树立了方向性引领。

品三国，话文创，当传播知识为要。三国历史，精彩纷呈；酒楼茶坊，众说纷纭。在学术领域，也是观点迭出，各家争鸣。易先生所述，虽成一家之言，但也未必是最新研究成果、最佳考古发现。但将通晓的历史重新演绎，对熟悉的人物再来评说，用精彩的故事直面观众，他为我们重温了魏武挥鞭，妙说了真假曹操，详解了三顾茅庐，这就传播了历史知识，弘扬了正确观点，起到了知识普及的作用。文创的追求，其实也在于让严肃的内容贴近社会，让严谨的历史生动起来，让地方资源为发展所用。常熟策划推出的研学游，就是以历史文化、圣贤人物、国学功底串起的精巧安排，又加以工厂、农村全域旅游的实景体验，使文创产品不仅是实物，也是课件；不仅是活动，也是教学。使知识性、趣味性、融合性都提升到一个新高度。联想到如今出现了“跨界月饼”：故宫博物院月饼以《千里江山图》为创作来源，三星堆博物馆月饼印有铜纵目面具，等等。无论是不是吃出了中秋味，吃出了文化感，以文创传播知识的尝试应当赞赏。

品三国，话文创，以面向大众为本。作为教授，易先生深知“传道授业解惑”是自己职责所在。讲课宣传，面向大众，服务当前，必须一切从观众出发，凡事为大家着想。三国是一个英雄辈出的时代，又是一段扑朔迷离的历史。正史记录、野史传说、戏剧编排、小说演义，观众耳熟能详，却又似是而非，概知者众，详解者寡。而以故事说人物，以人物说历史，以历史说文化，以文化说人性，适应了社会需求，迎合了消费口味，填补了讲演空白。文创产品面向大众，也必须要借助成熟的市场化与产品化运营机制，为传统文化资源开发提供持续发展动力。尤其是在移动互联时代，积极适应和选用新媒介、新技术、新方法，才能努力使文创理念获得更大传播空间，为市场接受，让大众喜爱。中国国家图书馆联合三国主题手游《率土之滨》开启三国典籍文化传承计划，玩家在游戏内能阅读三国故事，身临其境体验三国文化。与此同时，数字出游，网络直播，交互式文旅App、抖音短视频等，都在云端抢占先机。由此可见，文创立足与社会同步，大众支持，就会走进无限可能的新天地。

品三国，历史使人津津乐道；话文创，知识提升大众素质。人们对学问的追崇，对文创的渴望，从来都是有增无减、日益强烈的。在做好文创的过程中，对每一个主题的确立、每一种形式的选择、每一项计划的安排，绝不可马虎草率，依样画瓢。过于严肃，就拉开了与受众的距离；形式呆板，就很难吸引眼球；活动老套，甚至会让人反感。因此，设计文创产品，落地文创项目，构成文创空间，打造文创园区等一系列貌似时尚的操作中，想一想三国文化，看一看受众反映，试一试市场态度，对做文创的探索者来说，受益匪浅，必有后福。

数字化转型的新风口

数字化转型，在当下是一个时尚的话题。

不知道哪一天开始，数字经济和数字化就成为常用词，常被挂在人们嘴边，数字化开始改变生活，也开始重塑文体旅产业的高质量发展。

如果说，“内卷”是近年的流行词之一，指行业竞争所带来的巨大压力造成过度竞争，使人真实感受到什么是百年未有之大变局，那么，数字化转型的推进速度和工作节奏，见证了时间、速度和效率的重要性。每天早晨，笔记本电脑、移动电话和花样翻新的应用程序，不断提醒人们马上升级，显然，文体旅产业的数字化已经成为显而易见的紧迫课题。

一切应当从常识开始。

文体旅产业数字化是文化和科技深度融合的集中体现。它有两条路径可供选择：一是平台催生新业态，二是传统产业促转型。网络文学、网络游戏、网络直播、网络音乐、短视频等，以数字技术和互联网为依托形成了新型文化，带动了文化产业；而文博业、图书出版、广播电视电影、演艺等传统业态，借助数字化技术实现转型升级。从文体旅发展的角度来说，数字化带来的技术便利和新型手段，实现了创作传播和接受方式的创新；从产业创新角度来说，高文化含量、高技术含量和高附加价值统一的产品，将成为数字化时代的新宠。这一切，似乎有点不可想象。

过往岁月中，数字化转型从智慧旅游开始，网上购票、在线预约，让“一部手机走天下”从理想变为现实。数字化转型，行于所当行，止于不至于此。曾记得，印刷技术带来图书出版、报刊广告等行业振兴，电信技术则带动电影电视、广播唱片等业态崛起。

因此，从数字化转型走向数字经济是文体旅产业创新驱动的切入口。

可以试一试互动式消费。从流行的弹幕文化可以看出，话题分享和及时交流早已成为文体旅共创方式的新形态。文体旅产业的社交属性和社群特征，决定了互联网能够在供需两侧同时发力。不仅求服务，也要求发声；不仅有活动，也要重参与；不仅有文化，也能出效益。

可以试一试场景式体验。走向全域旅游的过程中，一个重大变化就是不仅看景点，也要享生活，“体验”成为文体旅消费的关键词。人工智能、增强现实、5G技术，可以让单独的文化产品更有故事，更有情感，更有附加值。

可以试一试数字化景区。实践中，景区的数字化转型内容广泛，电子地图、趣味应用、虚拟现实、实时监控、远程访问等现代手段应有尽有，而智慧旅游系统的数字化管理则包括了景区推广系统、旅行管理系统、质量分析系统以及智能游客系统。从扫码到扫货，呈现出数字跳跃的鲜明特征。

文体旅产业的高质量发展，根本在于重塑最江南、最常熟的文化之魂，数字化转型也必须提供优质内容。例如常熟的全域旅游大数据平台已经开工建设；常熟旅游总入口实现了数据共享、系统对接、在线互动；与互联网头部平台紧密合作，网上舞台、线上场馆、云端展览方兴未艾，尤其是开启了和上海等地智慧文旅平台的合作共享。

应该说，优质的数字化转型，让数字经济赋能文化产业、重塑文旅业态的前景更加值得期待。

诺奖得主对话之感言

有媒体报道，两位诺贝尔奖得主——杨振宁与莫言，同时登上北京大学的讲坛，进行了一次科学与文学的对话。穿越流金岁月，科学家和文学家获得了共同的荣誉，碰撞出思想的火花，跨界跨学科走到了一起，共同走上了追求真理之路，从不同的途径攀登高峰。品味他们的对话，令人深省，感悟良多。

科学和文学，是截然不同的两个世界：前者注重理性，后者注重感性；前者关注物，后者着眼人。杨振宁喜欢科学的简洁之美，莫言偏好人物的复杂多变。在攀登高峰的路上，他们共同沐浴传统文化的光芒，探索真理，不以物喜，不以己悲。获奖不是动力，使命担在肩头，这是两位大师的共同认知。置身不同的领域，追逐共同的梦想，这就使得科学与文学体现出对立的统一，辩证的贯通。因为物质与精神、时代与心灵的关系，正是我们面临的重要课题。

倡导科学，崇尚文明，这是文学家和科学家殊途同归的指向和始终坚持的目标。《周易》有言：“天行健，君子以自强不息；地势坤，君子以厚德载物。”这正是我们民族优良传统的体现。文学家作品塑造人物，讲述故事，表达主题；科学家攻坚克难，探索未知，了解自然。笔者由此想到：文旅的内容，因时而变；文旅的形式，常年出新；文旅的周期，循序渐进，已经成为全域旅游的新常态。正因为科学的发展日新月异，文化的力量改变思想，所以文旅融合、科普加盟会引起上下重视，共同关注；又因为科学精神的培养、文明素质的提高重在日常，才需要我们为之孜孜不倦，坚持不懈。有学者著文解读国内外大学的差距，研判科学创新的阻碍，分析人才成长的瓶颈，指出众多弊病的根源是“见物不见人”。在诸多方面单纯重视硬件建设、设备投资、工作环境，却忽视了突出人才作用，激励创新精神，支持科学梦想；在不少地方只顾推进项目建设，盲目改造，破坏风格，却忽视了形成文化产业，创新文旅产品，彰显地方特色，这都会造成发展上的误区、工作中的偏颇。科学梦与江南梦同宗同义，正本溯源，都是聚焦新发展理念的正能量。我们既需要学术创新，高端突破；又需要面向大众，文旅惠民，科普育人。在此过程中，弘扬人文精神，营造科学环境，形成创新氛围，让科学与文化相得益彰，互映生辉，其实很有必要。

在北京大学的论坛上有一个轻松的话题：假如把爱迪生请来，这个世界什么东西最令他意想不到？杨振宁和莫言的共同回答是“手机”。事实上，当代先进的传播手段为文旅发展和科学普及提供了快捷通道，可以让新概念一夜走红，让新知识一日千里，让新景点一瞬皆知。如果能够借助科技手段，倾注人文情怀，强化形态表现，我们的文旅活动和科普工作就会精彩纷呈，声色俱全；节庆活动和文创产品就会改变传统，焕然一新。而专家院士讲座和科普走进基层，都是文理互动、全程渗透的有益探索。今天，我们用手机打电话、发短信、刷微博，也可以用手机读历史、查人物、探线路，还能够用手机学科技、讲知识、话创新。有人戏称，假如唐宋有手机微信，元稹和白居易可以千里神交，李白与杜甫能够微信唱和，韩愈和柳宗元可以随时见面。科学与文学，竟是如此亲密，对影成双。

报载，因为管理不善，缺乏成果，客流枯竭，有一批5A级景区和科普场馆分别遭到降级，此事为我们敲响了警钟。坚持面向大众，巩固工作成果，同样需要坚韧不拔、持之以恒的精神。诸如在科学精神的弘扬中注重融入文化元素，在江南文化的精彩展示中体现科普的广泛含义，这些都是有待突破、尚可拓展的新天地。诸奖得主的对话于我们而言，既是高山仰止，又是如在身边：因为中国梦的实现，和每个学科专业、每个普通百姓，都是紧密相连的。

江南文化的精气神

数年来，致力打造江南文化常熟品牌，努力擦亮城市名片，使常熟的核心竞争力得到增强，城乡宜居的大环境全面改善。山水相映，生态绿色；经济发展，人文彰显。有朋自远方来，无不称赞。让一座古城焕发活力，宏伟蓝图逐一实现，不可忘却有一种非物质力量孕育其中，这就是江南文化的精气神。

江南文化的精气神，古有传承。历史上，常熟的风调雨顺、人文荟萃闻名遐迩，以至于总是令人怀念这里的小桥流水、春雨杏花。其实，在山色空蒙、林木横斜的另一面，就是自觉养成的发展意识、实干秉性和争先作风。稻作农业成为最早的生产形态，勤劳聪颖成为先民的基本特征。江南文化催生了民族工商业的发祥，推动了现代化的历史进程，而改革开放以后的“碧溪之路”“富民之路”“腾飞之路”，使常熟始终保持在全国同类城市中的领先地位。尤其是面对各种压力，常熟再次奋起，对照高标，突破瓶颈，风雨兼程，绝地逢生，取得了经济社会发展的全面进步。带有地域特色的江南文化内涵，融合常熟的城市精神，使文化与经济发展互动共荣，为常熟走向全面小康创造先决条件。

江南文化的精气神，贵在创新。当下，规模大小奠定基础，城市能级决定思维，人文优势敲定发展方向。江南文化所拥有的崇文重教的持续性、兼容齐蓄的开放性和经世致用的务实性，凸显出其中的创新精神和追梦激情。不满足自己丰富的物产，不拘泥于已有的陈规陋习，在实践中创造经验，印证理论，在产业转型中脱胎换骨，成效显著，画出了由负转正的上扬曲线，实现了由跟跑到领跑的逆势超越。高端装备、汽车产业、特种钢材等许多似乎与绵软的江南文化不相关联的硬核产业，却在凝聚新发展理念的常熟人手中诞生。

江南文化的精气神，重在聚才。在城市的发展中，以创新驱动、以人才为支撑成为上下共识。大力推进人才引进，全力构筑人才高地，努力完善人才体制，是发展之计、长久之策。江南文化的竞争特质和领军内涵，要求现代人登高望远，引凤安巢；敞开襟怀，海纳百川。如果缺乏创新创业人才，我们的精气神只会停留在口号中和图纸上。“天将降大任于斯人也”，此人乃是创新创业创造之人。江南盛文史，群彦今汪洋。常熟名人众多，院士辈出。有了能谋善断的领导干部，智勇双全的管理专家，专业内一流的科技人员，这支结构优化的人才团队必将成为常熟高起点启新程、高质量开新局的中坚力量。

江南文化的精气神，源于担当。从基本现代化考核到全国文明城市创建，每一套指标系统都是分类细、范围广、要求高的。发展短板和薄弱指标需要逐个落实，工作与技术瓶颈必须全面突破。而历久弥新的务实精神和敢试敢闯精神，在此时成为江南文化的闪光点。经世之言、实证之学古已有之，在现代则应该表现为调查详密、工作务实、不怕困难、勇于负责。互相推诿、效率低下、精神不振的种种状态必须舍弃，在争先进位，创先争优的过程中，能够勇于担当，才会立竿见影。

全面建成小康社会，是我们共同的目标。富有特质、更有实力、群众认可、全面进步的现代化并不遥远。率先的关键是人，人也是江南文化的灵魂。从“为稻粱谋”到走复兴路，文化经历了弥合与重修，精神得到了洗礼和升华，提振精气神，因而有了坚定的基础、激励的环境和前行的动能。孔子曰：君子尊贤而容众，嘉善而矜不能。可以想象，一个传承优秀传统、唤醒发展意识、敞开博大襟怀的城市，斗志必然昂扬，氛围定会融洽，前景更加美好。

江南文化的精气神，让常熟的山水风华绝代，让常熟的城乡气宇轩昂，让常熟的人民意气风发，让美丽常熟在每一个日子里落地生花。

养老的理念如何前瞻

闲来和友人聊天，谈及退休后的生活，有人倡导“老宅、老友、老狗”，修身养性；也有人表示抓紧“黄金十年”，看遍祖国大好河山。无论如何，老龄化社会的到来是不争的事实，为此国家放开三孩政策，开始了顶层设计的宏观布局。

于是，在旅游业界，“夕阳红”旅行成为潮流。众多的老年人奋斗一生，辛勤操劳，许多向往的山水、未知的空间都是心中久远的期盼。而尽孝的子女们，也趁着老人家腿脚方便，带他们出门远游，以此实现新旅游时代的全家总动员。政府部门不断完善规划条例，让快乐行程伴随老人，尊老敬老。

然而，养老问题依然存在，逐渐成为社会共识，引起普世关注。孟子的那句“老吾老，以及人之老”，穿越历史的尘埃，落定在我们面前。显然，唯有以前瞻的理念引领，才能使养老这项银发事业和朝阳工程能够与时代同步，持续健康发展，体现出人类社会的文明。

养老理念的滞后，往往由于人们生活节奏的加快，工作压力的陡增，无意中减少了对养老的关注。对社会而言，经济繁荣，科技进步，生活改善，岁月静好，老年人群难以吸引关注的目光；

对政府而言，产业转型，民生福祉，养老的事业已经启动，全面覆盖尚需时日；对子女而言，自己的父母精神尚可，还能自理，养老的计划还未安排。从而在不经意间暴露出养老理念的薄弱。理念的前瞻，于当下显示出无比的重要性。

理念因时代的发展而变化。以农业为主的中国古代社会，没有养老金和退休的政策，但有百善孝为先的伦理，二十四孝的典型事迹广为传播，常熟梅李就是孝爱之乡，孝道成为重视养老的基础理念和精神支撑。于是，邻里不敬老人，子女不愿赡养，均被视为大逆不道。唐律规定，家中如有老人，子女不可远走他乡，从而解决了空巢现象。明朝朱元璋敬老，70岁以上老人可免除其一个儿子的徭役，80岁以上的享有补贴，90岁授予爵位，从而使老年人享有特权。为了让老人精神愉悦，古代又有“色养”的概念，就是对待老人要和颜悦色，奉养父母要恭谨，在祥和的环境中敬老爱老。文化传承的一以贯之，精神沃土的常年滋养，使得养老的理念深入人心，作为优秀品质而被传承光大，自觉的前瞻顺理成章。

站在现实的起跑点上，常熟60周岁以上的老年人已有30万人左右，其中80岁以上约有4.5万人，并且不断增加。老年人群体基数大，增速快，高龄多。努力构建“居家为基础，社区为依托，机构为支撑”的养老服务体系，促使全社会实现从需求养老到品质养老的过渡。政府搭建的体制安排主框架，兼顾社会公平，政策立足惠民；城乡一体的设施建设高水准，坚持多年推进，面向社区覆盖。由此带来的养老服务能力推进，成为幸福常熟的必由之路，精神文明的重要篇章。同时，由于理念滞后，也使得养老行业地位偏低，资金投入存在缺口，管理服务尚未到位。当农村的留守老人还得下地干活，当城市的空巢老人病故无人知晓，现实唤醒我们应当主动前瞻，包括借鉴国外先进养老模式和观摩国内他山之石。因为有学者指出，老年人的需要主要是三个方面，即钱、医疗和精神卫生。唯有对症下药，积极行动，方可使老有所养、老有所乐成为现实。

庄子云：挟泰山以超北海，此不能也，非不为也；为老人折枝，是不为也，非不能也。务实的理念前瞻，体现在要有尊老爱老的意识，担当负责；要有整合资源的办法，健全机构；要有加大扶持的力度，政策优惠；还要在实践中总结灵活有效的办法，让养老服务进入家庭，包括积极开发老年人力资源。国家开始鼓励养老健康家政消费，探索建立产业基金等发展养老服务。近年，我市的养老模式也不断创新，如日间照料中心、小型托老所、社区配餐点等，为老年群体提供了医养结合的实在帮助。而市级居家养老服务指导中心发挥功能，加之专业服务人员和志愿者队伍的成长壮大，将使面向全社会的养老服务成为可能。

曾经有一些旅行社，对出游老人设立年龄门槛，对于年龄不符的老人不是拒绝，就是加价。实际上，与家属沟通，把措施做实，可以组织健康老人的“夕阳红”旅游专门团队，不挤热门场所，突出休闲养生，老人同样可以有丰厚的感悟，年轻的心态，快乐的行程，因为适度出行也是养老的重要组成部分。理念前瞻的凝聚共识和务实操作，让状态健康的老人心有所归，让行动不便的老人得到帮助，增进了老人的幸福感。因此，养老文化的兴起，就是不仅要有物质保障，还要解决精神空虚，弘扬新风正气，营造和谐氛围，这才是预测趋势、把握未来的前瞻性养老理念为江南文明城市带来的大变化。

检点习惯

现代生活的强势来袭，以迅雷不及掩耳的速度与激情，改变着人们历经多年养成的习惯，这种改变有点像大河奔流，一路狂飙，浪涛拍岸，卷起了千堆雪。很难说清有多少习惯面临冲击，凭英雄本色经受考验；有多少习惯顺势而为，跟上了时代向前的步伐；又有多少习惯原本过得有声有色，却因一念之差，一时之惑而改弦易帜，缴械投降，失去了原来的自己。学习、工作、生活因此面目全非，改写了个人的成长史。

应当肯定，以科技进步为背景的当下社会，新概念层出不穷，新技术接踵而至，新习惯自然养成。本来要去新华书店、图书馆买书看书，因为有了电脑，可将书籍网购到家，躲进书斋就能阅读；本来经常和亲朋好友、左邻右舍、子女儿孙亲热招呼亲切说话，可如今大家都忙着低头刷屏，无暇他顾，自是免了。众多人为了成功忙碌，为了赚钱拼搏，节奏加快了，时间不够了，精神紧张了，所有的习惯当然要习惯于改变的时代，太多的理由似乎要服从于自我的需求，这就是生活的大浪淘沙、风生水起。

其实，作为积久养成的生活方式，习惯是指逐渐养成不易改变的行为。《大戴礼记》有言:“少成若性,习贯之为常。”孔子亦曰:“少成若天性,习惯如自然。”这就充分说明了习惯的重要性。日积月累,缓慢生长,养成个性,彰显特色,直至成为某一地域的社会习俗和道德传统。习惯的力量自然强大,公认的准则不容突破,生活的轨迹周而复始,由此培育了规范行为,孕育了优秀品质,助人成长为有用之才。文学巨匠巴金以慧眼看到了这种现象,他说,孩子的成功教育从好习惯培养开始。美国畅销书作家杰克·霍杰撰写了《习惯的力量》一书,告诉我们,习惯就是一点一滴、循环无数重复的行为,人们每天多达90%的行为是被习惯支配的,行为变成习惯,习惯养成性格,性格决定命运。那些聪慧的天赋、过人的智商、处事的效率、超然的魅力,并不都是上天的恩赐,而是以良好的习惯作为强大基石。

好习惯应当坚持,坏习惯必须改掉,这似乎是一个浅显的道理,但关键却是评判标准的掌握。画家齐白石年事已高时,仍然坚持每天作画五幅,即使到了晚上才送走客人,也要完成,这样的习惯,令人敬佩;而第一个发明触屏技术的诺基亚,却因为团队走不出原来的设计习惯,与智能手机失之交臂。他们也许纠结过,茫然过,探索过,但在判断上失误,在认识上走偏,看不到旧习惯阻碍了创新,只能就此终结。于是,不断地认识自己,经常地检点习惯,显得十分重要。然而,传统习惯并非全要舍弃,新的习惯未必皆是首选。冷门的事情可以坚持去做,疯抢的热门倒要想个明白。有人在风行纸巾的日子,每天带着手帕,结果证明更有利个人卫生;有人跟风潮忙于塑身美容,结果对身体造成诸多伤害。当然也有人视习惯为个人私事,无关大雅,无意识放纵了自己，于是，随地吐痰，任性插队，高声喧哗，肢体冲突，完全不顾风度。想起某友人，常年保持写日记的习惯，认为既记又析，能够锻炼文笔，记录心声，促进思考，留下岁月。鲁迅日记、雷锋日记可以进入教材成为经典，当代人的日记也可以作为好习惯而长期坚持。当别人忙着晒博客、发微信、秀颜值，在粉丝群争宠，在朋友圈露脸时，他以个人的习惯，品尝平淡里的滋味，简单中的精致，清素下的执着，未尝不是对习惯的检点。

对习惯来一番整顿，需要持之以恒。因为习惯往往是你自以为是的行为、浑然不觉的举止、认为本来如此的认知。余秋雨把文化说成是“演变成习惯的精神素养”，很是到位。在取向多元的价值追求中，在争执不休的诧异眼光里，如果我们都能经常检点习惯，加以筛选，注意矫正，弘扬好习惯，改掉坏习惯，让习惯保持优良传统，而又与现代文明同步，那么，个人的素养、团队的形象、生活的内涵乃至人际社交的风度、旅游出行的质量、业余爱好的选项，是不是都能孕育出真性情，进入到高境界？

应该认识到，养成检点习惯的习惯，很有必要。

大众旅游与均衡教育

不知不觉间，旅游火爆起来，我们已经迈入全民旅游新时代。曾几何时，安土重迁，限制流动，说走就走难以实现；如今，旅游不仅可以随时进行，并且负载了教育游学、感情培育、心理调适、意志锻炼和价值追求等方面的诸多功能。旅游新人群来自山区农村，“穷游”青年行进在追梦路上，走出城市的白领呼吸新鲜空气，感受碧水蓝天。这之中，带上老人、孩子的“全家总动员”尤其显眼，不仅体现融洽的亲情，而且在征程中家人们探讨起人生和家庭的重大课题，代际冲突引发大脑风暴，也让旅游的辐射跨界升温。诸如，如何让孩子受到良好教育，用什么方法全面提升子女素质，事关家庭，牵动人心，整个行进的车厢都开始关于这个话题的讨论。

由此想开去，中国的义务教育正在发生深刻变革。以减轻过重作业负担和校外培训负担为目标的“双减”行动，旨在学校教育立德树人，构建良好教育生态，有效促进学生全面发展，缓解社会焦虑。显然，均衡教育，也成为这一话题的关键词。因为要做到教育均衡化，正如一道考题，测试着我们的改革深浅，检验着我们的工作成效。念想着普通大众对均衡教育的心底呼唤，盘算着加快教育资源的科学配置，定下了教育改革的努力方向，每一次对均衡教育的探索创新和基层实践，都将放大优质教育资源的辐射效应，让教育活起来，让公平早到来。

作为国家历史文化名城，江南书卷的浸润之地，常熟历史上出过两朝帝师翁同龢，也有过孔老夫子优秀的学生言子。如今，常熟教育始终保持着快速健康发展的良好态势，硬件配备科学布局，扶持政策落实到位，师资力量日渐加强，教育质量不断提高，“学在常熟，幸福教育”正在形成品牌，也得到了来自大众的由衷称赞。这是因为各级党政领导十分清楚教育公平是什么，是推进社会公平的起点，是构建和谐社会的基石，是民众发自内心的呼唤，是建设美丽常熟的重要内涵和务实践行。

曾记得，教育改革的顶层设计周到详尽，史上最严升学政策消除暗箱操作，优质教育资源尽最大可能普惠民生。正如《礼记·经解》引孔子曰：“入其国，其教可知也。”意指一个国家经过学习和教育，对人才培养和人格形成具有重要意义。以科举制的终结为分水岭，中国教育史可以被分为两个阶段，古代教育实质是关于社会和人生的伦理学训练，所谓的修身、齐家、平天下；近代教育向西方学习，教育成为现代化的工具和基础。而发展具有中国特色的现代教育，更是要把“立德树人”作为根本任务，把全面深化教育改革作为根本动力，把促进教育公平作为努力方向，均衡教育是中国梦的重要目标。因为教育均衡实质上是指在教育平等原则的支配下，教育机构、受教育者在教育活动中受到平等待遇的教育理想和确保其实际操作的教育政策和法律制度。它所包含的责任观、过程观、公平观和人本观，是教育得以均衡发展的重要环节；而在普及教育、大众化教育、精英教育的全过程，均衡的需求始终贯穿其中。

向均衡化努力，为政者的动力来源于群众观念和换位思考。买不起学区房怎么办，进不了好学校怎么办，遇不上好老师怎么办？这都是每位家长面临的现实问题和内心焦虑。只有从承载资源到聚合发展，从简单整合到立体增高，弃起跑思维让人人出彩，才是均衡教育的努力方向。为此，在原有基础上，加大投入，做好前瞻性规划引领；多管齐下，努力丰富优质资源；强化师资，确保教师合理配置；同时还需要建立有力的督导机制，让教育的公平性原则努力落到实处。因为义务教育是美好的教育，而不是“内卷”氛围下残酷的生存游戏。

如今的旅游，已经面向全民开放；明天的教育，也应当为共同富裕环境下的社会公平树立样板。延伸开去，群众心目中的好大学，也要看它培育了怎样的栋梁之材。

在梳理了一遍学习成长的快乐和烦恼之后，七嘴八舌的车厢内突然安静下来，一座层林苍翠的山峰正在车窗外移动，金色的阳光悬浮头顶，这或许呼应了人们对亮丽风景和瑰丽前景的期待。

乡音不改 情怀永在

当一个人来到世界上，以响亮的啼哭唱出生命的好声音，以咿呀学语的童稚向家人敞开心扉时，他已经开始感受语言的力量。只是在许多情景下，父辈们是用家乡的方言教子女说话的。那带着奶声的“爸爸”“妈妈”的呼唤，是跃入心海的身影，是划破长空的乡音，是阳光和露水酿成的蜜汁，是鲜花和绿叶铺就的小径。就这样，你我一路走来，成了今天的自己。

我们的祖国地大物博，人口众多，各个地区语言各异。由于社会、历史、地理多方面的因素，从先民开始，汉族的语言逐渐分化，方言分布区域辽阔，成为历史文化的活化石。公元前770年，周平王迁都洛邑，这里的语言成为整个东周时期雅言的基础，适应百家争鸣的需要，“雅音入市”成为人们的共同心愿。孔子在鲁国讲学，他的弟子来自五湖四海，孔子正是用雅言和学生们进行交流，打造了与学生沟通的基础。说话“听得懂”，人与人之间便有交流。随着历史的长河奔腾向前，方言作为地方文化的一种，在演变的过程中成为汉民族文化的有机组成部分，也因其共同的引领作用和包容特点，形成了现代汉语。有专家说，七大方言构成了现代汉语的主要内容；而普通话的推广，是新中国成立之后语言方面的重大突破。以北京语音为标准音、以北方话为基础方言、以典范的现代白话文著作为语法规范，让各地不同的方言如溪流汇流到海，海纳百川，组成了中华民族的共同语言。“请讲普通话，方便你我他。”是普通话，让不同地域的人们能在一起沟通交流，让心有所思口有所讲的表达打动人心，让我们在每一个重要的场合底气十足，大声说道：我是演说家！

今天，尽管移动互联时代已经来临，走向世界的大门轰然打开，把外语说得非常顺溜司空见惯，随时飞往大洋彼岸也已成为新常态，但乡音绕耳，方言犹在。在候机厅、高铁站、城市广场、出境口岸，或简洁直率、形象生动，或豪放幽默、清新明快的各地方言不时响起，引发共鸣。作为一种社会现象，方言也是非物质文化遗产，它年代久远，别具特色，厚植于大众，显示出蓬勃的生命力。各地方言和普通话一起，显示着语言的力量。

常熟，一座地处江南的历史文化名城。青山入城，粉墙黛瓦；碧水千顷，农田如画。常熟话属于吴语系，极近中古雅言，从周朝以来，已有3000多年的历史。数千个特有词语和众多的特征本字，使江南人群的思维方式、生活情调、文化涵养永续体现，世代传承，语言的力量放射出人文光芒。常熟是现代京剧《沙家浜》故事的发生地。当年阿庆嫂的人物原型陈二妹等人，就是操着地道的常熟话和胡司令、刁德一智斗周旋。当阿庆嫂的常熟方言变成沪剧《芦荡火种》的沪腔，直至成为京剧《沙家浜》的京腔台词，军民鱼水情的故事就此走向全国，传播世界。在这里，方言和普通话各显神通，联手塑造出流芳百世的红色经典，让我们又一次看到了语言的力量。

清同治、光绪两朝帝师翁同龢，一生信奉“绵世泽莫如为善，振家声还是读书”。他从常熟走出，官至军机大臣兼总理各国事务衙门大臣，成为著名的清流领袖。戊戌变法失败后他解职回乡，谪居虞山之麓。清晨，一叶扁舟载着翁同龢沿着山前河至得意楼品茶，乡音绕耳的常熟话让这位久经宫廷斗争的老人瞬间释怀。

崇文尚和的常熟人，从5000多年的历史文脉中汲取营养，纸寿千年，笔墨流香。那些常熟籍两院院士，早在读书年代离开故乡，数十载功成名就之后，其中的许多人依然说着夹带浓浓乡音的普通话，一句常熟话，就能让他们感触良多，忆起当年。原来，尽管路途遥远，心仍系着故乡；熟用他国语言，乡音仍在心上。从这样的事例中，我们看到了语言的力量是如何呼唤着远行的游子，牵动了母亲的衣襟。

国语有容乃大，方言自成一家。那熟悉的乡音俚语，那亲切的邻里俗话，常常伴随着我们的成长。高尔基说过：“真正的语言艺术总是朴素生动的。”而今，随着天下变小，往来增加，我们旅行也好，出差也罢，时常说走就走，然而，无论是在天涯海角还是异国他乡，身边忽然冒出的一句亲切乡音，总能让你我找到同乡和朋友。也许，小学生学习普通话，有人开始不讲方言；也许，为了留住乡愁，家乡组织了常熟话比赛；越来越多的常熟新市民，来自全国各地，也听懂了、学会了常熟话。有位机关干部花费十几年时间，编撰出版了常熟方言词汇；电台和电视台的乡情栏目，用常熟话讲着天下新闻，与此同时，潮水般涌来的网络语言，却以新锐的风格，从另一面浸润着人们的传统思维。显然，这是一个变化的年代，也是一个创新的年代。语言的力量，在改变中成长，在发展中壮大。它们碰撞激荡，它们燃烧发光，它们蜕变成美声和福音，记录着沧桑巨变，承载着地域乡愁，表达着繁荣昌盛的自信和荣光。

在我们的人生中，乡音不改，情怀永在。

生活品质的 N 种解读

近年来，“生活品质”一词频频亮相，日益得到人们的关注和青睐。是啊，经济繁荣、社会和谐、时代进步，必然会对生活质量提出新的要求。可以说，注重生活品质，就是对科学发展寄予厚望，对民生民意倾情关注，对多元时尚引领把握，功在当代，利在千秋。正如人们所言：致远者，路途宽；行动者，有未来。

所谓生活品质，似乎难以一言以蔽之，因为它包含了生活的不同层面，人群的各自处境，个体的切身感受。从物质到精神，从生理到心理，从个别到整体，我们每时每刻无不体验着生活品质远近高低、贫乏富有的各不相同，产生着愉悦悲悯的巨大落差。因此，这本身就是一种宽泛性思维、差异性感受、阶段性评估。但是，说到生活品质，应该离不开它的大众性、物质性、多元性、愉悦性、引领性、提升性。这不是虚幻的，而是实在的；不是单一的，而是丰富的；不是僵化的，而是变化的。每个人都是自己生活的主人，掌握着创造未来的主动权。

有些人谈起生活品质津津乐道。因为经历多少失败，经过多少等待，终于到了谈论生活品质的时候，他们为此兴奋异常。A

说，生活品质的要义是富裕，要学会花钱多买享受；B说，生活品质的根本是时尚，要紧跟消费潮流，相信品牌力量，最好周游列国；C说，生活品质的亮点是休闲，喝茶打牌、郊游踏青，莫让时光付之东流，莫让幸福擦肩而过。一时间众说纷纭，莫衷一是。这让人们有理由相信，生活品质的定义包罗广泛，魅力实在太大。

其实，生活品质这一词虽然新颖却很平常，但又蕴含了丰富而深刻的内涵。从根本上说，生活就是人们生存和发展的活动，充满生机活力，充满生命力和创造力；生活品质则表示人们日常生活的品位和质量，包括经济生活品质、政治生活品质、文化生活品质、社会生活品质、环境生活品质等诸多方面。提升生活品位，则是整个社会在围绕生活质量方面所做出的种种努力。这是一个整体，环环相扣，处处相连；这是一种生存状态，昭示着人们的幸福感和获得感。无论是艰苦岁月，还是流量时代，生活品质总是隐隐然无处不在，悄悄然带来改观，人生的每一次出彩，每一次愉快，都是提升生活品质的结果。

生活品质的基础当然是经济强盛。改革开放以来，市场经济发育，经济总量增长，实现全面小康，这中间的目标指标，设置合理，指向明确，措施得力，鼓舞人心，使提高生活品质成为可能。试想在经济贫困的背景下，侈谈生活品质，无疑过于遥远，也不会取得实效。而把新发展理念作为旗帜高高举起，作为主题紧抓不放，就是为改善生活品质进行着最根本的努力。然而，即使经济繁荣的今天，依然存在不同地区的差距，城市乡村的差别，平均数与大多数的难题，需要我们统筹兼顾，全面发展，提高综合竞争力。那种仅仅认为生活品质就是富裕的观点，未免以偏概全。

生活品质的前提离不开观念更新。我们推进思想解放，倡导以人为本的社会主义核心价值观，关键在于改变人们对生活的基本态度，完善人们对品质的评判标准。追求理想的人把获得舞台看作是生活品质的提高，而不思进取的人总是对艰苦任务退避三舍，认为是生活品质的下降；习惯勤俭的人把平淡工作、简单生活看作是很好的生活品质，而纵情声色的人却时刻留恋对酒当歌、大快朵颐的各式夜宴，认为那样的生活才是内容充实。可见，没有先进的理念，生活条件虽然优越，对享受的追求却没有限度，最终会坠入物质主义的深渊。显而易见，现代社会不会让所有的人都当白领，都拿高薪，都住五星宾馆，都穿世界品牌。你能说除此之外的人们没有生活品质可言吗？那种仅仅认为生活品质就是享受的观点，显然并不正确。

生活品质的重点必然靠文化繁荣。时至今日，文化的重要性不言而喻，精神的感召力有目共睹，审美的影响度日益深远。记忆犹新的是，1992年的晚上，人民群众忙着看《编辑部的故事》，到2005年的晚上，粉丝和百姓都忙着给“超级女声”发短信。而现在，军事题材电视剧受到欢迎，电影票房也屡创新高。文化从庄严走向世俗，又从世俗走向崇高。如今，文艺形式繁荣多样，新品精品繁花似锦。人们不出家门，不出乡镇，不出城市，就可以在互联网上享受文化的愉悦，感受艺术的熏陶，精神生活日趋丰富，行为水准不断提高。文化生活影响生活品质，精神感知反映幸福指数，兴趣爱好体现价值取向。为此，倡导先进理念，宣传科学文明，提高公众素质，能使生活品质提高得到可靠保证。那种仅仅认为生活品质就是休闲的观点，其实过于矫情。

生活品质的关键来源于生态环保。推进创业创新，建设全面小康，提高生活品质，是科学发展的重要任务。但人们也日益清醒地认识到，生态环保、节能减排的成功与否，将直接影响到我们的未来。于是，人们开始重新思考：工厂企业多了，但耕地良田少了，不是生活品质；生产总量上去了，但污染排放多了，不是生活品质；汽车数量多了，但城市拥堵加剧了，不是生活品质；高楼大厦多了，但绿化面积少了，不是生活品质；校外培训参加了，但教育“内卷”加剧了，不是生活品质；等等。生活品质的上升和下降，似乎是一个巨大的悖论，人们在前进与倒退中选择，在投身与脱离中思考，在当下与未来间权衡。但无论怎样，保护生态，绿色发展，着眼长远，履行承诺，已经是我们共同的责任。

其实，影响生活品质的事情每天都在发生，一份时尚杂志的改版，一个流量网络的爆红，一条地铁线路的开通，一座城市公园的落成，都和我们的生活品质密切相关，而建设美丽常熟的系统工程，正是改善提高生活品质的务实之举。自然，当今生活品质的选项中，爱好文化，热衷旅游，是一项基本参数。看一下每个节假日景点人流如织，想一下每个黄金周举家老小出行，我们对生活品质的理解，是不是更加心有灵犀，若有所思。正如刘禹锡在《天论》中所言：“天之能，人固不能也；人之能，天亦有所不能也。”因为人的主观能动性，我们有思维，有感情，更有创造。试想，一座国家历史文化名城、全国文明城市，据江南灵秀之地，行古今传承之举，揽虞山尚湖之气，兴创业创新之风，常熟必将在中国特色社会主义新时代，树立城市整体新形象，构建公共利益最大化，使常熟人民提升生活品质，健康优雅，幸福吉祥。

用旅游的色彩点燃眼神

用四种色彩为旅游分类标注，是常熟人创意美学的点睛之笔。

回顾常熟旅游的发展历程，经历了从粗放到精致，从单一到多元，从低层次到高大上的各个阶段，正在以全域旅游的新姿态，走进高质量发展新时代。在此过程中，“江南福地常来常熟”作为全力打造的区域品牌，不断磨砺，丰富内涵，体现着宽松的包容度和清新的美誉度。在这样的总体感召下，众多游客“误入藕花深入”，在不经意间发现了这座江南城市的美好。而后，旅游的看点和标准不断提高：要遇到风光，闻到书香；要身在水乡，心在梦乡。旅游的业态百变和产品创新，体现着非凡运作的表现力。

在一个面积不是很大、名声不是最响的地方，要把旅游做得光彩夺目，其实很难。

好在立足于对整体形势、发展趋势和现实短板的研判分析，美丽常熟建设将成为贯彻“十四五”发展的主线。空间美图、时尚美城、创新美业、清新美景、精品美游、文明美德，竖立起城市发展的新目标，六美之美，美美与共，涵盖了常熟未来全景图。

这之中“四色”精品旅游搭建起主客共享全域旅游大格局，主题“红色游”，革命历史让人沉浸；生态“绿色游”，景点名胜相得益彰；经典“蓝色游”，体育运动焕发生机；长江“彩色游”，沿江岸线风光无限。本来就是形态优越、基础坚实、设施更新、服务周到的旅游项目和产品，被不同的色彩精心涂装，光辉闪烁。

早年，在一座现代都市首度出现了商业综合体，“吃住行游购娱”合理兼容，为防止消费者找不到目的地，设计者在建筑内部安装了颜色不同的灯光，指示着每个人行进的方向。时隔多年，将色彩作为行进印记和产品包装，显示着我们从落后到跟随、从参与到领跑的转变。定位入口，正在眼前；百舸争流，就在当下。

出发之初，“四色”旅游是山水的禀赋。来常熟旅游的团队和散客，内心总是有自然生长的情愫，预先知道了这里的山水形胜是大自然的杰作，岁月长卷中翻动着光影平和的静好。山湖同城是一种构造，古城岁月细节精巧。苍翠的虞山层林染色，荡漾的尚湖水波变幻，烟雨朦胧的空气被印染投射，成就了心情每一刻的敏感与放松。这就想到，“四色”旅游也许是江南生活美学的形象外化。

行进之间，“四色”旅游是季节的主题。对整个世界而言，春夏秋冬总是相同；对不同地方而言，四季运行各有魅力。花俏江南，春来常熟；状元故里，夏研常熟；吴韵琴川，秋享常熟；祈福虞城，年味常熟。天地时光最懂得生命的韵律，季节最先感知人间变化。传统风俗的诞生源自对二十四节气的呼应，现世生活扎根于劳动组成的日常。探春有路，踏雪无痕，一年怀抱此时开，四季风光在胸怀。由此想到，“四色”旅游也许是生命书卷维度的生动表达。

回首之时，“四色”旅游是人文的聚合。景区景点，守望着众多的历史遗存；街巷桥头，传颂着久远的前人往事。常熟旅游的气象，绝不是冷寂和单调，而是有着天南地北的人声熙攘。才子佳人、莼鲈之思、杏花春雨、泛舟五湖，这是一种境界，常熟旅游，有此而不限于此。传统节庆，时尚活动，创意项目，健身运动，文体旅融合的新业态、新模式不断创新，尤其是聚力开发最具潜力、彰显特色的“蓝色游”，在连续成功举办系列国际精品体育赛事的基础上，打造群众体育健身优质基地。由此想到，“四色”旅游也许是文体旅融合的乘风破浪。

看来，用色彩为旅游赋能，很是直观。言之有文，行稳致远。

一城山水与“四色”旅游

春天里，漫天的霞光点燃了常熟的早晨。

昨夜的江南烟雨令人怀念，今天的小桥流水承载岁月。素装淡雅的古城街巷，浅吟低唱的乡野田园，从水韵滋润到精彩始发，钟灵毓秀诗意美，入梦入境花烂漫。千古江南，文脉家园，吹响了走向美丽的集结号。

眼光前瞻的整体规划，布局严整的系统工程，推动一座现代江南名城在产业活力、城市能级、生态质量、人居环境、文明程度等方面走在前列，也为打造全域旅游示范区、建设众望所归的旅游目的地创造优良条件，营造优越环境。

江南，是一个地域称谓，更是一种文化符号。江南文化的常熟品牌，凝聚着自然禀赋和人文积淀，展示着开放包容和家国情怀，代表着经济富庶和瑰丽多彩。在虞山和尚湖之间，灿若繁星的历史名人、穿越风雨的地域景观、繁茂生长的文化气象颇为壮观。如果说一城山水是自然禀赋，那么“四色”旅游便是创意布局，为美而生，向美而在。

今天的常熟，因为“红色沙家浜、绿色山水人文、蓝色运动美城、彩色江南风光”的“四色”旅游，再一次展示福地美城的人文魅力和诗情婉转的典雅章回。

红色沙家浜，心灵洗礼之旅。风云芦荡，蒹葭苍苍。湖畔的小船启航时，朝阳透雾纱；亭阁的戏台身影动，沿岸亮唱腔。烽火连天的岁月里，凝练着茶馆智斗的氛围和想象；建党百年的喜庆中，回顾了出发初心的坚定和力量。

经典岁月的实景演出，大气磅礴；感人故事的跌宕起伏，情感真挚；名人故居的场景中，延伸着追求理想的人生之路。沙家浜革命历史纪念馆，让人从京剧的经典场景走进生活的真实原型；中共常熟党史馆暨李强革命历程展览馆，记述着星火燎原的战斗历程；两弹元勋王淦昌院士故居，讲述着一代宗师刻苦求学、立志报国的感人故事。而碧溪之路展览馆、常熟城市展示馆、常熟市新时代文明建设中心、方塔廉政文化主题公园等每一处供市民参观瞻仰的场馆，都是党史、新中国史、改革开放史、社会主义发展史的生动例证。而全国闻名的蒋巷村，展开了乡村振兴的美丽画卷。红色基因，渗入血脉。

绿色山水人文，自在生活之旅。常熟的山水城，是与生俱来的至美空间，开花时节若到场，顿生醉意；日出光景看天地，心神皆往。在休闲的日子里走走停停，不去远方也能找到诗与远方。这里，就是游客的精神故乡。

两朝帝师翁同龢的故居名闻天下，常熟古代最高的学府总是让人神往。文庙，是祭祀言子的场所，也是常熟科举文化的展馆，“弦歌之治”的诞生与推行，是那个时代的精彩手笔。在这里，了解个体智慧的酝酿与发端，感受常熟先贤的雄心与理想。

千古文脉，因人而传。在春和景明的山水之间，追寻常熟独特的风情，停于小径，止于民宿。摇曳作声的方塔风铃，曲径通幽的兴福古刹，昭明太子的读书台，庭院深深的曾赵园，亭台楼阁，古风翩然，草绿无声，你来我往。在生命的周期里，等待另一种开花的日子，迎接着隆重的繁衍和新生。

在山水之间，虞山琴派、画派、印派、诗派、藏书派及虞山书风根系茁壮，沃土新生。阅读虞山尚湖，有的是景中之景，美的是画外之画。破山清晓，辛峰日出，可以踏青；维摩旭日，剑门奇石，可以观涛。而每年一度的尚湖牡丹花会，游客如云，盛况空前。浓郁人文氛围，特色旅游产品，山水度假品牌，真让人乐不思蜀。

蓝色运动美城，激情健康之旅。常熟市体育中心，场馆设计现代，形体充满张力。星罗棋布的户外体育健身设施，又为文化旅游注入了体育元素。

从传统体育的龙舟赛，到面向国际的现代体育竞赛，应时而动、因人因异的健身运动，让常来常熟的旅程充满了紧张刺激的心态和健康养生的静好。品牌赛事之尚湖铁人三项赛，将常熟户外体育和旅游资源有机串联，让参赛者在青山绿水中感受福地常熟的非凡魅力；品牌赛事之尚湖半程马拉松赛，全程环湖，绿茵环绕，为马拉松打上了鲜明的尚湖标签，一举成为国内最美风景线路马拉松。与此同时，昆承湖的水上运动、南湖的健身步道和虞山游步道，让每一位游客都能在湖光山色之中，做一次享受自然的深呼吸。

彩色江南风光，诗意乡愁之旅。从雪山走来、从远古走来的长江，缓缓进入江南的平原地带。位于长江之滨、常熟海虞镇七峰村的铜官山，成为“千村美居”“网红”打卡景点。农民丰收节的“节日元素”、稻谷茶叶的“特产元素”、南沙古城的“历史元素”、中唐古音的“文化元素”、千村美居的“人居元素”、海棠花红的“红色元素”、勤政为民的“廉政元素”等7项元素融入其中。又有平巷粉黛花海如约绽放，螺蛳湾休闲文化园林木葱茏。

知晓常熟旅游的新时尚，就是去长江滩地的铁黄沙洲岛。在植物迷宫、麦田栈道、花海湿地流连观景，身旁的江水、明艳的花木、广阔的天地，令人悠然恬静、心境开阔。在这里可以触摸和感受江南的血液和气质，引起无限的畅想。原来，诗意乡愁不仅有杏花春雨、碧水画舫，更有地阔天远、百舸争流的雄伟场景。

走过绿野仙踪，途径阡陌村落，“多彩”沿江生态游，“多姿”乡村深度游，“多智”科技智能游，创意多元，五彩缤纷，延伸了文体旅融合产业链，拓展了常熟浏览路线图。

“四色”旅游同时点亮了常熟的绚丽夜空。华灯初上夜色好，春来花来等你来。沙家浜“横泾不夜天”夜间文旅项目，沉浸演艺、民俗曲艺、光影科技、街区观光、夜航游船、换装互动手法炫目，让传统景点艳惊四座；“虞歌畅晚”夜经济品牌、尚湖“遇尚·夜宴”、虞山公园“湖山水幕秀”、方塔公园“方塔传奇”等夜游项目，让“四色”旅游和灿烂夜色相逢相遇，人在画里，心在梦里，晕染人的亲情，感受家的温暖，领略缘的魅力。

原来，一城山水与“四色”旅游，成为常熟文体旅融合共荣的新标识。一城山水，多姿多彩，“四色”旅游，满目缤纷，常来常熟，越来越美。

关于愿景的精彩想象

当我们站在新的历史坐标上，新的一年已经开始。

此刻，远方的景物和心中的蓝图总会互相对应、紧密关联。繁花满枝，草木生灵是一种衬托；晴阳烟雨，散金碎玉是一抹布景。匆匆的旅程上，无论满怀欣喜还是略感疲惫，前方的呼唤始终在鼓动情怀，于是，脚步比梦幻更轻柔，胸襟比诗词更抒情。

愿景，或者像前方的粉墙黛瓦，实在得可以触摸；或者像天边的彩霞流云，遥远得表现虚幻。如果说，愿景最终可以实现，一定是从概念的谋划开始，到最终的如人所愿，有了某种参照和启发，有了更多的追求和实践。

在愿景中想象，梦里水乡、自驾营地、悬崖酒店，竟然出现在高速公路服务区，让传统的停车休息之处，变身“网红”景点；在愿景中想象，老旧厂房、产业低端、污染严重，却通过工业遗存叠加文化产业，打造出城市文化发展新空间，变成旅游新景观；在愿景中想象，地处偏僻的普通乡村，开辟茶园，种植盆景，树立起扛着铁锨的稻草人，油菜花、郁金香、薰衣草、向日葵等形成的花海景观，让精品民宿一房难求；在愿景中想象，华灯初上，夜幕降临，商业街、健身房、自助阅读、美食摊位，在灯火璀璨之中，深夜不寂寞，街巷更精彩。而让想象变得更为具体的是“90后”网络红人李子柒，她红纱遮面，眉心红印，古风装扮，带着从容的美好，仿佛从古代穿越而来；她精心制作的古风美食主题短视频，一夜之间刷爆了朋友圈。除了依靠走心而走红的李子柒，还有策马扬鞭的女县长，为家乡代言的丁真，他们在这个行色匆匆的现代社会，如一股清流，满足了人们对于沉静、从容、专注和仪式美的向往。

就这样，愿景从远处走到眼前，由模糊变得清晰，由生硬化为灵动，让我们的期望变得十分具体。旅行者想要的一切美好，有时遍寻不着，有时却突然现身，总是不断点燃我们心底的激情。原来，在规划未来的思考中，在旅行出发的那一刻，我们应该有导航和定位，唯有把愿景化为具体的指向和明确的目标，旅行的文化意义才会滋养人心。

大而言之，关于愿景的很多想象，最后会叠加为一种想象，就是对美好生活的追求；从小处来说，达成愿景的“神操作”，都需要通过自己喜欢、他人喜欢、游客喜欢的方式，派生出无数子活动，展示出地域生活和传统文化的精彩之处。有人说，守正创新，讲好故事，必须要经历有我、他我、无我的三重境界，也就是揣摩自己的感受，把握众人的态度，站到游客的角度，以沉浸式的体验，检查我们的旅游线路、旅游产品、旅游文化能否达到众人期盼的水准。愿景并非都是宏大的布局、完整的计划、十全十美的方案，有时它可能就是在路边摊点上一种小吃，或是绿荫红瓦间的一处回廊，或是江南山水中的一次徒步，也可能是像蒋巷书院那样是安静的所在，像凤禧文化那样有古典的氛围，像綵衣堂那样拿出别出心裁的手工。

苏州对文化旅游和苏式生活的推介中，有一句“来到苏州，住在苏州，醒来还是苏州”的宣传语，其实就是对愿景的生动诠释。众多展示愿景的生动案例，方法各异、思路不同，却有着共同的出发点，就是在文体旅融合的高质量发展新时代，让创意产品的策划路径与价值创造尽可能克服时弊、贴近生活、打动人心。

原来，对愿景热烈和执着的精彩想象，证实了罗曼·罗兰的一句话：世界上只有一种英雄主义，那就是认清生活的真相后，依然热爱生活。

让美好愿景如期变现

在当下常熟，“六美集大美”是一根主轴主线。从大方向来说，美丽常熟建设为“十四五”发展注入新内涵；从小视角来看，空间美图、时尚美城、创新美业、清新美景、精品美游、文明美德，似乎都与文体旅的推进发展有关。在大变局、新预期的背景下，抢占先机，勇立潮头的关键举措，在于让发展规划、行动计划和工作蓝图如期变现。

牛年的春晚上，岳云鹏说了段相声《年三十的歌》，囊括了历年春晚众多的经典歌曲，《最亲的人》也红遍全网。这让人联想起2014年的春晚，黄渤的歌曲《我的要求不算高》，唱出了一个普通市民对职场工作、家庭幸福、子女成长、生态环境以及休闲旅游各方面的要求，把普通人的中国梦说得具体而准确、形象生动。在讲述了内心的向往后，歌词这样写道：“我的要求不算高，但也没想象的那么轻松，为了我的中国梦，我必须要有行动，做一只勤劳的小蜜蜂，幸福才能揽入怀中。”由此看来，打造非凡体验的精品美游，塑造江南文化常熟品牌，贵在自觉，重在行动，落在务实。

变现的定义源于目标清晰。一段时间以来，文体旅的地位不言而喻，产业发展众人关注，各地围绕传统业态的转型升级展开了资源优势的大比拼，政策优惠的大放送。就说江南，地域标识极其广阔，内涵如何为我所用；就说湖山，周边城市形神具备，推介宣传各有建树；就说文化，历史溯源虽有长短，故事讲得跌宕起伏。因此，科学布局，统筹谋划的深入研究和反复论证，使定位更准确，蓝图更清晰。持之以恒的努力，让我们拨开迷雾，探索本源，在建设美丽幸福新常熟的总体目标下，打造以“古琴、言子、虞山”为代表的三大核心文化IP，培育“四色”旅游文体旅产品新业态，努力把常熟打造成为长三角独具江南文化气质、主客共享共容、文商体旅深度融合的“江南文化山水名城国内休闲度假福地”。

变现的节点在于措施明确。从宏观叙事的层面解读，美好愿景的建立源于对现实条件的精准分析；从具体操作的方式论证，走向目标的过程必须步步为营。实现非凡体验的精品美游，在品牌培育上，要推进文化研究，加强遗产保护，传承传统工艺，创新节庆活动，拓展服务空间，拿出精品力作；在项目吸引上，“红色游”要有沉浸感，“绿色游”要有美誉度，“蓝色游”要建高品质，“彩色游”要有景观带；在城市营销上，全域旅游城乡同框，线路革新，影响扩大。跨界合作，产业互补，客源共享，特色当先，运用数字经济平台直播、进行创意快闪、发布抖音视频等等，都是因势而变、因时而动的好办法。

变现的支撑在于上下同心。文体旅覆盖广泛、牵涉众多，加强组织领导、政策支撑、督查考核，是题中应有之意。对全局而言，一张蓝图干到底，能形成干事创业的整体氛围；对部门而言，沟通协作出合力，能提升计划落实的工作效率；对个人而言，心中有方向，肩上有责任，努力，是为了鞭策不断成长的自己。我们预设的目标需要时间验证，走向前方的路径依靠脚步丈量，三至五年看着很远，其实很近，稍微有一点心理纠结，便情绪波动，旁顾左右，美好的愿景往往伸手难以触及。

置身文旅资源俯拾皆是的千年古城，站在时光岁月辉映交错的历史起点，我们用美丽愿景勾勒这座城市的明天，此时，保持永续的念想凝聚和整体驱动，当然尤其重要。

走起的江南名城

山水入城，形制独特；生态均衡，人文和谐。福地常熟的江南锦绣和城市灵性，不仅仅用来酝酿故事，缅怀古典，也给现代人的日常生活送来恩泽，普惠民生。而在经济社会的发展中，人们对体育运动和休闲健身的需求日趋强烈。在拂面的江南风中张弛有度地出行，在遮天的林荫道上神态自若地散步，是生活质量的高品位，是幸福指数的再提升。喜闻乐道的健身绿道，呈现着线形的绿色敞开空间，搭建出流畅的舒适景观走廊，拓展成强身健体、亲近自然、感受生活的城乡公共体育设施，常熟已经建成的健身绿道，正是为这座江南名城的诗意揭幕，直指远方。

在建设全面小康社会的进程中，城市建设的重要一环就是提高城市的功能品质，释放地域的经久魅力。注重“完善绿道体系建设”，就是要以新发展理念，让人民群众有获得感和幸福感；就是要有不分区域、不论城乡都能分享的小康和普通百姓感受得到、充分认可的小康。让绿色成为发展的主色调，让生态构筑生活的大环境，应当从群众最关注的事情入手，从日常看得见、摸得着、用得上的项目做起。而加强健身绿道建设，引领着城市进步，回应了群众呼声，顺应全民健身的热潮，助力打造文明健康的新生活状态，正处在欣欣向荣的成长期。在全民健身的各类运动方式中，门槛最低、安全性最高、便捷性最好、参与者最多的项目就是步行。以步行、慢跑、登山、骑行为主要内容的注册体育社团发挥骨干作用，以尚湖国际半程马拉松赛、市民徒步大会、环古城荧光跑、老年人健步走等大型走跑活动搭建载体平台，以广泛性的市民参与为活动背景，常熟的走跑健身运动对绿道体系建设提出了新要求。

步行锻炼之所以兴盛，当然在于这是科学定义的良好运动，步行对增强腿部肌肉、延缓骨骼退化、维持心肺功能和促进新陈代谢，益处显而易见；又因为简便易行，成为当代生活时尚。先贤孔子认识到走路的重要性，他说“鱼相造乎水，人相造乎道”；马克思认为，最有效也最适宜的锻炼和休息方式是散步。而众多名人也从步行中受益。巴甫洛夫一生没有停止过步行锻炼，爱因斯坦出访时不顾欢迎人群，自己走路到王宫。而现代社会日益严重的“城市病”“富贵病”造成的亚健康状态，唤醒更多的人群开始关注生存状态，选择出行锻炼。据统计我市有80%以上的市民选择走跑项目作为自己的健身方式，运动手环、电子计步器方兴未艾，健身绿道成为人们绿色生态、休闲健身的主要场所，行于所当行，止于所当止。晨昏之际，山水之间，天地之中，最古老也是最时尚的运动焕发生机活力，彰显英雄本色。

此时，我们进一步感受到绿道建设的重要作用。由于常熟的绿道规划以自然山水、道路用地为边界，融城市景观、绿地公园、慢行道路为一体，逐步打造布局严整、构架均衡的步道架构，可见视界开阔，起点不低。

由于城市发展的日新月异和百万市民的健身需求，绿道建设任重道远。围绕步行、骑行结合，地区搭配错位，串联主要景点，途径设置铭牌，形成主题特色，打造生态廊道等多项建议，来自基层，出自群众，想问题之细致，着建设之长远，虑民生之效用，都能体现出健身绿道的受关注程度。因为无论是山水相依的常熟特色、健康生活的凝聚共识，还是市民素质的整体提高、文化自觉的持久养成，都会因为全民共享的健康绿道，展示出民生福祉的直观性增长。在繁忙的工作压力下，在进取的职场氛围中，在创新的不懈努力里，挤出必要的时间，拿出休闲的心态，迈出轻松的步伐，越来越多的市民沿着健康绿道出发，走出的就是这样一座“崇文、尚和、创新、超越”的现代江南名城。

怀念与向往

5月到来的时候，正是春末夏初，有温馨的暖风迎面吹来。站在暮春的肩头，怀念4月的明媚阳光，繁花似锦开成了悠然的美丽诗行。不过，温和而不平淡，热烈而不拘束，在5月，风把云酿成了美酒，树用花点亮了心扉。山水注定是葱郁和烂漫的，因为在5月的身后，跃动着精力更加充沛的6月，浓墨重彩，激情奔放。我们知道，这一个节令，执子之手，相会福地，总是让人充满了怀念与向往。

常熟，一座拥有3000年文明史、1700年建城史的国家历史文化名城，在推动文体旅全面融合、深化发展的道路上，风云激荡，勇立潮头，一路高歌，持续演绎着城市精彩和江南传奇。常熟的文化产业，涵盖了文化旅游、影视制作、创意设计、数字内容、健康养生等多个领域，全域旅游集散中心为近10万人次游客提供便携服务，常熟旅游总入口实现了一部手机游常熟，一批规模大、前景好、特色明的旅游示范基地布点开花。历经多年努力，深融全民休闲时代，抢占幸福产业风口，常熟文体旅人把好牌打成品牌，用产品做强产业，让游客变成常客，实现了多元创新，做出了实在成绩。这一片名人辈出、资源富饶、山水灵秀的江南土地，终于让小桥流水、古城街巷、工厂车间和乡野田园都实现了文创业态的华丽转身，也让精神满足和审美愉悦成为缘来常熟旅行者的切身体验和内心畅想。

关于旅游的单纯岁月渐行渐远，早年设想和奋斗往事成为远去的时光背影。怀念是一次自我静默，凝固的空气将思想带向远方；怀念是一场技能考试，形象地观照把答卷交给历史；怀念充满了依依不舍，伴随着自我提升。怀念中最大的欣慰，是我们终究不断地前行，在这个小小驿站，擦把汗，喝口水，继续吹响进军的号角。无论苦涩，无论甘醇，怀念总让人志在必得，意气风发。

怀念不是为追忆，向往代表着出发。在未来的岁月里，或者感动，或者遗憾，或者激昂，或者平淡，都将激起我们勇于探索的雄心壮志。也许，当我们知道前面还会有挑战与压力，追求理想的渴望将会更加强烈。

向往着山水秀起来。青山入城、山湖同城，这是常熟的自然禀赋与地理形胜，而创建国家全域旅游示范区，打造江南文化新空间，是主客共享、产城融合的思路创新和工作特色，塑造江南文化常熟品牌，打造“四色”精品旅游，加快发展文化产业，将带来文体旅业态的全面改观。

向往着文脉活起来。全面落实《江南文化品牌塑造常熟行动计划》，深挖传统文化内涵，打造特色文化IP，开发创意文化产品，让古琴、言子、虞山等核心文化元素竖起地标，亮出商标，古代文脉遇合现代文创，企业研发融合传统产品，文化的生命力历久弥新。

向往着夜色“嗨”起来。花开疫散的季节中，诞生了“虞歌畅晚”品牌，延伸出沙家浜“横泾不夜天”文旅项目、时光小镇品牌、樱花季暨方塔夜秀、“遇尚·夜宴”尚湖夜游等精品项目。在常熟之夜临河看灯火，仰首观塔影，每一个夜晚都会无比精彩，流光溢彩，成为鲜活生动的日常画卷。

向往着抖音“抖”起来。数字文旅、“网红”经济、品质带货、实力圈粉，将不断完善基础设施，有效提升服务能力，更多的数字文创、数字景区、数字博物馆、图书馆等新业态、新产品将会在互联网头部企业引领下，走上云端。

曾经有专家生动指出，现代人的日常生活应该有快有慢，而不是一味地和时间竞赛。感受非凡体验的精品美游，享受如情似梦的江南生活，这是每个游客内心的向往。平淡静好是一种向往，载歌载舞也是一种向往。有向往，我们才有期盼，才有动力，才能让旅游成为学习方式、生活方式和成长方式。原来，怀念与向往，竟然是如此优雅的形影相随，携手共进。

后记

思域江南

大约是在八岁那年，我独自一人从上海坐公交车前往常熟，母亲送车，父亲接站。依稀记得那是初夏的早晨，风和日丽，天地清朗。由于年代久远，已然记不得沿途看到了什么风景，却知道在中途的太仓停车时，从车窗买了两枚茶叶蛋。这种把有了裂痕的鸡蛋放在汤汁中浸润熬煮的烹饪方式，使鸡蛋的鲜味和茶叶的清香糅合在一起，弥漫了我的童年。而到达常熟之后，父亲手里的莲蓬和车站外池塘中的映日荷花，让人仿佛来到了另外一个世界。后来，当父母让我在上海与常熟之间做一个选择，我毫不犹疑地选择了后者。因为在上海，我每次要花费两小时才能到达学校，风吹雨打中艰难前行；在常熟，学校就在我家的河对岸，离古老文庙不远的地方。

想不到少不更事的轻率表态，让自己与这个叫常熟的地方一生相连。因为老家在淮安，父母随大军渡江，我又出生在上海，成长在常熟，这让我每次填写各种表格都要颇费思索。更重要的是在当今人潮簇拥走向一线城市的新风口，在一些人眼中，把人生安顿在县级城市，或许已经犯下了致命的失误，美好前景、大好前程的无限可能，被压缩到很小的空间，也许，沉浮在此一举。

幸好这里是常熟，很早时被列为国家历史文化名城，数年前获评全国文明城市，还有锦绣辉煌、实至名归的一系列荣誉。更精彩的，是这里地处江南，无论是地域称谓还是文化符号，都流淌着兼收并蓄的千年文脉，代表着世俗生活的富庶和多彩。七溪流水，青山入城；山水一体，民居相依；宽严得体，疏密有致；不疾不徐，淡泊从容。“山色有无斜照里，人家低湿水烟中”，这不仅是城市形态和建筑格局的描述，也是品质生活和日常起居的韵律。“陌上花开，可缓缓归矣”，俨然是守着地造天设的自然形胜，过上了精致江南的儒雅生活。

常熟的文化旅游，有历久弥新的岁月积淀，经过了多元业态的创新实践，从平庸沉寂中一夜惊醒，与传统的守望挥手道别，从自我推介的陈情表白到全域旅游的打卡胜地，经典的江南精彩亮相。用文化禀赋串起满地珠玑，用福地品牌树立生态旗帜，用现代京剧呼唤血性归来，用创意节庆舒缓游客身心。今天的沙家浜，不仅是天下常熟的代名词，也是文化旅游的新地标。作为曾经用十多天时间强行学会常熟话的我为目睹了这一历史性进程而感到振奋与自豪，感受到“节物风光不相待，桑田碧海须臾改”的巨大变化。

在变化面前舒缓心情，终于违背了自己退休时做出的“放慢节奏，放松心情，放弃杂念”的“三放”承诺，开始了以文化旅游为主要题材的写作。虽则时光日满，案牍劳形，但因为始终行进在山重水复的路途，也就能体会到柳暗花明的惊喜。在全民旅游成为中国人生活方式的今天，为时代的潮流所裹挟，从笔书稿纸到手敲键盘，我也如同开始了时长日久的“跟团”旅游，在熟悉的景点和陌生城市间转悠，在名山大川和历史街巷中打探，充满了好奇和不安，但更多的，是那一种迎面而来、闻风而去自我感动的欢呼和发现。

如实道来，常熟的山水城郭并不奇异过人、名满天下，但是在山水之间的文化如阳光雨露充满天地。《周易》有言：“观乎人文，以化成天下。”说出了文化和旅游天生的渊源。而无论是看常熟还是走天下，旅游的行程中总是隐约听到文人学者纵情放达的足音。如王安石所说：“古人之观于天地、山川、草木、虫鱼，往往有得，以其求思之深而无不在也。”从童稚声的“鹅、鹅、鹅，曲项向天歌”开始，观摩自然、亲山近水的因子已经活跃；“读万卷书，行万里路”让从古至今的旅游充满了温度。陈子昂登上幽州台，才有了“念天地之悠悠”的感慨；王勃来到滕王阁，才悟出“秋水共长天一色”的景致；李白漂过三峡，才有“轻舟已过万重山”的欢呼；欧阳修亲临醉翁亭，才有“醉翁之意不在酒，在乎山水之间也”的名句；范仲淹攀登岳阳楼，“先天下之忧而忧，后天下之乐而乐”的博大胸襟方才得以抒怀；等等。此类事例，贯穿于文化旅游由来已久的历史进程中。从以往的历代名人咏常熟，到如今的“网红”达人刷抖音，旅游与文化，总是形影相随，携手共进，周而复始，交相渗透，让自然山水与人文山水互为观照，让眼底江南与梦里江南应答唱和。

从二十五岁起在《人民日报》发表文章，杂文随笔的创作便一发不可收拾，长路相伴，始终是我甘于写作的文体，这或许是由于随笔可以随心、随手、随时、随意，更加契合由此及彼的思考、旁征博引的推论、有感而发的表达，也舍弃了许多迂回委婉和含糊其词。虽然早已加入了作家协会，也创作了不少诗歌散文，但杂文随笔却时刻提醒我以作者自居，凭观点立足，树信念旗帜，走康庄大道。遗憾之处，就是杂文随笔一直在文学和文化的边界游离，不过，总算随笔仍属于散文分支，行文缜密而不失活泼，结构自由而不失严谨，保持了恒久的生命力，这有如王国维所言："以我观物，故物皆著我之色彩。"

进入移动互联网时代，数字赋能、人工智能、5G登场，大变局激活生态圈，新基建构筑能量场，纸质媒体和闪耀屏幕同台竞技，传统文化和现代手段联袂上演。科技也催生文化惊艳出场，召唤旅游未来已来，为文体旅的全面融合创造了优越条件。面对发展浪潮，不可抵触亦不可灰心，唯有积极参与，热情期待。这是因为，在讲求颜值、追求光鲜的喧嚣表象下，只有思想的内涵、理性的力量才是社会进步的硬核支撑。写作，作为一种生存状态和心路历程，作为一种思想交流和价值共享，也自然会长期存在，永续繁荣。书刊和手机共处，阅读和刷屏同框，寂静无声的阅览室和可随时进入的互联网，包容世间万象，我们也就此真正感受到工业文明的瑰丽多姿和现代社会的纷繁景象。

本书共收集常熟文化旅游杂文随笔一百二十五篇，有对常熟山水的惊叹，有对文旅发展的感言，有对业态变革的点评，也有对跨界探索的推演，有感而发，集思成言。写作随笔的好处，就是倒逼着自己不断地学习思考，在焦虑与焦灼间，在费心与费神上，在表达与表现里，去追求人生旅途上那一种境界，这就正如屈原在《离骚》开篇所唱的："纷吾既有此内美兮，又重之以修能。"

朝向这一个共同的目标，我们行程相知，不懈努力。因为“一幅天然图画里”的常熟，对任何人来说，都是一种诱惑，不是因为美丽，就是因为传说。

谨在此，衷心感谢支持帮助本书出版的相关领导和业界同人，是你们的热情鼓励和悉心指点，为流动的笔墨加油充电，让我徘徊的写作坚持到今天。

郭 勇

2021年12月于常熟衡山路散叶斋